Sieben Häuser

Liebe Leserin, lieber Leser,

dieser Roman war für mich Experiment und zugleich Abenteuer. Ich habe ihn größtenteils in der S-Bahn geschrieben, oftmals zwischen Tür und Angel …

Ich hoffe, dass Dir dieses Buch gefällt und wünsche viel Spaß beim Lesen.

Über Feedback freue ich mich sehr:
facebook.com/7haeuser

Beste Grüße
Finn Danny

Finn Danny

Sieben Häuser

Bibliografische Information der Deutschen Nationalbibliothek:
Die Deutsche Nationalbibliothek verzeichnet diese Publikation in der Deutschen Nationalbibliografie; detaillierte bibliografische Daten sind im Internet über http://dnb.dnb.de abrufbar.

TWENTYSIX – Der Self-Publishing-Verlag
Eine Kooperation zwischen der Verlagsgruppe Random House und BoD – Books on Demand

© 2018 Finn Danny

Herstellung und Verlag:
BoD – Books on Demand, Norderstedt

ISBN: 9783740745714

Coverdesign: H.H.W.

FLORIAN HERFURTH, NIDDERAU

Endlich schneite es. Florian Herfurth fuhr mit seinem BMW wie jeden Freitag kurz vor sechs Uhr zum Getränkemarkt Schluckbär, für den er seit über drei Jahren arbeitete.

So lange hatte er diesen Nebenjob ursprünglich gar nicht ausüben wollen, aber zuletzt war die Zeit für ihn einfach verflogen.

Wenn er sich darüber Gedanken machte, und in letzter Zeit tat er das vermehrt, sah er immer die gleichen Vor- und Nachteile, welche sich stets die Waage hielten. Überzeugten ihn in einem Moment die geringe Entfernung zur Wohnung und der spannende Kontrast zu seinem Hauptberuf als Grafikdesigner, sah er schon im nächsten Moment die erheblichen körperlichen Anstrengungen, das größtenteils stumpfsinnige Aufgabengebiet und vor allem den deprimierend niedrigen Stundenlohn.

Darüber dachte er gerade nach, als er kräftig auf die Bremse trat, womit er den weinroten 1302er ins Schlingern brachte. Der kantige BMW eignete sich perfekt für solch ein gewagtes Fahrmanöver auf rutschigem Pulverschnee. Florian gab wieder Gas, drückte das Pedal einen Moment lang bis zum Anschlag durch, bremste und riss gleichzeitig das Lenkrad herum.

In diesem Moment verflogen die bedrückenden Gedanken und er fühlte sich plötzlich wie ein Kind, das von diesem tollen Spiel nicht mehr genug bekommen konnte, deswegen wiederholte er diese Aktion mehrmals.

Die Vernunft holte ihn schließlich doch wieder ein, so dass er nach einigen wilden Runden seinen geliebten Oldtimer direkt neben dem Außenlager des Marktes parkte.

Während er noch ein paar Minuten vor dem Eingang des Getränkemarktes stehenblieb, so wie er es morgens immer machte, dachte er nochmals an den bevorstehenden Termin mit dem Kundenberater der *Direct-Home-Bank*.
Ein eigenes Haus war schon immer sein größter Traum gewesen, doch dieses Argument überzeugte ja nicht mal mehr seine Frau, daher brauchte er es bei der Bank erst gar nicht anzusprechen.
Tatjana war auf diesem Gebiet eine ziemlich harte Nuss, die er bislang nicht hatte knacken können.
Im Grunde genommen war sie genauso stur wie er selbst und wähnte sich ebenfalls im Recht.
Vielleicht hatte er sich mit diesem Thema ja nicht nur nicht genügend Mühe gegeben, sondern auch noch zu wenig Verständnis für ihre Position gezeigt.
Zuletzt hatte er wie gegen eine Wand geredet und er konnte im Moment gar nicht mehr sicher sagen, ab welchem Zeitpunkt dieses Problem aufgetreten war.
Wenn sie ihre Vorstellungen beschrieben hatte, hatte er nicht wirklich zugehört und andersherum war es offensichtlich genauso gelaufen.
Aber ohne Kompromisse fuhr man als Ehepaar ab einem gewissen Zeitpunkt zwangsläufig gegen eine Wand, daher musste er in Zukunft ihre Sorgen und Bedenken ernster nehmen.
Aus seiner Sicht hatte sie zu viel Angst vor einer möglichen Schuldenfalle. Ihrer Meinung nach reichten ihre beiden Gehälter bei weitem nicht aus, um solch ein Ziel umsetzen zu können.
Nach dem Gespräch mit dem Kundenberater der Bank musste er bei ihr genau an diesem wunden Punkt ansetzen, um sie dorthin bringen zu können, wo er sie haben wollte. Es war höchste Zeit für eine neue Strategie.

Florian formte einen Schneeball und warf ihn mit Wucht gegen eine Häuserwand.

Mit dem Aufprall erinnerte er sich wieder an den Traum der letzten Nacht, aus dem er mitten in der Nacht aufgeschreckt war.

Am Anfang des Traumes stellte er seine Arbeitstasche im Flur seines Hauses ab und wunderte sich über die ganzen anderen gleich aussehenden Arbeitstaschen, welche mitten im Weg verstreut herumlagen, bevor er das Wohnzimmer betrat.

Seine Frau lag dort wimmernd auf den Fußboden und blickte ihn mit verweinten Augen an.

Es waren blutrote Tränen, die auf seine Hände tropften, als er sie streichelte und dabei fragte, was los sei.

Mit unnatürlich hoher Stimme antwortete sie, ihr Kopf würde gerade implodieren, er müsse etwas tun. Sie sehe nur noch rot, nur noch Blut, wiederholte sie andauernd.

Dann schrie sie, alles in ihrem Kopf brenne wie Feuer.

Dabei wachte er schließlich schweißgebadet auf.

Hatte dieser etwa Traum eine Bedeutung?

Litt Tatjana vielleicht doch mehr darunter, dass er nicht nur diesen Häusertick hatte, sondern viel mehr so viel Zeit mit Ingrid verbrachte und sich scheinbar mehr um deren Leben kümmerte als um die eigene Familie?

Hier lag doch das eigentliche Problem. Sein Traum vom eigenen Haus auf dem Land war in Wirklichkeit nur ein Nebenkriegsschauplatz, für den unnötig viel Munition verpulvert wurde.

Im nächsten Moment kamen ihm die Tatjanas letzte Vorwürfe in den Sinn.

„Du bist ja kaum noch Zuhause", hatte sie ihm am letzten Abend vorgehalten, „wir sind einfach kein gut funktionie-

rendes Team mehr, seit du dich so intensiv um die Leitner kümmerst.
Ich kann dich einfach nicht mehr verstehen. Wir müssen doch den Alltag irgendwie gemeinsam meistern. Aber nein, du entwickelst dich immer mehr zum Einzelgänger. Weißt du was? Ich hab das Gefühl, dass zwischen uns inzwischen eine Mauer steht. Einer von uns beiden muss sie irgendwann einreißen, sonst wird sie vielleicht noch unüberwindlich."
Er warf noch ein paar weitere Schneebälle, bis seine Zähne klapperten.
Für diese Jahreszeit war er mal wieder viel zu leicht angezogen. Andererseits fehlte ihm wohl auch etwas Speck auf den Hüften. Bei einer Körpergröße von 1,86 Meter wog er gerade noch 73 Kilogramm, das war definitiv Untergewicht. Vor lauter Arbeit kam er ja kaum noch zum Essen. Oder lag das an dem ganzen Stress der letzten Zeit?

Langsam bist du ja nur noch Haut und Knochen, hörte er seine Frau in Gedanken sagen.
Nun beobachtete er einen Audi Q7, der auf dem Parkplatz des Schluckbärs wendete.

Eine Zeit lang sah er dabei zu, wie die grellen Halogenscheinwerfer die Dunkelheit ausleuchteten und ihn kurzfristig blendeten, bevor ein lautes Aufheulen des Motors die Stille zerschnitt und der Audi wieder verschwunden war.
Im nächsten Moment betrat er den Laden, um die notwendigen Vorbereitungen für die Öffnung zu treffen. Florian war gespannt, wie Tatjanas Stimmung war, wenn

sie ihn auf dem Weg zur Arbeit kurz besuchte, wie sie es fast jeden Morgen machte.

INGRID, FRANKFURT-SCHWANHEIM

Ingrid Leitner fühlte sich gut, deutlich besser als in den letzten Tagen. Keine Atemnot, keine Panikattacken, kein Schwindel und auch kein Verlust der Sehstärke, stellte sie zufrieden fest.
Höchstens ein bisschen Müdigkeit. Aber der Tag war noch lang, sie durfte sich also nicht zu früh freuen. Einen Moment lang überlegte sie, ob sie sich zur Feier des Tages ein schönes Glas Winzersekt einschenken sollte.
Doch jetzt saß sie gerade so gemütlich in ihrem Wohnzimmer und zappte von einem Fernsehsender zum anderen, das tat einfach gut, dabei wollte sie es vorerst belassen.
Andererseits saß sie in letzter Zeit zu oft vor dem Fernseher und verschwendete viel wertvolle Zeit. Insbesondere das Lesen kam ja seit geraumer Zeit viel zu kurz.
Nun warf sie einen Blick auf das gut bestückte Bücherregal, welches die zweitgrößte Sammlung in diesem Haus darstellte.
Nur im großzügigen Flurbereich gab es noch mehr Bücher.
Ingrid erhob sich von ihrem Massagesessel, um dort die Regale zu prüfen.
Sie freute sich noch immer über die damalige Entscheidung, die Wände des Flurs komplett mit eingebauten Bücherregalen auszustatten.

Sobald man diese Wohnung betrat, eröffnete sich einem auch gleich eine besondere Atmosphäre, eine Welt der großartigsten Romane des zwanzigsten Jahrhunderts. Wer hier durchgeht, ohne nach einem Buch zu greifen, ist ein Kulturbanause, dachte sie, während sie *Das Glasperlenspiel* von Hermann Hesse auswählte. Diesen Roman hatte sie damals gelesen, als sie gerade ihren Mann Hans-Jürgen kennengelernt hatte. Zärtlich strich sie über den Einband des Buches, der noch wie neu aussah, und schwelgte eine Weile in schönen Erinnerungen an die guten alten Zeiten.
Anschließend musste sie an ihre derzeit bedenkliche Leseleistung denken, denn sie las inzwischen nur noch bruchstückhaft. Sobald sie ein Buch begonnen hatte, brach sie es meistens nach kurzer Zeit wieder ab, weil sie sich kaum noch konzentrieren konnte.
Dabei fragte sie sich immer wieder, wo denn ihre alte Ausdauer geblieben war.
Andererseits machten ihr ja auch die zunehmenden Probleme mit ihren Augen immer mehr zu schaffen. Das Lesen fiel ihr von Buch zu Buch schwerer. Katrin, ihr einziges Kind, hatte ihr deswegen in letzter Zeit mehrmals dazu geraten, einen E-Book-Reader zu verwenden, aber das kam für sie unter keinen Umständen in Frage.

Ingrid stellte das Buch wieder zurück und fragte sich im nächsten Moment, warum sie heute eigentlich keinen Abstecher zum Café Sismayer machte, wo es die feinsten Schnittchen und Kuchen in ganz Frankfurt gab? Sie entschied sich schließlich dagegen, weil sie sich in Cafés und Restaurants inzwischen noch einsamer fühlte als Zuhause.

Früher war sie mit Margarete Kolb fast täglich um diese Zeit ins Sismayer gegangen, wo sie sich dann meistens auch stundenlang aufgehalten und bestens unterhalten hatten, aber diese Zeiten waren definitiv Vergangenheit. Seither hatte sich ihr Leben drastisch verändert.

Wer schluckt die Tabletten zuerst, hat sie mich beim letzten Treffen nochmals gefragt, dachte Ingrid. Nur zwei Tage später hatte sie das Spiel gewonnen, welches sich die beiden besten Freundinnen ein Jahr zuvor ausgedacht hatten.
Dabei war vereinbart worden, dass die Verliererin mindestens ein Haus der Gewinnerin vererbt. Margarete hatte ihr schließlich sämtliche Häuser vererbt, weil sie zum Schluss alleine gewesen war. Eigentlich ist dieses Erbe für mich ja ziemlich witzlos, aber gut, dachte Ingrid, Margarete wollte es so haben.
Du hast gewonnen, meine liebe Freundin und liegst schon längst auf dem Friedhof in Sachsenhausen, wo wir vor kurzem noch zusammen spazieren gegangen sind. Morgen komme ich dich übrigens wieder besuchen, du kannst dich auf mich verlassen.
Sonst sehe ich nie jemand aus deiner Sippschaft, ganz wie du es vorausgesagt hast. Schon bald werde ich im Spiel nachziehen.
Bei mir wird es nicht anders sein, meine eigene Tochter wird sich wohl einen Dreck um mein Grab scheren. Sie ist leider eine berechnende Schlampe geworden und vielleicht trage ich auch eine gewisse Schuld daran.
Die beste Freundin hatte unter Parkinson gelitten und noch mehr Angst vor dem weiteren Verlauf der Krankheit gehabt als Ingrid, die seit etwa zehn Jahren MS hatte.

Wir warten nicht ab bis zuletzt, bis wir elendiglich dahinsiechen und schließlich verrecken, hörte sie ihre Freundin jetzt wieder sagen. *Wir sind stark und mutig und enden nicht als hoffnungsloser Pflegefall in irgendeinem Heim. Nicht wir, meine Liebe. Du oder ich, wer traut sich zuerst?*

"Ich bin also die große Verliererin mit drei weiteren Häusern in Eltville, Nidderau und auf der Friedberger Landstraße im Herzen von Frankfurt."
Sie musste kurz auflachen, obwohl ihr im Moment eher zum Heulen zumute war. "Drei Prachtvillen", sagte sie, während sie ein Bild von Hans-Jürgen betrachtete.
Für sie war es normal geworden, mit den Bildern ihres vor knapp vier Jahrzehnten verstorbenen Mannes zu sprechen. Im Privatleben hatte sie genau genommen nur noch Florian, mit dem sie sich unterhalten konnte.
Katrin hatte nie Zeit, wenn man jemanden zum Reden brauchte. Alles an ihr war nur noch Berechnung, das ging Ingrid schon längere Zeit gegen den Strich.

"Woher sie das hat, weiß ich nicht, Hans-Jürgen, jedenfalls ist es in letzter Zeit schlimmer geworden. Ich hab den Eindruck, sie überlegt immer schon, was sie alles am besten verscherbeln kann, wenn ich nicht mehr bin. Warum ist sie unser Kind und nicht Florian? Sie hat nichts von dir und nur die negativen Eigenschaften von mir. Er dagegen hat viel von dir und sieht ja auch so ähnlich aus, findest du nicht?
Jedenfalls kümmert er sich aufopfernd um die neuen Häuser, das finde ich großartig."
Im nächsten Moment traf eine Mail von Florian ein. Ingrid schnappte sich ihr Smartphone und wunderte sich über diesen Zufall.

E-Mail von Florian Herfurth an Ingrid Leitner, 14:00 Uhr

„Hallo, Frau Leitner, ich hab heute meinen Termin bei der Bank. Aber es wird wohl doch schwer. Die Raten wären ganz schön heftig. Und wir haben viel zu wenig Eigenkapital. Aber ich will trotzdem mal gezielt nachfragen, wie die Bank das sieht. Eigentlich wollte ich danach noch kurz bei Ihnen vorbeikommen. Aber ich fahre dann doch besser gleich los Richtung Haussömmern. Von dort melde ich mich wieder. Morgen arbeitet Kollege Pinna. Deswegen kann ich bis morgen oder übermorgen bleiben."

Ingrid freute sich über diese Nachricht und überlegte kurz, ob sie nicht doch besser mitfahren sollte, verwarf die Idee aber wieder. Obwohl sie gerne weiter über Florians Engagement für ihre Häuser nachgedacht hätte, musste sie jetzt wieder an ihre Tochter denken. Je länger sie das tat, desto aufgewühlter fühlte sie sich.
In letzter Zeit deprimierte sie kein anderes Thema mehr als das inzwischen so schwierig gewordene Verhältnis. Meistens litt sie dann unter Kopfschmerzen, wenn sie bedachte, wie ihre Tochter ihr Leben verkorkste. Und das alles nur wegen diesem gottverfluchten Manager, dachte sie, mir ist dieser Typ so was von zuwider.
Zwei Jahre geht dieser Wahnsinn nun schon und ein Ende ohne Schrecken ist nicht in Sicht. Katrin muss sich endlich besinnen, sie braucht ein deutliches Signal.

FLORIAN, NIDDERAU

Nachdem Florian die übriggebliebenen Stapel mit Getränkekisten aufgeräumt hatte, versuchte er sich nicht mehr weiter über den Kollegen Dauti zu ärgern, welcher allzu oft die Arbeit liegenließ.
Langsam war es an der Zeit, diesem Faulenzer die Meinung zu geigen.
Dafür musste man sich auch mal begegnen, das passierte aber nur selten. Meistens hatte er nur mit Francesco Pinna zu tun, der ihn heute schon nach drei Stunden ablösen würde, so dass er seinen Termin bei der Bank wahrnehmen konnte.
Florian unterhielt sich gerne mit ihm über den Schluckbär, sobald er zum Ablösen kam. Der gleichaltrige Kollege, der aber gut und gerne zehn Jahre älter aussah, steckte in der gleichen Konfliktsituation wie er selbst. Man gab immer einhundert Prozent, die aber in keinem Verhältnis zum Verdienst und zur Anerkennung standen. Niemand dankte einem den überdurchschnittlichen Einsatz, das war nicht gerade aufbauend.
Darüber dachte er gerade nach, als er sich um die Ordnung in der Bierabteilung bemühte. Völlig unerwartet stand plötzlich seine Frau hinter ihm und tippte ihm auf die Schulter.
"Du hast schon wieder die Türe offen gelassen." Nachdem er sich umgedreht hatte, gab sie ihm einen flüchtigen Kuss auf den Mund und blickte schräg nach oben an ihm vorbei.
An diesem Morgen war sie anders geschminkt als üblicherweise. Er wunderte sich über den rosafarbenen Lippenstift und die Fingernägel in der gleichen Farbe und überlegte, ob er sie darauf ansprechen sollte, verwarf die

Idee aber wieder. In letzter Zeit hatte sie sich entweder überhaupt nicht geschminkt, oder sie hatte es mit knalligen Rottönen gleich übertrieben.
„Du bist ja schon ganz verschwitzt. Wie kann das denn sein bei diesen Temperaturen? Hast du schon wieder zu viel gemacht? Zuhause regst du dich dann wieder über die harte Arbeit auf."
Ihre rechthaberische Art ging ihm schon lange auf die Nerven.
In nahezu jeder Situation stellte sie ihn inzwischen als Buhmann hin.
„Ja, ich weiß …"
„Du musst halt mal was ändern, oder? Aber ich rede ja doch nur gegen eine Wand. Du änderst sowieso nichts. Du machst dich hier zum Deppen und bist wie ein kleines Kind, dem man alles tausendmal sagen kann, ohne dass es am Ende etwas nutzt. Dieser eine Kollege handelt jedenfalls viel klüger, weil er sich nicht so ausnutzen lässt. Du jedoch schuftest hier wie ein Tier und das auch noch für das bisschen Kohle. Das ist doch völlig bescheuert, wenn du mich fragst."
Sein Lebensmotto, sich immer voll und ganz für die jeweilige Sache einzusetzen, hatte ihn genau genommen über die ganzen Jahre hinweg nicht wirklich weitergebracht, das musste er sich selbst ehrlicherweise eingestehen.
In Wirklichkeit trat er schon lange auf der Stelle. Das galt sowohl für diesen körperlich anstrengenden Nebenjob wie auch für seine Stelle bei *Kulls&Kells* als Grafikdesigner.
Bei seiner Frau verhielt es sich mit ihrer Halbtagsstelle in der Bücherei ganz ähnlich.

Im Unterschied zu ihm suchte sie aber noch zumindest nach einem Ausweg aus dem Dilemma, nach einer echten Alternative.

Dabei hatte ihre Suche nach einer passenden Vollzeitstelle für ihn schon tragisch-komische Züge denn es war immer der gleiche Ablauf.

Sie entdeckte eine neue, scheinbar super spannende Stelle, bewarb sich dann immer so schnell wie möglich und redete anschließend kaum noch über ein anderes Thema. Sobald dann eines dieser nichtssagenden Absageschreiben eintraf, herrschte prompt Weltuntergangsstimmung.

„Ja, da ist was dran, ich werde demnächst etwas ändern. Was anderes, ich habe heute einen Termin bei der Bank. Vielleicht reicht unser Eigenkapital ja doch noch …"

„Ach, Floi, bitte nicht schon wieder dieses Thema! Willst du denn nicht verstehen, dass wir dafür zu wenig Geld haben?

Wir haben das alles doch schon tausendmal durchgekaut und kommen einfach nicht weiter. Ich will nicht jeden Euro fünfmal umdrehen müssen, bevor ich ihn ausgebe, kapier das doch endlich mal.

Daran wird auch dieser Termin nichts ändern. Doch lass dich nicht aufhalten, gehe ruhig hin …"

„Aber wir haben inzwischen immerhin knapp 10.000 Euro Eigenkapital. Damit lässt sich doch …"

„Schatz, eigentlich brauchen wir genau dieses Geld dringend für neue Möbel, Kleidung, Spielsachen, ach, ich hätte da eine Endlosliste. Schau dir doch mal nur unsere Küche an, die ist voll schrottreif. Aber wir können uns nicht mal eine von IKEA leisten. Anderes Beispiel: Anninas Kinderzimmer oder selbst unser Schlafzimmer, alles total veraltet. Wir haben zwar eine große Wohnung, doch die Einrichtung ist unter aller Sau. Du willst das nicht hören, ich kann es dir wieder mal vom Gesicht ablesen."

„Tati, das ändert sich doch alles, wenn wir uns was kaufen", erwiderte er, während er leere Bierkisten auf einen Gabelstapler lud.

„Von welchem Geld denn? Sag mir das mal! Mit einem Kredit können wir gerade eine Wohnung oder ein kleines Haus kaufen. Irgendwo in der tiefsten Pampa. Und dann müssen wir mit dem ganzen alten Krempel umziehen und ewig warten, bis wir mal was Neues kaufen können. Siehst du das denn wirklich nicht, oder willst du es einfach nicht sehen?"

„Vielleicht bekomme ich ja doch schon bald die Vollzeitstelle."

„Floi, darauf wartest du schon fünf Jahre oder noch länger. Das können wir uns wohl abschminken. Es gibt keinen Lichtblick mehr.
So viel ist mir inzwischen klargeworden. Es ist alles nur noch zum Kotzen, echt wahr!"

„Dann gibt es ja noch das Geld von Ingrid. In letzter Zeit gibt sie viel mehr als früher."

„Ja ja, früher hat sie auch mal gar nichts gegeben daran kann ich mich noch sehr gut erinnern. Und du hast schon immer das Mädchen für alles gespielt und rennst sofort, wenn sie dich ruft. Wo ist überhaupt das ganze Geld von ihr geblieben?"

„Das ist ja gerade das Eigenkapital ..."

„Du hast es immer nur auf dieses behämmerte Konto eingezahlt, obwohl wir jeden Monat kämpfen müssen. Aber mach nur so weiter. Geh doch zu deinem doofen Kundenberater. Er wird dir auch nichts anderes sagen."

Sie schnappte sich ihre Arbeitstasche und verließ wütend den Getränkemarkt.

Florian öffnete kurz darauf den Laden und spürte in diesem Moment starke Schmerzen im Nackenbereich, wo alles schon seit Monaten verhärtet war. Drückte er dort an einer Stelle, entstand augenblicklich ein stechender Schmerz.

So langsam musste er tatsächlich mehr auf sich Acht geben, schließlich war er mit seinen 44 Jahren auch nicht mehr der Jüngste. Während er später ein paar Stammkunden mit dem üblichen Smalltalk bediente, ging ihm das letzte Streitgespräch mit Tatjana nicht mehr aus dem Kopf.

ANNA, FRANKFURT-GOLDSTEIN

Gleich nach dem Aufstehen hatte sie wieder an den Traum gedacht, der sie mitten in der letzten Nacht aus dem Schlaf gerissen hatte.

Anna Maroldt verspeiste ihr selbstgemachtes Müsli mit gerösteten Haferflocken und heißen Himbeeren, als sie sich die nächtlichen Notizen in ihrem Traumbuch durchlas, welches sie seit über sechs Jahren führte.

Dort standen sämtliche Erinnerungen an außergewöhnliche Träume. Auch den letzten Traum stufte sie als einen besonderen ein, über den sie noch nachdenken wollte, um eine mögliche Bedeutung herauszufiltern. In diesem Traum hatte sie gleich morgens nach dem Aufstehen die Türe geöffnet, worauf zwei zwergenhafte Männer eingetreten waren und sie auf ihre Verbindlichkeiten bei der Bank angesprochen hatten.

Sie drohten mit langen, gezackten Messern und schrien, sie habe das Geld der Bank sinnlos verschwendet, sie müsse deswegen bluten. Anna rannte sofort los.
Im nächsten Moment hangelte sie sich von Fensterrahmen zu Fensterrahmen hinauf bis zum Dach des Wohnhauses.
Oben angekommen staunte sie über die Höhe und rannte weiter, um ihren Verfolgern zu entfliehen. An der Kante angekommen, schaute sie erneut in die Tiefe und hielt noch mal kurz inne, bevor sie hinunter sprang. Im freien Fall drehte sie sich mehrmals um die eigene Ache und dabei erschien ihr alles wie in Zeitlupe.
Vom Dach des Hauses blickten ihr die Bankangestellten nach.
Sie sah noch die Freude in den hässlichen Gesichtern aufblitzen, bis sie wieder nach unten blickte. Dort stand auf einmal ein Mann, der zu ihr nach oben schaute und die Arme öffnete. Er rief ihr zu, er werde sie auffangen, sie solle unbesorgt sein, alles werde gut, als sie aus dem Traum erwachte.
Anna fügte jetzt noch ein paar Notizen hinzu, bevor sie sich unter die Dusche stellte. Dort machte sie sich weitere Gedanken über den letzten Traum und kam am Ende zu dem Schluss, dass eine größere Veränderung bevorstehen musste.
Andererseits konnte es ja auch nicht mehr lange so weitergehen.
Bis auf die Freundschaft mit Chiara gab es kaum noch etwas in ihrem Leben, das sie gut fand. Viel mehr wuchsen ihr die Probleme inzwischen über den Kopf.
Dass sie zurzeit alleine war und keinen passenden Partner fand, war schon für sich genommen schlimm genug, aber noch mehr belasteten sie ihre Geldsorgen. Sie hatte

einfach kein Geld mehr, alle Karten waren bis zum Limit ausgeschöpft.

Sie schamponierte sich die Haare und dachte wieder darüber nach, ob sie nicht doch viel zu viel Geld in ihre Wohnungseinrichtung gesteckt hatte, ohne für sich zu einer klaren Erkenntnis zu kommen. Inzwischen hatte sie zumindest eine stilvoll eingerichtete Wohnung in einem mausgrauen Wohnklotz.

Dort, wo alles um sie herum hässlich und lieblos war, hatte sie sich ihr kleines Paradies eingerichtet. Dabei hatte sie aber viel zu lange die entsprechenden Raten und Zinsen unterschätzt.

Obwohl ihr schon längst klar geworden war, dass sie so auf Dauer nicht wirtschaften und alles ein böses Ende nehmen würde, machte sie doch immer wieder die gleichen Fehler.

Neben den ganzen Möbeln hatte sie noch eine große Leidenschaft für schöne Kleidung, für die sie vor allem in letzter Zeit wahnsinnig viel Geld ausgegeben hatte.

Dabei bestellte sie seit einem halben Jahr vorwiegend online und bezahlte entweder mit ihrer EC-Karte oder mit VISA.

Alles war so komfortabel, einfach und verführerisch, dass es schon eine große Disziplin erforderte, diesen Reizen zu widerstehen.

Aber nun war alles völlig überzogen, die Geldautomaten spuckten nichts mehr aus, daher hatte sich das Problem von alleine erledigt.

Anna trank ihren Kaffee aus, schäumte ihren Körper mit einem herrlich duftenden Duschschaum ein und schaltete endlich ein paar Minuten lang ab. Aber schon beim Schminken machte sie sich wieder Sorgen. Wie würde ihr

Termin bei der Bank ablaufen? Am Telefon war dieser Kundenberater ja überraschend freundlich gewesen. Aber hatte das wirklich eine Bedeutung? Sprachen die miesen Zahlen nicht eine eindeutige Sprache?
Eine Kreditaufstockung war wohl die einzige Chance, um diesen Monat überhaupt noch über die Runden kommen zu können.
Anna überlegte jetzt, was sie für diesen Termin anziehen sollte.
Vielleicht ließ sich den Berater ein wenig um den Finger wickeln.
Möglicherweise war er der nette Retter aus ihrem letzten Traum.
Sie betrachtete ihr Spiegelbild und sagte sich, dass sie nicht nur ihr ganzes Geld verplemperte, sondern auch ihr hübsches Gesicht.
Warum zur Hölle nutze sie dieses Gesicht nicht? War das nicht sogar die größte Dummheit, die sie bislang begangen hatte?
Sie bekam plötzlich große Lust, diesem fast perfekten Antlitz einen dauerhaften Schaden zuzufügen. Einen Moment schloss sie die Augen und stellte sich vor, wie sie sich mit einer Scherbe von einem Auge bis hinab zum Kinn einen tiefen Riss zufügte. Als sie das Blut aus der Wunde rinnen sah, öffnete sie wieder die Augen und setzte ein zuversichtliches Grinsen auf, bis sie im nächsten Moment wieder ernst und dann ganz traurig blickte.

FLORIAN, FRANKFURT AM MAIN

Warum zitterten seine Hände, als er sich nochmals die Notizen durchlas, die er sich kurz vor Feierabend gemacht hatte? Florian saß auf einem der unbequemen grauen Plastikstühle und wunderte sich über seine Nervosität.
Zwischenzeitlich starrte er immer wieder auf die geschlossene graue Tür des Kundenberaters.
Nachdem die vereinbarte Zeit bereits um fünfzehn Minuten überschritten war, trat er an die Türe heran und wollte gerade vorsichtig anklopfen, als sie geöffnet wurde.
Plötzlich stand eine junge Frau vor ihm, die ihm merkwürdig tief in die Augen blickte, bevor sie schließlich mit hängendem Kopf zum Ausgang ging. Florian blickte ihr so lange hinterher, bis sie aus seinem Sichtfeld verschwunden war und fasste sich an die Stirn, um nervös daran zu reiben.
Das tat er immer dann, wenn ihn eine Situation überraschte und unter Stress setzte. Irgendetwas trieb ihn nun an, der jungen Frau zu folgen und er wollte diesem Drang gerade nachgeben, als er vom Kundenberater angesprochen wurde.
„Sind Sie Herr Herfurth? Kommen Sie doch bitte …"
Florian zögerte noch einen Sekundenbruchteil, bevor er kurz nickte und dem Kundenberater jener Bank folgte, welche ihm von seinem besten Freund empfohlen worden war.
„Mein Name ist Tim Galatowsky. Nehmen sie doch bitte Platz."
Florian setzte sich und bemerkte noch die Wärme, welche die junge Frau auf diesem Stuhl hinterlassen hatte, sie fühlte sich gut an.

„Bei Ihnen geht es also um den Kauf einer Immobilie, nicht? Das ist prinzipiell eine gute und richtige Sache. Es ist genau genommen die beste Investition, die man in diesen Zeiten machen kann, wenn ich das so sagen darf. Gut, haben Sie konkrete Zahlen für mich?"
„Ja, in dieser Aufstellung können Sie alles sehen", sagte Florian mit brüchiger Stimme, für die er sich schon im nächsten Augenblick schämte.
Er beobachtete den Kundenberater, wie er die Zahlen prüfte und zum Schluss ein gutgemeintes, aber eindeutig falsches Lächeln aufsetzte.
„Immerhin gibt es hier ja noch eine gewisse Perspektive im Vergleich zu vorhin. Entschuldigen Sie, das tut ja nichts zur Sache, vergessen Sie das bitte wieder. Aha, es sind also Teilzeitstellen, um ..."

Florian nickte nur und dachte sich seinen Teil.
Vor allem musste er wieder an die junge Frau denken, deren Anblick ihn aus der Fassung gebracht hatte. Aber wie konnte das nur möglich sein? Gut, sie hatte ein auffallend hübsches Gesicht und so ziemlich die beste Figur, die man sich überhaupt vorstellen konnte. Aber genügte das, um sich hier in dieser wichtigen Situation selbst aus der Fassung zu bringen? Was war gerade mit ihm los? Warum träumte er mit offenen Augen?
„Also, ich will nicht lange um den heißen Brei herumreden. Es wird schwierig, definitiv! Man kann höchstens eine kleine Immobilie auf dem Land in Erwägung ziehen. Aber bedenken Sie bitte den extrem knappen Puffer, der am Ende eines Monats verbleibt. Dann darf nichts mehr schiefgehen und nichts außer der Reihe passieren. Daher ist höchste Vorsicht geboten. Gerade in letzter Zeit gab

es enorm viele Probleme mit solchen Krediten. Daher rate ich hiervon eher ab …"
Florian hörte nun die tiefe Stimme des Kundenberaters wie aus einer größeren Entfernung, sie schien am Ende sogar zu verwehen.
Selbst an diesem Ort war er Lichtjahre von der Erfüllung seines Traumes entfernt. Mit jedem weiteren erklärenden Wort entfernte sich der Haustraum immer noch weiter.
„Denken Sie noch mal über alles nach. Vielleicht können Sie ja …" Florian stand auf, drückte Galatowsky die Hand und verließ wortlos den Raum. Sein Rücken schmerzte jetzt noch mehr, als er das Bankgebäude verlassen und sich auf den Weg zu seinem Auto gemacht hatte. Auf der gegenüberliegenden Straßenseite fiel ihm ein gelber Audi 80 auf.
Er liebte Oldtimer und war sofort fasziniert von dieser tollen Karre.
Mit großer Wahrscheinlichkeit ging es hier um die 1977er-Baureihe, die ihn schon immer fasziniert hatte. Der Audi war top gepflegt, das sah man auf den ersten Blick.
Als er direkt auf Höhe der Beifahrerseite stand und einen Blick ins Wageninnere warf, sah er jene Frau, welcher er kurz vor dem Gespräch mit dem Kundenberater begegnet war.
Anfangs bemerkte sie ihn nicht, weil sie ihre Stirn gegen das Lenkrad presste und hemmungslos weinte. Daher zögerte er einen Moment lang, bis er sich einen Ruck gab und gegen die Scheibe klopfte, worauf sie das Fenster herunterkurbelte und ihn mit verweintem Gesicht anschaute.
"Kann ich helfen?"

"Mir ist nicht mehr zu helfen, glaube ich."
Ein Weinkrampf schüttelte ihren ganzen Körper. Was sollte er überhaupt noch sagen? War es besser, ganz unverbindlich zu bleiben und so schnell wie möglich wieder das Weite zu suchen? Aber nein, er konnte sie nicht im Stich lassen.
„Bei mir ist es total beschissen gelaufen", schluchzte sie, „bei dir auch?"
Damit hatte sie voll ins Schwarze getroffen, das Gespräch mit dem Kundenberater hatte ihn nicht weitergebracht. Tatjana würde ihn bei nächster Gelegenheit auslachen und sich umso mehr bestätigt sehen mit all ihren Zweifeln. Er bewegte sich auf Glatteis und dieser fabelhaft gutaussehenden Person schien es nicht anders zu gehen. Sie war ja vollkommen fertig mit den Nerven, daher musste er jetzt endlich mal etwas unternehmen.
„Das Gespräch war ein Reinfall", antwortete Florian, „ich hätte es mir sparen können. Aber irgendwann geht es auch wieder bergauf, sage ich mir dann immer."
Sie zog die Augenbrauen hoch und wischte sich die Tränen aus dem Gesicht, dann lächelte sie ihn auf eine umwerfende Art an, dass ihm die Knie wackelten.
„Steig ein", sagte sie nun mit festerer Stimme, „ich will dich gerne kennenlernen." Sie öffnete ihm die Türe und im nächsten Moment fand er sich auch schon auf der Beifahrerseite sitzend, gänzlich überrascht von dieser Entwicklung.
Am liebsten hätte er sie jetzt geküsst, aber er zeigte keine Regung. Das war jetzt auch wirklich absoluter Wahnsinn, weswegen er sich im nächsten Moment fragte, ob er noch ganz klar im Kopf war.
"Ich bin Anna", sagte sie mit einer Stimme, die ähnlich klang wie Tatjanas Stimme von damals, als sie sich frisch

ineinander verliebt hatten. Er beobachtete sie, wie sie eine Packung Tempos aus dem Handschuhfach herausnahm.
Dabei berührte sie ihn kurz an den Beinen und er roch den Duft ihres Parfums nach Zitrone und Vanille passte perfekt zu ihrer ganzen Art.
"Sag einfach Ann zu mir, wenn du willst", fügte sie hinzu und reichte ihm die Hand. Bei ihr wusste er gar nicht, wohin er schauen sollte, weil einfach alles an ihr schön anzusehen war.
Selbst diese Traurigkeit, welche nun wieder in ihr Gesicht gemeißelt schien, betörte ihn.
"Florian", antworte er, "also Floi. Warum hast du gerade so geheult? Oder ist diese Frage zu indiskret? Du kennst mich ja gar nicht ..." Die Frage war natürlich behämmert, denn sie hatte ja offensichtlich erheblich Geldsorgen.
"Was soll's", unterbrach sie ihn, "ist eh alles total egal."
Florian spürte ihr Bedürfnis, sich jemandem mitzuteilen, daher wollte er ihr klarmachen, dass er ein guter Zuhörer war. Ihre Probleme schienen größer zu sein als seine, denn sonst hätte sie bestimmt nicht die Fassung verloren."
"Sorry, Floi, habe dich gerade mit meinem Geflenne in Verlegenheit gebracht, das ist eigentlich überhaupt nicht meine Art. Aber ich habe echt kein Land mehr gesehen. Alles war nur noch aussichtslos, verstehst du? Kennst du das?"
Er nickte und versuchte, sie möglichst nicht anzustarren, tat sich aber schwer damit, sie nur flüchtig zu betrachten.
"Galitowsky hat einen neuen Kredit abgelehnt."
Sie schaute ihn mit Augen an, die seine Seele aus dem Gleichgewicht brachten, deswegen schaute er gleich wieder weg.

"Weiß echt nicht mehr weiter. Weiß nicht, wie ich diesen Monat durchkommen soll. Hab ihm ja gesagt, dass ich für den restlichen Monat noch Geld brauche. Aber er hat nur gemeint, er hat schon zu viele Augen zugedrückt. Ich hasse ihn! Wahrscheinlich bin ich aber tatsächlich ein hoffnungsloser Fall."
Sie weinte wieder, während er überlegte, was er nun erwidern und tun sollte. Wie konnte er ihr Mut machen und helfen?
"Glaub nicht", antwortete er, ein besserer Kommentar fiel ihm im Moment nicht ein.
"Weißt du, was auch schlimm war? Gestern habe ich Geld abheben wollen und dann hat der Automat meine Karte nicht mehr ausgespuckt. Wenden sie sich bitte an das Personal, stand da auf dem Bildschirm.
Ich habe es dann mit Visa versucht, aber auch da ging nichts mehr. Dann ..., ach egal ..."
Allein ihre Nase machte ich fertig, sie war klein und leicht nach oben gewölbt mit dezenten Nasenflügeln, die eine gewisse Zärtlichkeit ausstrahlten. Wenn er bei Frauen nach dem Aussehen schaute, unterteilte er meistens klischeehaft in hübsch, schön oder sexy. In Annas Gesicht war alles miteinander auf ungewöhnlich spannende Weise vermischt, das machte sie zu einem unvergesslichen Hingucker.
Er regte sich auf, weil er sich noch immer wie ein Teenager fühlte, der gerade seiner absoluten Traumfrau begegnete und nur dummes Zeug redete. Diese schräge Gefühlslage hatte er schon beinahe vergessen gehabt, aber nun brannte sie in ihm und er fand kein Gegenmittel.
"Erzähl ruhig weiter, wegen mir brauchst du dir keinen Kopf zu machen", sagte er, während er vorsichtig über

die Armaturen des Audis strich. Sein Herz klopfte bis zum Hals, als ihm eine komplett wahnsinnige Idee in den Sinn kam. Zwar wollte er sie gleich wieder verwerfen, aber das gelang ihm nicht, sie schien sich festzusetzen. Die Eigenschaft, Leuten in schwierigen Situationen zu helfen, gehörte schon immer zu ihm, sie war einfach ein Teil von ihm.

Während Anna noch tiefer ins Detail ging, driftete er allmählich ab und erinnerte sich an die Anfänge mit Ingrid. Damals hatte er sie in der Anfangszeit immer nur brav mit seinem Taxi von einer Stelle zur anderen befördert. Trotzdem hatte er nach kurzer Zeit erkannt, dass schon mit ihrer ersten Taxibeförderung auch eine außergewöhnliche Beziehung ihren Lauf genommen hatte. Bereits nach ein paar Fahrten hatte sie ihn gefragt, ob er ihr ab und zu privat behilflich sein könne, was er bejaht hatte.

Gleich nach den ersten ausgeführten Hilfestellungen hatte er jedoch an seinem Verstand gezweifelt.

Wie konnte man sich für eine wildfremde Person so intensiv einsetzen ohne dafür eine Gegenleistung zu verlangen? Tatjana hatte ihn prompt für verrückt erklärt und immer wieder darauf gedrängt, endlich Geld von Ingrid zu fordern.

Obwohl er sich das damals ernsthaft vorgenommen hatte, hatte er nie auch nur ein Wort darüber verloren. Ingrid war damals nicht einfach nur zufällig in sein Leben getreten.

Aber mit dieser Behauptung brauchte er seiner Frau, die vor allem rational dachte, gar nicht erst zu kommen. Im Gegensatz zu ihm glaubte sie nur an das, was man sehen und beweisen konnte. An ein gewisses Schicksal, an das Universum oder an einen Gott glaubte sie schon lange nicht mehr.

Hier, in diesem gelben Audi, der auch innen gepflegt war, worüber er sich freute, wähnte er sich nach langer Zeit wieder in einer schicksalhaften Situation. Neben ihm saß gerade eine junge Frau, die spontane Unterstützung benötigte.

Daher wollte er ihr Geld leihen oder am Ende sogar schenken, auch wenn das gegen jegliche Vernunft verstieß, das war ihm im Moment gleichgültig.

Was war dieses Leben schon so ganz ohne unvernünftige Ideen und Entscheidungen? Ein tiefer Sumpf aus Gewohnheit, Langeweile und Oberflächlichkeit. Normalität war ja immer der reibungsloseste Weg, das hatte er schon längst verstanden. Tatjana lebte ganz nach dieser Philosophie, aber für ihn war das auf Dauer zu öde. Er beobachtete sie, wie sie nervös auf die Uhr blickte.

"Oh, ich muss leider los. Sorry, echt! Wäre noch gerne eine Weile mit dir hier sitzengeblieben.

Aber ich muss jetzt ins Hotel, bin eigentlich schon zu spät dran. Mein Dienst ..."

"Wieviel Geld brauchst Du eigentlich? Ich könnte dir was leihen. Wäre wirklich kein Problem."

Sie betrachtete ihn, ohne ein Wort zu sagen, bis sie schließlich eine Summe auf einen Strafzettel kritzelte und ihn anschließend mit einem leeren Blick anschaute, der ihn bis ins Mark traf.

"Es bringt doch alles nichts. Spätestens nächsten Monat bin ich schon wieder blank."

"Okay, ich brauche noch deine Daten. Nachname und IBAN wenn möglich. Kannst es mir ja wieder zurückzahlen."

Er fühlte sich richtig gut, als sie seiner Bitte entgegenkam.

"Reicht das so?" Sie gab ihm den zerknitterten Zettel, wobei ihre Hand zitterte. Florian spürte, dass sie sich vor ihm schämte, als er einen Blick darauf warf. *Anna Maroldt* las er, bevor er die Notiz einstecke. Danach blieben sie noch ein paar Minuten schweigend nebeneinander sitzen.
Dabei hatte er das Gefühl, die Zeit wurde sich dehnen, was er als überaus angenehm empfand. Nachdem er die Beifahrertüre geöffnet hatte und gerade aussteigen wollte, zupfte sie an seiner Jacke.
"Warte noch kurz, ich brauche deine Nummer."
Florian notierte sie auf einen anderen Zettel, den sie aus dem Handschuhfach herausgenommen hatte.

Die Enttäuschung über den Verlauf des Gesprächs mit dem Kundenberater war für ihn erst mal in den Hintergrund geraten.
Er schaute noch zu, wie sie den Motor startete und schließlich mit überhöhtem Tempo und quietschenden Reifen losfuhr, bevor er sich auf den Weg zu seinem Auto machte.
Dort blieb er eine Weile sitzen, dann machte er sich auf den Heimweg nach Nidderau. Die junge Frau ging ihm während der ganzen Fahrt nicht mehr aus dem Kopf.

INGRID, FRANKFURT-SCHWANHEIM

Ingrid Leitner betrat ihr Büro, welches letzte Woche von Florian technisch auf den neuesten Stand gebracht worden war.
Nun hatte sie eine schnellere Internetverbindung, einen neuen Tablet-PC mit abtrennbarer Tastatur und eine zeitgemäße Telefonanlage. Meistens setzte sie sich aber nur an den alten Sekretär ohne jegliches technisches Equipment und betrachtete sich die Fotoalben zu ihren Häusern. Alle Entwicklungen waren sowohl fotografisch als auch mit ihren Kommentaren über Jahrzehnte hinweg festgehalten. Parallel dazu führte sie noch akribisch genau Buch über Florians Aktivitäten.
Jeden einzelnen Dienst, den er bislang für sie erledigt hatte, war mit entsprechenden Daten und Kommentaren versehen.
Zum Teil hatte sie auch entsprechende Fotos eingeklebt. Gerade betrachtete sie die Einträge der letzten Norderney-Reise Anfang April. Dabei stieß sie auf ein Foto, auf dem er stolz an seinem BMW lehnte, nachdem sie den großen Parkplatz auf Norddeich erreicht hatten.
Nur fünf Stunden, das ist neuer Rekord, Frau Leitner, hörte sie ihn jetzt wieder sagen.
Und genau diesen Kommentar hatte sie schriftlich festgehalten.
Mit solch einer Fahrt hatte vor etwas mehr als fünf Jahren alles zwischen ihnen angefangen. Damals hatte sie wieder mal ein Taxi geordert, worauf er gekommen war und sie zum ersten Mal nach Norderney gefahren hatte. Von dieser ersten Tour hatte sie leider kein Bildmaterial. Schriftlich festgehalten hatte sie aber die außergewöhnlich guten Gesprächsthemen der Fahrt. Zwischen uns hat

es in gewisser Weise gefunkt, dachte sie, aber auf ganz und gar platonischer Ebene. Sie musste kurz auflachen. In jungen Jahren hätte ihr Florian sicherlich auch auf andere Art und Weise gefallen.
"Aber nimm das jetzt nicht für bare Münze", sagte sie in Richtung eines großformatigen Fotos ihres vor knapp vier Jahrzehnten verstorbenen Mannes Hans-Jürgen.
Ingrid klappte das Buch zu und dachte über ihren neuen Plan nach.
Inzwischen hatte sie sich jede Menge Notizen dazu gemacht, die sie als nächstes nur noch ordentlich gliedern und auswerten musste. Sie war an einem Punkt angelangt, an dem es nichts mehr zu verlieren gab und konnte daher alles aufs Spiel setzen.
Schließlich startete sie ihr Mailprogramm, um Florian zu fragen, ob er sie ein verlängertes Wochenende nach Norderney begleiten würde. Dabei war es wichtig, die entsprechenden Vorbereitungen rechtzeitig zu treffen, sie wollte keine Zeit mehr verlieren.
"Hans-Jürgen, es geht ja um sehr viel. Um unsere schönen Häuser. Das Millionenerbe muss in Kürze sinnvoll geregelt sein. Danach komme ich zu dir, wie versprochen."
Nachdem sie die Mail an Florian verschickt hatte, erhob sie sich ächzend von ihrem Bürostuhl, um anschließend einen Blick auf die Pläne ihrer alten Häuser zu werfen, die nebeneinander an der Wand hingen. Auf der gegenüberliegenden Seite befanden sich die Pläne der neuen Häuser, die sie von Margarete Kolb geerbt hatte.
Ihr Blick schweifte erst oberflächlich von Haus zu Haus, bis sie sich schließlich die einzelnen Pläne genauer betrachtete.
Dabei kam ihr mal wieder die Frage in den Sinn, warum

sie sich ausgerechnet für das eher bescheidene Haus in Schwanheim als eigenes Wohnhaus entschieden hatte. Weil es vielleicht so herrlich verwinkelt war? Oder lag es daran, dass Schwanheim zwar ein Stadtteil von Frankfurt war, aber trotzdem Dorfcharakter hatte? Ans Herz gewachsen waren ihr auch die zahlreichen Cafés und Restaurants auf Alt-Schwanheim, die den Ort so lebendig und bunt machten. Zumindest war sie stolz darauf, dass sie extrem günstige Mietwohnungen zur Verfügung stellte.
Für den Eigenbedarf hatte sie jeweils nur eine Wohnung pro Haus freigehalten.

Wer auch immer das Häusererbe antreten würde, musste es bei diesem System belassen.
Das galt ja auch für die neuen Häuser, über die sie sich noch immer nicht wirklich freuen konnte. Sobald sie eines davon betrat, überkam sie auch prompt eine Trauer um Margarete Kolb.
Inzwischen war sie mental gar nicht mehr dazu der Lage, die neuen Häuser zu betreten, sie brach dann immer gleich in Tränen aus.
So war es auch beim letzten Mal passiert, als sie zusammen mit Florian das große Haus auf der Friedberger Landstraße besucht hatte.
Gerade im Wohnzimmer der ehemaligen Freundin angekommen, waren ihr die Tränen in die Augen geschossen und sie hatte sich nicht mehr beruhigen können.
Aber das alles sollte in nächster Zeit keine große Rolle spielen.
Sie musste ihre ganze Energie in ihren neuen Plan stecken. Dabei war ihr zu diesem Zeitpunkt schon klar, wie sehr sie die Grenzen von ihrer Tochter und von Florian

austesten würde. Auf die beiden kommen bewegte Zeiten zu, wenn ich jetzt nicht falsch liege, dachte sie, darauf sind sie sicher nicht vorbereitet. Und seine Frau wird ihm die Hölle heiß machen, wird versuchen, ihn aufzuhalten, aber das ist mir ganz egal.
Ingrid spürte plötzlich einen lähmenden Schmerz im rechten Oberschenkel, der ihr Tränen in die Augen trieb.

FLORIAN, NIDDERAU

Noch immer mit den Gedanken bei seiner neuen Bekanntschaft blieb Florian im Nidderauer Weg eine Weile in seinem 1302er sitzen und hörte sich ein paar Songs von Rea Garvey *an*.
Er wollte noch kurz abschalten und durchatmen, schließlich drohte zuhause voraussichtlich dicke Luft. Vielleicht hatte sie sich inzwischen wieder beruhigt. Das Thema Hauskauf durfte er jedenfalls erst mal nicht mehr ansprechen. Noch viel brenzliger war aber der geplante Ausflug nach Haussömmern, wo er sich wieder mal um Ingrids Landhaus kümmern wollte.
Warum musst du da schon wieder hin, hörte er seine Frau sagen, als er kurz die Augen schloss.
Einen kurzen Moment lang glaubte er sogar, tatsächlich ihre Stimme gehört zu haben. Diese hohe, sehr mädchenhaft Tonlage, die ihm vor knapp zehn Jahren im Badminton-Point, als sie sich vor dem Saunabereich kennengelernt hatten, auf Anhieb fasziniert hatte.
Als Rea zum letzten Mal den Refrain von *Is it Love* sang, dachte er nicht weiter darüber nach.
Florian fühlte sich an diesem Mittag ein wenig schlapp,

was vermutlich daran lag, dass er schon unzählige Nächte mitten in der Nacht von seiner achtjährigen Stieftochter Annina zu sich gerufen worden war. In letzter Zeit litt sie unter Albträumen und er musste sich immer kurz zu ihr legen, weil sie Angst vor der Dunkelheit hatte.
Aus diesem kurzen Liegenbleiben wurde dann aber immer ein langes, bis der Wecker piepste und er mit Rückenschmerzen in aller Frühe aufstand. Meistens war es Punkt fünf Uhr, wogegen Annina dann immer noch weiterschlief.
So leicht ihr Schlaf in der Nacht war, so tief war er seltsamerweise morgens. Im nächsten Moment gab er sich einen Ruck und stieg aus.
Auf dem Weg zur Wohnung wehte ihm ein eiskalter Wind um die Ohren. Sollte er gleich in Richtung Thüringen abfahren oder erst gegen Abend?
Andererseits gab es in Ingrid Leitners Landhaus sehr viel zu tun, wobei die Zeit dort seltsamerweise immer zu verfliegen schien.
Der eigentliche Hausverwalter war mit seinen 69 Jahren zwar verhältnismäßig auf Trab, aber so langsam zeigte sich immer deutlicher, dass er sich nicht mehr so umfassend um das Haus kümmern konnte, wie es früher der Fall gewesen war. Daher musste langsam eine Alternative gefunden werden, um die er sich wie versprochen vor Ort kümmern wollte.
Florian bedauerte die große Entfernung, zu gerne hätte er sich öfters um das Landhaus gekümmert. Jedenfalls war er froh über den verhältnismäßig großen Spielraum, den Ingrid ihm ließ.
Manchmal hatte er das komische Gefühl, er selbst sei der Eigentümer dieses Hauses.
Mit der Frage, welches Haus von Ingrid zurzeit sein Lieb-

lingshaus war, betrat er seine Wohnung, ohne eine Antwort zu finden.
Annina fiel ihm gleich um den Hals und gab ihm leidenschaftliche Küsse auf den Mund und auf die Stirn.
"Da bist du ja endlich. Gehen wir ins Kino? Mama hat das vorgeschlagen."
"Wo ist die Mama, Süße?"
"Im Bad, sie tut duschen."
"Okay, geh schon mal in dein Zimmer, ich komme gleich vorbei."
Florian beobachtete, wie Annina kurz die Backen blähte und schon im nächsten Moment in ihrem Zimmer verschwunden war. Nachdem er die klobigen Winterstiefel ausgezogen hatte, bewegte er sich Richtung Bad. Dabei überlegte er kurz, wann Tatjana ihren nächsten Spätdienst in der Stadtbücherei haben würde, kam aber auf keine Antwort.
Schon öffnete er die Badezimmertüre, worauf ihm ein frischer Duft nach Mandarinen in die Nase drang.
"He, kein schlechter Anblick."
Einen Moment lang stellte er sich vor, dass diese Anna unter der Dusche stand. Er strahlte sie an, nachdem sie ihn mit hochgezogen Augenbrauen und einem Fingerwink zu sich gelockt hatte und zögerte keine Sekunde mit dem Ausziehen.
„Komm rein und schließ ab."
Florian zögerte nicht lange, zog sich aus, stieg in die Badewanne und lehnte sich an den klobigen Boiler, während sie die Brause in seine Richtung hielt. Als er gerade seine Frau mit einem Duschschaum einreiben wollte, klopfte Annina an die Tür und fragte, wann er endlich zu ihr komme.
"Gleich, mein Engelchen. Noch zwei Minuten."

Während er aus der Wanne stieg, um sich abzutrocknen, kam ihm wieder die geplante Fahrt in das kleine Dorf in Thüringen in den Sinn. Sollte er Annina mitnehmen? Oder doch besser alleine bleiben, um die Zeit vollständig für das Haus zu investieren? Annina war ja eine kleine Meisterin in Sachen Ablenkungsmanöver. Wenn sie etwas wollte und sich ein entsprechendes Ziel gesteckt hatte, war sie nur schwer davon abzubringen.
"Schade eigentlich, jetzt war es gerade so nett. Was wollen wir heute machen? Ich hab ihr Kino vorgeschlagen. Oder..."
Seine Frau schaute ihn mit jenem durchdringenden Blick an, den sie sich seit etwa einem Jahr angewöhnt hatte.
"OK, sag jetzt nichts. Es geht wieder um dieses Haus in der Pampa. Wann willst du los? Findest du nicht, dass du langsam echt einen Schritt zu weit gehst? Ich hab irgendwie den Eindruck, du denkst nur noch daran, an diese blöden Häuser. Das ist doch nicht mehr normal, wenn du mich fragst. Und verdammt, warum erfahre ich das erst jetzt?"

Tatjanas Stimme nahm wieder diese schrille Tonlage an, die sofort Stress in ihm auslöste. Meistens brüllte sie kurz darauf los und verlor die Beherrschung. Dann gab es keine Spur mehr von der hohen, niedlich klingenden Stimme, mit der sie ihm damals noch den Verstand geraubt hatte.
Wo war überhaupt ihre ganze süße Art geblieben?
"Sorry, war eine spontane Idee. Das war so nicht großartig geplant, glaub mir bitte. Ihr könnt doch wieder mitkommen? So kommen wir auch mal raus."
Seine Frau stieg aus der Wanne und er blickte ihr wortlos nach. Sie rubbelte ihren Körper ab, warf sich einen Ba-

demantel über und verließ wortlos das Bad. Florian kümmerte sich noch kurz um seine Haare, auf die er besonders großen Wert legte.

Während er das abschließende Styling vornahm, dachte er über seine Ehe nach. Vielleicht drohte ja allmählich eine Eiszeit, wenn sie so weitermachten.

Durch die Angelegenheit mit Ingrid stand er bei seiner Frau jedenfalls besonders in der Kritik, gerade über die letzten Jahre hinweg hatte sich einiges angestaut. Vermutlich lag alles nur an ihm selbst, weil er immer wieder die gleichen Fehler machte, ohne etwas daraus zu lernen. Die meisten Menschen würden ihn zumindest für einen komplett Verrückten halten, weil er einer vollkommen fremden Person Geld überweisen wollte.

500 Euro hatte er sich in den Kopf gesetzt, diese Summe würde er ihr zumindest leihen. Er war sich sicher, dass Anna Maroldt ihre Schuld zu einem späteren Zeitpunkt wieder begleichen würde.

Seine Frau durfte davon nur nichts mitbekommen. Zum Glück hatten sie kein gemeinsames Girokonto, wie sie es gleich am Anfang ihrer Ehe vorgeschlagen hatte, aber er hatte gleich dagegen interveniert.

Noch fataler hatte sich seit zwei Jahren der Drang entwickelt, sich um Leitners Häuser zu kümmern. Fast schien es ihm so, als riefen sie ihn zu sich, als übten sie eine schwarze Magie auf ihn aus, gegen die er sich nicht wehren konnte.

Wie sollte er also seiner Familie plausibel erklären, warum er sich so verhielt?

Ingrid gab ihm ja immer wieder Geld für seine Dienste, manchmal gab sie ihm zu viel und bei anderen Gelegenheiten wieder etwas zu wenig.

Dieses zusätzlich verdiente Geld sparte er bislang aus-

schließlich, worüber sich Tatjana immer häufiger ärgerte. Einerseits konnte er sie ja gut verstehen, weil das Geld oftmals zu knapp war, das hatte sie ihm ja auch im Schluckbär zuletzt vorgeworfen. Andererseits wollte er eben ausreichend Eigenkapital ansparen.
Nun verließ auch er das kleine, sanierungsbedürftige Bad, um gleich darauf bei seiner Annina anzuklopfen. Sie telefonierte gerade mit ihrer besten Freundin, was ihm im Moment gar nicht so unrecht war.
Tatjana saß im Wohnzimmer und chattete auf Facebook. Wahrscheinlich ging es dabei wieder um ihren Lese-Club, jedenfalls würdigte sie ihn keines Blickes.

"Ich will nicht mitkommen, Floi. Verstehst du das nicht? Das ist mir einfach zu viel Pampa. Es gibt nichts in diesem Dorf, man kann nicht mal einkaufen gehen. Nur ein paar Häuser und sonst nur Trostlosigkeit pur.
Aber lass dich bitte nicht aufhalten. Annina weiß schon Bescheid, dass es nichts wird mit Kino und so. Fahr nur hin. Du machst ja sowieso nur noch das, was du willst."
Sie schenkte sich ein Glas Wein ein und lächelte ihn seltsam schief an. In diesem Moment sehnte er sich wieder die alte Tatjana herbei, ihre positive Art, ihren Witz und ihren Charme. Aber die letzten Jahre hatten ihre Spuren hinterlassen und nun schien sie ein ganz anderer Mensch geworden zu sein.
Andererseits hatte er sich für sie vermutlich ebenfalls erheblich verändert. Vielleicht fehlte ihnen aber auch nur mal ein positives Ereignis.
"Wenn du Zuhause bist, bist du in Wirklichkeit ganz woanders.
Entweder mit den Gedanken bei einem Hauskauf. Oder du verstrickst dich einfach kopfmäßig in die Angelegen-

heiten der Alten. Das nervt tierisch. Aber lass dich nicht aufhalten.
Ach, wie ist eigentlich der Termin bei der Bank gelaufen? Was hat der Kundenberater denn gesagt?" Ihr Blick war zynisch und kalt, weswegen ihm keine gescheite Antwort einfiel.
Sie nutzte gerade die Gelegenheit, ihm eins auszuwischen, diese Tatsache versetzte ihn plötzlich unter Stress. Er verspürte Lust, ihr alles Mögliche an den Kopf zu werfen, wollte sie anbrüllen, dass sie sich gar nicht in seine Lage hineinversetzen konnte, es nicht mal ansatzweise versuchte. Sie ging immer nur von sich selbst aus und hatte nicht die Fantasie, Dinge auch mal aus einem ganz anderen Blickwinkel zu betrachten. Sie war immer vollkommen auf sich selbst bezogen. Dieses Verhalten kotzte ich inzwischen immer mehr an.
„Er hat eher abgeraten", antwortete Florian kleinlaut, „er sieht halt ein gewisses Risiko. Mit unseren Teilzeitstellen und so. Okay, ich geh dann mal ..."
Dieses eigene Gestammel war ihm nun peinlich. Mit gesenktem Kopf verließ er schließlich das Wohnzimmer, um seine Tasche zu packen.

TATJANA, NIDDERAU

Tatjana Herfurth ließ ihre Tochter noch einen Kinderfilm anschauen, schließlich war ja nichts aus dem geplanten Kinobesuch geworden.
Floi hatte sich aus dem Staub gemacht, wie so oft in letzter Zeit. Wenn sie ihn nicht so gut kennen und ihm nicht vollkommen vertrauen würde, zöge sie womöglich schon längst die falschen Schlüsse.
Untreue war ja zurzeit das Topthema in ihrem Freundeskreis.
Erst vor zwei Monaten war ihre beste Freundin Joelle verlassen worden.
Markus war ihr ja von Anfang an verdächtig gewesen. Anstatt mit seinen Kumpels zu zocken, wie er es jeden Freitag behauptet hatte, hatte er die Zeit mit einer anderen Tussy verbracht.
Nun saß Joelle da und wusste nicht mehr weiter, das war das traurige Ergebnis. Tatjana trank ihr Glas Wein aus und überlegte einen Moment lang, ob sie ihr auf WhatsApp schreiben oder sie besser anrufen sollte. Vielleicht hatte sie ja wieder Lust, bei ihr zu übernachten, weil ihr ja sowieso immer die Decke auf den Kopf fiel. Davon abgesehen wollte sie ihrem Mann noch ein paar Nachrichten schicken, um ihm ein möglichst schlechtes Gewissen zu machen, denn es war nun mal an der Zeit, den Druck zu erhöhen.
Floi war einfach zu gut für diese Welt, das nutzen Leute wie die Leitner gnadenlos aus. Vielleicht ging es ihr ja zurzeit wirklich so dreckig, wie er stets behauptete, aber es gab ja genügend andere Möglichkeiten. Am Geld scheiterte es in ihrem Fall mit Sicherheit nicht, schließlich war sie ja Millionärin. Warum ließ Floi das alles mit sich

machen? Immer wieder diese gleiche Frage, die ohne Antwort blieb.

Sobald sie etwas von ihm wollte, sprang er auch schon wie ein braves Hündchen. Die Alte machte doch ständig auf die Mitleidstour.

Für ihn war sie scheinbar so etwas wie eine Mutter, das hatte er in den letzten Jahren immer wieder nebenbei erwähnt. Aber wann zum Teufel dachte er mal in erster Linie an seine Familie?

Jetzt spürte sie wieder die Wut in sich aufflammen, wie es zuletzt häufiger der Fall war. Dabei hatte sie plötzlich große Lust, etwas gegen die Wand zu werfen. Warum eigentlich nicht?

Es war an der Zeit, die schon viel zu lang unterdrückten Gefühle rauszulassen, jedenfalls rieten ihr das ihre Freundinnen schon ziemlich lange.

Tatjana stand vom Sofa auf, griff nach der halbvollen Weinflasche und holte aus, doch im letzten Moment überlegte sie es sich anders, schließlich musste sie ein gutes Vorbild für Annina bleiben. Andererseits brauchte sie wieder mal das andere, bislang immer perfekt funktionierende Ventil, um den ganzen Frust so schnell wie möglich loszuwerden.

Daher rief sie erst mal Hana an, um mit ihr ein neues Match zu vereinbaren. Besonders toll an dieser Konstellation war, dass Hanas Tochter die mit Abstand beste Freundin von Annina war, somit konnte sie gleich zwei Fliegen mit einer Klappe schlagen.

"Tati hier. Hast du heute Zeit? Bin reif für ein neues Match. Du auch?"

"Hi, Tati, du kommst mir wie gerufen. Maja hat auch schon gefragt, ob sie heute mit Annina spielen kann. Jürgen arbeitet eh noch bis spät abends. Keine Ahnung,

wann der sich heute blicken lässt. Irgendwie hat er nur noch seinen Job im Sinn, wenn du mich fragst. Echt schlimm!"
"Okay, ich ruf mal kurz im Point an, ob ein Platz für uns frei ist. Melde mich dann per WhatsApp. Tschau Hani."
Tatjana legte auf und rief gleich im Anschluss im Badminton-Point an, wo sie am liebsten ihre Freizeit verbrachte.
Nachdem sie einen Court für neunzig Minuten reserviert hatte, klatschte sie vor Freude in die Hände.
Schon allein bei dem Gedanken an das bevorstehende Match und den anschließenden Saunagang blühte sie wieder auf.
Noch eine Stunde, dann würde sie mit ihrem Corsa zu Hana fahren und erst mal wieder alle Sorgen zumindest kurzfristig hinter sich lassen.
Seit Jahren war sie ihr wichtigster Spielpartner, davor war es noch Floi gewesen.
Aber nun war an ein gemeinsames Badmintonspielen ja kaum noch zu denken, die Zeiten hatten sich vollkommen geändert.
Wie sehr hatte er sich in den letzten Jahren verändert? Wie groß war die Chance, dass er wieder zu sich kam und einen ganz normalen Familienalltag mit ihnen erlebte?
Immer dieses leidige Thema Haus, er hatte sich einfach komplett verrannt. Irgendwie war das kein Wunder, weil alle Leute, mit denen sie zu tun hatten, scheinbar ein eigenes Haus hatten.

Überall wimmelte es von erfolgreichen Familienvätern, die von morgens bis spät abends schufteten, dabei gute Papas waren und dicke Schlitten fuhren.
Umgeben von Müttern, die überall bei der Stange waren und das ganze Familienleben perfekt organisierten.

Bei Hana war das ja auch der Fall. Sie mischte überall mit, war Elternbeirat in der Geparden-Klasse, gehörte zum ausgewählten Team, das jedes Jahr ein Jahrbuch für die Schüler, Lehrer und Eltern herausbrachte und arbeitete auch noch bei Lufthansa beim Bodenpersonal. Jürgen schaffte als Controller in irgendeinem bekannten Unternehmen ziemlich viel Kohle ran.
Super geniales Haus, zwei bis drei tolle Reisen im Jahr, Theater, Kino, Ausflüge und zwei hammermäßige Schlitten in der Garage.
Floi war der einzige Mann in diesen Kreisen, der wenig Geld verdiente und beruflich etwas ins Hintertreffen geraten war. Hana und Jürgen relativieren zwar immer seine Selbstzweifel, aber das schien ihn noch mehr zu belasten.
Vielleicht war er genau genommen reif für eine Therapie, denn normal war aus ihrer Sicht anders. Floi wollte einfach beweisen, dass auch er ein erfolgreicher Familienvater war. Aber von seinen Plänen von einem eigenen Haus hielt Tatjana nichts, sie wollte weiterhin in einer schmucken Kleinstadt bleiben und nicht irgendwohin in die tiefste Pampa ziehen. Zuletzt war sie diesem Thema einfach nur noch ausgewichen. Die Alternative sah auch nicht besser aus, weil er aufs Land ziehen wollte, um ein bezahlbares Haus kaufen zu können. Völliger Schwachsinn. Nie im Leben! Ihre Mietwohnung in Nidderau reichte vollkommen aus. Zwar zahlten sie etwas mehr als 1.000 € warm, aber das war die Sache wert. Tatjana regte dieses Thema jetzt wieder fürchterlich auf, deswegen wollte sie jetzt nicht länger darüber nachdenken. Sie würde Floi schon noch davon überzeugen, dass Nidderau ein Glücksfall für sie war. Im nächsten Moment piepste ihr Smartphone gleich mehrmals hintereinander.

WhatsApp-Nachricht von Joelle Boiniere. An Tatjana Herfurth 16:43 Uhr

"Hab gerade fast alle Fotos von Markus vernichtet. Kann einfach seinen Anblick nicht mehr ertragen. Sind massig Bilder. Der Hammer!!! Wie konnte ich nur so lange mit ihm zusammen bleiben. Dieser Lügner! LG, Jo."

WhatsApp-Nachricht von Joelle Boiniere. An Tatjana Herfurth, 16:45 Uhr

"Vielleicht hätte ich es doch mitmachen sollen, was er sich so gewünscht hat. Die neue Tussy macht es garantiert. Dann wäre jetzt alles noch beim Alten. Konnte aber einfach nicht. Vielleicht aber nur, weil es bei ihm nicht ging, keine Ahnung. ACH, sorry! Hab mich einfach blenden lassen von dem ganzen Schönreden und so, die er gehalten hat. Jetzt Ratlosigkeit pur."

WhatsApp-Nachricht von Tatjana Herfurth. An Joelle Boiniere, 16:50 Uhr

"Willst Du heute vorbeikommen? Floi ist in Thüringen. Mit Übernachtung? Annina fände das auch toll."

WhatsApp-Nachricht von Tatjana Herfurth. An Joelle Boiniere, 16:51 Uhr

"Gehe noch auf ein Match in den Point. Du kannst ja einfach kurz nach neun vorbeikommen. Okay?"

WhatsApp-Nachricht von Joelle Boiniere. An Tatjana Herfurth, 16:52 Uhr

„Coole Idee. Ich freu mich schon so. Kuss."

Bislang hatte sie noch nicht erfahren, was Markus genau von ihrer Freundin gewollt hatte. Jedenfalls ging es ziemlich sicher um eine bestimmte erotische Spielart, von der Joelle nicht ungezwungen berichten konnte, weil sie eigentlich in dieser Beziehung schon immer verschlossen und geheimnisvoll war.
Tatjana schenkte sich ein Glas Wasser ein und schwor sich, in nächster Zeit deutlich weniger Alkohol trinken. Immer dann, wenn es mit Floi Probleme gab, hatte sie zuletzt zum Glas gegriffen und das ging ja jetzt schon eine ganze Zeit lang so.
Wieder vollkommen fit werden, komplett durchtrainiert sein, ging es ihr nun durch den Kopf, als sie ihre Sportsachen packte. So konnte es nicht mehr lange weitergehen, sonst würde sie irgendwann eine ziemlich üble Rechnung bekommen.
Zwischenzeitlich informierte sie Annina über den weiteren Verlauf des Tages. Sie machte daraufhin Luftsprünge durch die ganze Wohnung.
Als Tatjana ihre neue gelbe Sporthose anzog, dachte sie über Markus nach und zog mehrere Vergleiche zu ihrem Mann.
Sie hatte doch tausendmal lieber einen Mann wie ihn, der sich zwar mit zwei Jobs gerade so über Wasser halten konnte, als solch einen verlogenen Dreckskerl. Einen Typen ohne Prinzipien, dafür aber mit ziemlich guter Stelle als Manager bei der Bahn. Floi war vielleicht doch nicht die schlechteste Wahl.

Auf jeden Fall sah er verdammt gut aus. Zwar etwas abgemagert in letzter Zeit, aber wiederum muskulös, was für sie schon immer besonders wichtig gewesen ist. Ansonsten war er vielleicht prinzipiell immer zu ernst, er lachte ja kaum noch.
Das ging schon jahrelang so, wenn sie es sich genau überlegte.
Seit diese Leitner in ihr Leben eingedrungen war, schien er nur noch ein Schatten seiner selbst zu sein. Jedenfalls war es langsam an der Zeit, dass die Alte wieder aus ihrem Leben verschwand.
Mit welchen Mitteln konnte sie das nur in die Wege leiten? Irgendetwas würde ihr schon noch einfallen, notfalls musste sie Floi so heftig wie nur möglich einheizen und ihm ein Ultimatum stellen.
Die Alte oder Familie? Er würde sich schon noch besinnen und die richtige Entscheidung treffen. Es war an der Zeit für ein klares Bekenntnis zur eigenen Familie, die er einfach so nebenbei laufen lassen wollte. Aber damit müsste langsam Schluss sein. Sie musste ihn fester an die Hand nehmen, schließlich war er bislang der beste Mann in ihrem Leben.
Die Vorgänger waren doch allesamt nur irgendwelche Mitläufer gewesen, alle gleich, einheitlich, verwechselbar.
Allein ihr letzter Lover, der Erzeuger von Annina, hatte sich ebenfalls abgehoben von dieser öden Masse, die scheinbar von Jahr zu Jahr größer wurde. Aber dann hatte er von einem Tag auf den anderen diese absurde Idee verfolgt, nach Australien auszuwandern, um sich mit einer Bäckerei selbständig zu machen. Aber sie hatte das nicht mitmachen wollen, auch wenn sie damit die Chance verpasst hatte, bei „Die Auswanderer" teilzunehmen.

Stefan hatte sich trotz Frau und Kind nicht abhalten lassen und lebte jetzt auch schon seit einer gefühlten Ewigkeit auf der anderen Seite der Welt und meldete sich nicht mehr, was ihr aber nichts ausmachte.

Floi hatte ihn schnell in Vergessenheit gebracht und Annina war damals noch zu klein gewesen, hatte das alles längst vergessen.
Für sie war Floi der echte Papa. Für sie selbst war es auch so und sie wünschte sich eigentlich nichts mehr in ihrem Leben als ein zweites Kind, aber er hatte sich bislang immer quergestellt.
Tatjana warf einen letzten Blick in den Spiegel, um sich anschließend mit Annina auf den Weg zu machen.

Samstag, 2. Dezember 2017
INGRID, FRANKFURT-SCHWANHEIM

Ingrid fragte sich, ob sie heute ihren Steuerberater kontaktieren sollte, um mit ihm den exakten Wert ihrer Immobilien zu ermitteln.
Margaretes ehemalige Häuser hatten zwanzig Mietwohnungen, für die sie knapp 19.000 € monatliche Mieteinnahmen erhielt.
Auch Margarete hatte pro Haus eine Wohnung für den Eigenbedarf genutzt und selbst im Erdgeschoss des schönsten Hauses in Frankfurt-Sachsenhausen gewohnt. Der Gesamtwert der neuen Häuser belief sich laut Notar auf 6,5 Millionen. Ihre alten Häuser, mit Ausnahme des Landhauses in Haussömmern, hatten 15 Mietwohnungen mit einem monatlichen Mietertrag von 11.000 €. Ihre Tochter wohnte mietfrei im Westend und sie selbst wohnte in einer der beiden Fünfzimmerwohnungen im Zentrum von Schwanheim.
Katrin schüttelt ja nur noch den Kopf, wenn es um dieses Thema geht, dachte Ingrid. Wie kann man gleich mehrere Häuser besitzen und selbst nur in einer popligen Wohnung leben?
Als sie aufstand, um das Telefon zu suchen, kam sie am kleinen Badezimmer vorbei, vor dem der neue und noch ungewohnte Rollstuhl stand.
Zuletzt hatte es immer mehr Tage gegeben, an denen sie ihn nutzen musste, weil ihre Beine den Dienst versagten. Plötzlich trat dann ein lähmendes Gefühl auf und sie knickte ein, dann konnte sie kaum noch einen Schritt vor den anderen machen.
Besser aber einen gescheiten klassischen Rollstuhl verwenden als solch einen dämlichen Rollator, dachte sie,

während sie den Rollstuhl in Richtung Küche schubste. Über diese Szene musste sie noch immer lachen, bis sie von einem Moment auf den anderen einen ihrer gefürchteten Hustenanfälle bekam.

FLORIAN, AUTOBAHN RICHTUNG HAUSSÖMMERN (SAALE UNSTRUT)

In seinem 1302er konnte Florian schneller abschalten als gedacht. Auf der Autobahn war zwar anfangs viel Verkehr, aber schon nach der Landesgrenze gab er Vollgas. Thüringen war ein echtes Paradies für leidenschaftliche Autofahrer wie ihn. Bleifuß und maximale Lautstärke für *Neon* von Rea Garvey.
Wenn er es sich genau überlegte, gab es seit einiger Zeit fast von allen Seiten Druck auf ihn. Zuhause war er zurzeit vielleicht sogar am größten, weil er so oft unterwegs war und zu wenig Geld verdiente.
Tatjana war offensichtlich enttäuscht von ihm, ohne diese Enttäuschung richtig auf den Punkt zu bringen. Vielleicht würde Ingrid kein Problem für sie darstellen, wenn er beruflich auf einem besseren Kurs wäre.
Wahrscheinlich war es inzwischen an der Zeit für einen Urlaub irgendwo am Meer, mit All- Inclusive, einem schönen Pool und allem möglichen Schnickschnack.
Komplett entspannen und sich um
nichts kümmern müssen, das brauchten Tatjana, Annina und er scheinbar dringender als je zuvor.
Den letzten richtigen Badeurlaub hatten sie vor vier Jahren in Kroatien gemacht, gefühlt war seitdem eine halbe Ewigkeit vergangen.

Mit einem Mal musste er an den Stress bei *Kulls&Kells* denken, an die schlechte Auftragslage. Thomas Kulls machte in letzter Zeit enorm viel Druck. Dabei waren Gehaltsforderungen absolut tabu und sein Antrag auf Aufstockung zu einer Vollzeitstelle brachte seit einer halben Ewigkeit kein klares Ergebnis. Dafür reichte laut Kulls nun mal das Geld nicht aus. Von Jahr zu Jahr hielt man ihn hin, es war immer die gleiche Leier. Die Auftragslage sei einfach noch zu unsicher, was an der großen Konkurrenz läge.

Florian fuhr Vollgas, die Tachonadel vibrierte so heftig, dass er glaubte, sie würde gleich ihren Dienst versagen. Auf der Höhe von Eisenach stellte er die Musik ab, um vollkommen mit seinem Auto im Einklang zu sein.

Aber es gelang ihm nicht. Nun kam ihm wieder die Zeit in den Sinn, als er sich kurzfristig mit *Flois Grafikatelier* selbständig gemacht hatte. Tatjana hatte damals große Hoffnungen in ihn gesetzt und ihn immer wieder ermuntert, weiterzumachen, nicht aufzugeben. Obwohl er ein sehr guter Grafikdesigner war und auch mit einer guten Idee an den Start gegangen war, hatte er es am Ende dann doch nicht gepackt.

Für eine Selbständigkeit war er einfach nicht der Typ, diese Tatsache hatte er am Anfang vollkommen unterschätzt.

Ingrid konnte ihn verstehen, wenn er mit ihr darüber sprach. Wogegen ihm Tatjana immer wieder Vorwürfe machte, er habe damals zu schnell aufgeben, er hätte nur etwas mehr Geduld haben müssen. Danach Burnout.

Darauf die kurze Zeitspanne als Taxifahrer.

Bist du jetzt völlig durchgeknallt, hörte er Tatjana wieder sagen. Während er kurz die Augen schloss, hatte er sogar ihren anklagenden und gleichzeitig enttäuschten Gesichtsausdruck vor Augen.

Als er schließlich in Behringen ankam, wo alles noch immer nach DDR aussah und auch so roch, stieg er aus, um an einer kleinen Imbissbude die beste Thüringer Bratwurst der Welt zu essen. Der Stand war gut besucht und er amüsierte sich eine Zeit lang über den lustigen Dialekt der Männer.

Bis zum Zielort war es jetzt nur noch ungefähr eine halbe Stunde. Nachdem er gleich zwei Thüringer verspeist hatte, checkte er noch kurz seine Nachrichten.

E-Mail von Ingrid Leitner. An Florian Herfurth, 15:45 Uhr:

„Lieber Florian, sind Sie schon angekommen? Nun bereue ich es doch, nicht mitbekommen zu sein. Jetzt sitze ich gerade im Café Sismayer. Ich wollte eigentlich erst gar nicht alleine dort hingehen. Aber nun bin ich doch froh darüber, dass ich es mir anders überlegt habe. Später besuche ich noch Haus 3. Mal schauen, ob alles in Ordnung ist. Ich kann mich immer noch wie ein kleines Kind darüber freuen, dass ich in dieser Gegend die einzigen bezahlbaren Wohnungen anbiete. Sonst sind ja überall die Schnösel.

Aber das wissen Sie ja selber. Banker, wohin das Auge reicht. Sie akzeptieren fast jeden Mietpreis in dieser schönen Gegend. Der Ottonormalverbraucher hat hier ja keine Chance auf eine Mietwohnung. Und schon gar nicht auf entsprechendes Eigentum. Die Gegend ist fast unbezahlbar geworden. Darüber haben wir uns ja auch zuletzt schon ausführlich unterhalten.

Nur in meinem Haus wohnen einfache Leute zur Miete.

*Da bin ich schon etwas stolz. Melden Sie sich, wenn Sie angenommen sind? Ich habe noch einen Anschlag auf Sie vor. Rufen Sie mich doch einfach mal an und wir besprechen die Angelegenheit, ja?
Schöne Grüße, Ingrid Leitner"*

WhatsApp-Nachricht von Tatjana Herfurth. An Florian Herfurth, 15:35 Uhr:

„Toll, Annina hat am Montag eine Mathearbeit! Und WER darf jetzt das ganze Wochenende mit ihr lernen??? Hast du mal einen Blick auf die letzten Noten geworfen? Wie auch? Du hast ja NIE Zeit für uns. Deine Ingrid und deine Häuser könnten ja vielleicht zu kurz kommen!"

WhatsApp-Nachricht von Tatjana Herfurth. An Florian Herfurth, 15:38 Uhr:

„Was versprichst du dir eigentlich davon? Die Leitner ist doch undankbar. Am Ende lässt sie dich fallen und schert sich einen Dreck um dich. Warum kümmert sich ihre Tochter nicht? Mann, echt!
Sie wird später mal groß absahnen. Für dich gibt es vielleicht einen netten Brief oder so. Na ja, ich schau mich jetzt mal auf Face um. Kannst dich ja mal melden."

WhatsApp-Nachricht von Tatjana Herfurth. An Florian Herfurth, 15:44 Uhr:

„Wie lang soll das jetzt gehen mit diesem Haus? Warum findet sie keinen gescheiten Hausverwalter? Besser: sie verkauft das Haus. Oder am besten gleich alle. DANN IST

RUH. Was will sie denn nur mit all ihren Häusern? Ist doch verrückt. Du träumst vom eigenen Haus. Und sie hat das im Überfluss."

WhatsApp-Nachricht von Tatjana Herfurth. An Florian Herfurth, 16:02 Uhr:

„Wann verbringen wir endlich mal wieder ein normales Wochenende miteinander? Ich weiß schon gar nicht mehr, wann das zuletzt gewesen ist."

WhatsApp-Nachricht von Anna Maroldt.
An Florian Herfurth, 14:15 Uhr:

„Hallo Floi, habe gedacht, ich schreibe Dir einfach mal. Weiß wirklich nicht, was gerade mit mir los ist. Aber Du gehst mir nicht mehr aus dem Kopf. Denke immer daran, wie du neben mir im Auto sitzt. Mich dann so anschaust. Es tut mir leid. War so aufgelöst. Würde Dich gern wiedersehen. Liebe Grüße von Ann."

Florian steckte das Smartphone wieder ein, ohne eine Antwort zu schreiben, um gleich darauf die letzte Etappe nach Haussömmern hinter sich zu bringen.
Bis er schließlich dort ankam, dachte er nur noch an Anna Maroldt.

TATJANA, NIDDERAU

Nachdem Tatjana Herfurth vom Badminton zurückgekehrt war, überprüfte sie als erstes die neuesten Nachrichten.
Annina musste währenddessen noch ein paar Matheaufgaben lösen. Danach wollten sie gemeinsam eine Tomatensoße kochen, bevor Hana kommen würde.
Sie startete ihr Tablet und schaute nach, welche Neuigkeiten es in ihrer Facebook-Gruppe *Leseclub 77* gab. Obwohl es einige spannende Kommentare zum aktuellen Roman gab, der von insgesamt 11 Teilnehmern bis zu einem gewissen Stichtag gelesen werden musste, driftete sie gedanklich immer mehr ab.
Sie spürte, dass ihr Leben vor einer Wende stand, es musste sich tatsächlich dringend etwas tun.
Zuletzt hatte es unfassbar viele Rückschläge gegeben.
Floi war noch rücksichtsloser geworden, beschäftigte sich fast nur noch mit sich selbst und schien kaum noch an ihren Themen Anteil zu nehmen.
Allein die ganzen unzähligen Absagen, die sie zuletzt hatte einstecken müssen, waren an ihm spurlos vorbeigegangen.
In Wirklichkeit hörte er ihr gar nicht mehr richtig zu.
Wenn sie wieder mal eine Absage auf eine Bewerbung bekam, nickte er nur sporadisch und heuchelte kurz ein gewisses Mitleid mit ihrer schwierigen beruflichen Situation.
Ganz offensichtlich hatte er schon die Hoffnung verloren, dass sie eine Tages eine Vollzeitstelle bekommen würde.
Aber nach jeder weiteren Absage machte sie sich Selbstvorwürfe, weil sie damals einen Nischenberuf erlernt hatte, der inzwischen miserable Zukunftsaussichten hat-

te. Andererseits hatte sie schon als Kind davon geträumt, eines Tages in einer Bücherei zu arbeiten.
Dieser Wunsch war zwar in Erfüllung gegangen, aber die Teilzeitstelle war eben der große Haken daran. Zurzeit hatte sie noch zwei Bewerbungen offen.
Bei der ersten ging es um eine Stelle in einer Unibibliothek mit eher unattraktivem Aufgabengebiet. Im Falle einer Zusage wusste sie noch gar nicht, ob sie die Stelle überhaupt annehmen würde.
Finanziell gesehen führte genau genommen kein Weg daran vorbei, aber sie hatte eben noch die Hoffnung auf ein schönes Aufgabengebiet.

Bei der anderen Ausschreibung ging es um die Leitung der Stadtbibliothek Nidderau, ein wahrer Traumjob.
Die Stadtbibliothek war zudem auch nur knapp einen Kilometer von ihrer Wohnung entfernt. Dort war sie vor knapp zwei Wochen völlig überraschend zu einem Vorstellungsgespräch eingeladen worden, aber sie hatte seitdem nichts mehr gehört, was vermutlich einer Absage gleichkam. Man hatte sie ja auch explizit auf mindestens eine Woche Wartezeit hingewiesen.
Bei dem Gedanken daran empfand sie nur noch Trauer, schließlich war das Gespräch gut verlaufen.
Zuvor hatte sie sich zwei Wochen lang intensiv darauf vorbereitet und einen kompletten Notizblock mit Ideen und Fakten befüllt. Aber das Hochgefühl, welches sie gleich im Anschluss an das Gespräch gehabt hatte, war nun einer dumpfen Resignation gewichen.
Seit ein paar Tagen kämpfte sie mit sich, ob sie nach der ganzen Zeit nachhaken sollte, um noch mal ihr großes Interesse hervorzuheben.

Vielleicht gab es ja noch eine kleine Chance. Im Internet war sie dazu auf unterschiedliche Meinungen und Erfahrungen gestoßen.

Diese Recherchen hatten sie eigentlich nicht schlauer gemacht, im Gegenteil, sie war danach noch verunsicherter geworden. Wahrscheinlich lag die beste Lösung darin, sich ganz auf das eigene Gefühl zu verlassen.

Ihr Bauchgefühl sagte ihr im Moment ganz deutlich, dass sie noch mal ihr Interesse an der Stelle über eine Mail verdeutlichen sollte.

Diesen Job wollte sie unbedingt, aber das galt sicher auch für die Konkurrenz.

Man würde wohl eher eine studierte Bibliothekarin einstellen als eine Fachangestellte für Medien- und Informationsdienste, die nur eine dreijährige Ausbildung vorweisen konnte. Das war für Leitungsaufgaben nun mal auch der Standard, obwohl sie diese dahinterstehende Denkweise ganz schrecklich, eindimensional und vor allem ungerecht fand.

Es war alles nur mehr noch zum Heulen. Sie schaute sich nochmals Bilder von der vor kurzem neu gebauten Stadtbibliothek Nidderau an, bevor sie die E-Mail schrieb.

Ein Traum ging eben nicht einfach so in Erfüllung, man musste auch dafür kämpfen, ja maximalen Einsatz zeigen.

Nachdem sie die Mail mindestens zehn Mal auf Fehler kontrolliert und schließlich mit einem Stoßgebet abgeschickt hatte, las sie eine WhatsApp-Nachricht von ihrem Mann.

WhatsApp-Nachricht von Florian Herfurth. An Tatjana Herfurth, 16:45 Uhr

„*Hier ist es kälter. Es schneit. Fühle mich gut. Annina könnte sich jetzt hier austoben. Schneemann und so weiter. Ihr fehlt mir, auch wenn Du es nicht glauben willst. Du bist tierisch sauer. Ich spüre es bis hier her.*
Aber Du musst mich auch verstehen, es gibt hier so viel zu tun. Ich kann das nicht liegenlassen. Bin morgen Abend zurück."

Tatjana antwortete nicht, ihr fiel einfach auch kein passender Kommentar dazu ein. Die heiße Wut war nach dem Spiel zwar nicht verpufft, aber doch auf jeden Fall deutlich schwächer geworden. Beim Badminton hatte sie sich verausgabt wie schon lange nicht mehr, trotzdem hatte sie am Ende kaum eine Chance gegen Hana gehabt.
"Annina, kommst du? Wir müssen uns langsam etwas beeilen. Joelle kommt ja gleich", rief sie in Richtung Kinderzimmer. Kurz darauf stand auch schon ihre kochbegeisterte und meistens gut gelaunte Tochter mit farbenfroher Küchenschürze neben ihr, um die Zwiebeln zu karamellisieren.
Ihre kleine Schlemmerin, die aber auch schon auf ihre Figur achten musste, schließlich hatte sie leider ihre Veranlagung zum schnellen Zunehmen geerbt. Während sie mit Annina kochte, musste sie erneut über ihre Bewerbung nachdenken.
Sie fragte sich, ob sie diesmal eine Antwort bekommen würde.
Wenn sie nur nach ihrem Bauchgefühl ging, glaubte sie fest daran.
Vor den ganzen letzten Absagen hatte sie auch immer

schon ein negatives Bauchgefühl gehabt. Nach dem Vorstellungsgespräch hatte sie in der Nacht kaum schlafen können, im Traum hatte sie bereits als Leitung gearbeitet.

FLORIAN, HAUSSÖMMERN

Florian war froh, dass es erst nach seiner Ankunft in Haussömmern zu schneien begann.
Während er nun von der guten Stube aus dem Fenster schaute, beschlich ihn wegen des starken Schneefalls ein etwas ungutes Gefühl.
Würde er überhaupt am nächsten Tag mit seinen Oldtimer nach Hause fahren können? Während sein Smartphone den Eingang neuer Nachrichten signalisierte, musste er an das letzte Telefongespräch mit Ingrid denken.
Diesmal wollte sie vier Tage auf Norderney bleiben und er sollte sie nicht nur wie in früheren Zeiten hinfahren und später wieder abholen, sondern die gesamte Zeit mit ihr auf der Urlaubsinsel verbringen.
In einem exzellenten Hotel, dessen Internetseite er sich in Kürze anschauen wollte. Thomas Kulls würde ihm mit großer Wahrscheinlichkeit keinen Urlaub in dieser Zeitspanne geben, er brauchte das in der aktuellen Auftragslage erst gar nicht zu versuchen. Stattdessen sah er nur die Möglichkeit, in der Agentur zwei Tage blau zu machen.
Kulls flippte dann wahrscheinlich komplett aus, aber ihm fiel einfach keine andere Möglichkeit ein. Für Ingrid sprang er eben auch gelegentlich über seinen Schatten.

Diesmal schien ihr die Reise ja überaus wichtig zu sein. Jedenfalls war er bereits fest entschlossen, auch diesen Job zu erledigen und den ganzen folgenden Ärger eben in Kauf zu nehmen.
Am Mittwoch würde er morgens noch in die Agentur gehen, sich aber nach ein paar Stunden krank melden und anschließend auf den direktem Weg zum Arzt machen.
Ein richtiges Problem sah er nur darin, Tatjana das Vorhaben zu erklären. So vollkommen gestresst wie sie in letzter Zeit war, konnte er sich mit großer Wahrscheinlichkeit auf ein massives Problem gefasst machen, sie würde vermutlich total ausflippen.
Wie weit waren sie eigentlich noch vom Point of no Return entfernt? Was durfte er sich noch alles erlauben, um halbwegs den Familienfrieden bewahren zu können? Wahrscheinlich würde sie ihn jetzt gleich die Hölle heiß machen, wenn sie wüsste, dass er inzwischen 500 € auf das Konto von Anna Maroldt überwiesen hatte.
Tatjana würde ihn als einen hoffnungslosen Fall bezeichnen.
Welche dunkle Magie hatte ihn in seiner Gewalt? Anna hatte irgendetwas in ihm aktiviert, auf das er im Moment noch nicht kam.
Bislang hatte er ihr noch nicht auf ihre Nachricht geantwortet, obwohl er während der Arbeit im Landhaus fast die ganze Zeit an sie gedacht hatte.
Als er nun am spartanischen Wohnzimmertisch saß und sich körperlich völlig erschöpft fühlte, rang er mit sich selbst, ob er ihr noch heute antworten sollte.
Wenn er alles im Haus soweit erledigt und anschließend geduscht und gegessen hatte, schaute er sich im Normalfall immer Ingrids Fotoalben an, vor allem jene, die mit

der großen Renovierung nach der Maueröffnung zu tun hatten.
Für ihn war es jedes Mal erstaunlich, wie akribisch genau sie die einzelnen Arbeitsschritte festgehalten hatte. So konnte nur ein Mensch handeln, der Häuser über alles liebte.

Genau diese Liebe verband sie ja auch auf eine Weise, die Tatjana nicht nachvollziehen konnte. Sein Interesse für Häuser schien ihr ein Rätsel zu sein und sie konnte es beim Spazierengehen immer gar nicht fassen, wenn er sich einfach nur Häuser etwas genauer anschauen wollte und dabei eben auch mal die Zeit vergaß. Wenn er sich dann auf bestimmte Details konzentrieren wollte, drängte sie nach kurzer Zeit zum Weitergehen, es war immer das gleiche Spiel.
Derzeit hatten sie in Nidderau 95 Quadratmeter verteilt auf drei Zimmer, das war einigermaßen komfortabel. Aber er wünschte sich einfach weitaus mehr Platz und somit bessere Gestaltungsmöglichkeiten. Bis auf das zu kleine Badezimmer konnte man es aber in dieser Wohnung aushalten.
Vor allem die gute Wohnlage direkt an der Nidda, einem bezaubernden kleinen Fluss, war ein dicker Pluspunkt, den Tatjana gerne in den Vordergrund hob. Haken an der Geschichte war die hohe Miete mitsamt den ganzen Nebenkosten.
Tatjana konnte das Wort Sparen nicht mehr ertragen, daher verkniff er es sich in letzter Zeit.
Für ein Eigenheim musste man eben genügend Eigenkapital zur Verfügung haben, aber sie hatten wohl zu spät mit dem Sparen angefangen. Seine Frau war an ihrer Belastungsgrenze angelangt, daran gab es keinen Zweifel

mehr.
Sie litt zu sehr unter ihren beruflichen Problemen, bekam ja nur noch eine Absage nach der anderen. Ihre halbe Stelle brachte finanziell nicht so viel, wie sie es wollte. Aber wie konnte er ihr in dieser Situation behilflich sein? Während es bei ihm zumindest noch eine gewisse Tendenz zu einer Vollzeitstelle gab, hatte man ihr in Niddaburg von Anfang an gesagt, dass es nur bei diesem Stellenanteil bleiben werde. Man hatte zwar gleich mit offenen Karten gespielt, aber inzwischen war es eben an der Zeit für mehr Arbeit und ein höheres Gehalt.
Mit einer Vollzeitstelle würden sie sich jedenfalls mit großer Wahrscheinlichkeit ein Haus leisten können, daher hoffte er auf eine entsprechende Zusage auf eine ihrer Bewerbungen.
Andererseits wollte er sie nicht insofern belasten, als dass er ständig nachhakte und sie damit noch verrückter machte. Mit dieser Überlegung machte er sich auf den Weg zum Engelszimmer, Ingrids ehemaligen Kinderzimmer.
Beim Betreten des Zimmers staunte er immer wieder über das großformatige Engelsbild direkt über dem Bett. Manchmal glaubte er sogar, die gewaltigen weißen Flügel schwingen zu sehen.
Ansonsten gab es im Zimmer jede Menge Engel in allen möglichen Formen und Varianten, es war ein wahres Spektakel. Wahnsinnig viel Nippes, irgendwie total faszinierend. Florian griff nun nach seinen Smartphone, um die neuesten Nachrichten zu lesen.

WhatsApp-Nachricht von Tatjana Herfurth. An Florian

Herfurth, 19:48 Uhr

"Heute kommt Joelle vorbei. Dann sind wir nicht so alleine. Sie bleibt über Nacht. Markus hat sich ja von ihr getrennt. Aber jetzt geht es ihr viel besser. Und sie wundert sich selbst nur noch, dass sie so lange mit dem Typ zusammen geblieben ist. Zum Glück gibt es kein Kind. Dann wäre alles verdammt schwer. Neulich hatten wir im Lese-Club genau dieses Thema diskutiert. Trennt man sich in einer schweren Krise, wenn es Kinder gibt? Da hat es echt ganz unterschiedliche Meinungen gegeben. Die Meisten waren dafür. Ach EGAL, ich höre jetzt besser auf. Gute Nacht. Schlaf gut in diesem öden Kaff."

WhatsApp-Nachricht von Tatjana Herfurth. An Florian Herfurth, 20:12 Uhr

"Annina darf heute so lange aufbleiben wie sie will. Das findet sie super toll. Morgen gehen wir alle zusammen ins MTZ. Annina braucht DRINGEND!!! neue winterfeste Schuhe und die ganzen T-Shirts passen auch nicht mehr. In den letzten Tagen hat sie wieder einen Schuss nach oben gemacht. Muss also an die Reserven ran. Das verstehst Du ja sicher. So, Joelle ist da. Bis morgen."

WhatsApp-Nachricht von Anna Maroldt. An Florian Herfurth, 21:48 Uhr

"Nochmals ich. Will Dich echt nicht nerven. Aber ich denke die ganze Zeit an dich. Ist schon komisch. Wenn Du auch schon an mich gedacht hast, dann schreib mir doch kurz."

Wenn es nur nach seiner Gefühlslage ginge, hätte er An-

na ja schon längst geantwortet. Aber sein Kopf sagte vehement nein und wies ihn immer wieder auf lauernde Gefahren und auf drastische Konsequenzen hin.
Mit einer Antwort würde er etwas in Gang bringen, was ab einem gewissen Zeitpunkt vermutlich nicht mehr zu kontrollieren sein würde.

Sein Bauchgefühl riet dagegen zur Risikobereitschaft. Wann war in seinem Leben zuletzt mal etwas Aufregendes passiert? Im Grunde genommen lief es schon ewig schnurgerade in eine Richtung. Diverse Irritationen waren nur über die Bekanntschaft von Ingrid entstanden. Darüber hinaus hatte er kaum noch neue Leute kennengelernt und schon gar nicht irgendwelche attraktiven Frauen.
Nun also plötzlich Ann. Wie aus dem Nichts war sie in sein Leben geknallt. Im nächsten Moment musste er an die erste Nachricht von Tatjana denken.
Was sollte der Hinweis in Sachen Trennung? War das etwa eine Anspielung auf ihre eigene Situation gewesen? Oder eine unterschwellige Drohung? Nach seiner Ansicht musste schon ein extremes Ereignis eintreten, um sich zu trennen, wenn ein Kind im Spiel war, obwohl es nicht sein eigenes war, sich aber trotzdem so anfühlte.
Aber was würde er machen, wenn Tatjana fremdgehen würde? Das war eine Frage, über die er sich bislang kaum Gedanken gemacht hatte.
Für ihn war Treue zwar wichtig, aber er würde ganz sicher nicht den Schlussstrich ziehen, wenn etwas in diese Richtung passieren würde, dafür liebte er Annina viel zu sehr.

INGRID, SCHWANHEIM

Ingrid wappnete sich allmählich für die Nacht. Hoffentlich wache ich nicht wieder mitten in der Nacht auf mit diesen Angstzuständen, dachte sie, während sie sich wie jeden Abend eine heiße Milch mit Honig zubereitete, dieses Ritual stammte noch aus ihrer Kindheit in Haussömmern.
Auf dem Weg zum Schlafzimmer hatte sie schlimme Gliederschmerzen, sie fühlte sich, als wäre sie hundert Jahre alt.
Jeder Schritt war eine Qual. Als sie schließlich mit einem Fotoalbum im Bett lag, berichtete sie ihrem verstorbenen Mann von ihrem Plan. Dabei schaute sie sich jenes Foto an, als er gerade aus der eiskalten Nordsee herausgekommen und breit grinsend auf sie zugekommen war.
" Hans-Jürgen, ich habe einen ziemlich gewagten Plan. Er ist vorhin wie aus dem Nichts plötzlich in meinen Kopf gewesen", murmelte sie. Hast du ihn mir vielleicht geschickt?
Das sähe dir ähnlich. Also, pass gut auf. Es geht um unsere sieben Häuser.
Es muss jetzt entschieden werden, wer sie erbt. Du weißt ja, dass mir Katrin ziemlich viel Kopfzerbrechen bereitet. Sie wird ihren Lover, diesen Schwachkopf wohl heiraten. Ich kann sie nicht davon abbringen, jegliche Mühe scheint vergebens zu sein. Eine Zeit lang habe ich gedacht, es wird am Ende doch nicht so kommen, aber nun bin ich mir sicher. Katrin ist mir so fremd geworden, es ist einfach furchtbar. Heute hat sie wieder angerufen und stundenlang über Wirtschaftspolitik gesprochen. Ein einziger Monolog.
Daran ist dieser Uwe schuld, wenn du mich fragst. Sie ist wie ein Wiederkäuer, plappert alles nach, was er ihr ir-

gendwann mal eingetrichtert hat.
Sie merkt das überhaupt nicht, ist nur noch von ihm geblendet. Fragt sich doch nur, aus welchen Gründen. Er ist nicht nur langweilig, wenn du mich fragst, er sieht auch so aus. Wie das typische brave Söhnchen aus gutem Hause.
Kein Geschmack, kein Stil, kein gar Nichts. Früher hat Katrin sich nicht die Bohne für Wirtschaftsthemen interessiert und seit sie ihn kennt, gibt es nur noch dieses Thema, das nur noch zum Kotzen ist. Entschuldige. Aber sie merkt gar nicht, wie sehr sie von sich selbst abweicht. Jedenfalls bekommt sie am Ende das ganze Geld, es sind ziemlich genau 490.000 Euro, mein Lieber. Was wird aber nur aus den Häusern? Florian kümmert sich so liebevoll um alles. Aber tut er das vielleicht doch nur aus Berechnung? Ich kann es nicht mit Sicherheit sagen. Mein Gefühl sagt mir, dass er das nicht aus Berechnung macht. Aber welche Gründe hat er dann? Ich stelle die beiden jetzt vor eine Prüfung. So!
Sie sollen beide eine scheinbar fehlgeleitete Mail von mir bekommen.
In dieser Mail schreibe ich ganz offiziell der Lieselotte von meinem Plan, dir zu folgen. Mit einer Überdosis Schlaftabletten. Bei unserer roten Düne. Ach, mein Liebster. Ich schilderte ihnen den Zeitraum, in dem ich es hinter mich bringen werde.
Verstehst du? Die Frage ist, was wird dann passieren? Florian ist ja zu diesem Zeitpunkt schon mit mir zusammen auf der Insel.
Für Katrin wird es dann ein wenig umständlicher, aber schließlich ist sie ja auch unsere Tochter. Da kann man ja schon erwarten, dass sie das in Kauf nimmt und alles stehen- und liegenlässt, um mich am Ende zu retten.

Wer dann von den beiden mitten in der Nacht zu unserem geliebten Platz kommt, um mich abzuhalten, der soll alle Häuser ohne irgendeine Bedingung erben, inclusive sämtlicher Wertgegenstände. Da geht es ja um ein Millionenerbe, das muss man sich ja klar machen, aber wem sag ich das.
Morgen in der Frühe schreibe ich die Mail. Danach müssen wir abwarten. Falls ich etwas falsch mache, gibst du mir einfach wieder ein Zeichen, ja?"
Ingrid hatte wieder einen heftigen Hustenanfall und bekam nur schlecht Luft. Nachdem sie ein Beruhigungsmittel eingenommen hatte, sprach sie noch eine Weile zu ihrem längst verstorbenen Mann, bis sie schließlich wie so oft mit dem Fotoalbum in der Hand einschlief.

ANNA, GOLDSTEIN

Wenn sie etwas nicht gut konnte, dann war es das Warten auf eine herbeigesehnte Nachricht. Diese Ungeduld rieb sie innerlich auf, machte sie nervös, weswegen sie nicht einschlafen konnte.
Trieben sie schon allein die ganzen Geldsorgen immer weiter in den Wahnsinn, war diese Sache mit Florian nun die Krönung ihrer chaotischen Gefühlslage.
Wann würde er schreiben? Ihre Nachrichten hatte er ja unmittelbar nach dem Abschicken gelesen. Jetzt hatte sie endlich den Mann gefunden, der zumindest optisch genau ihren Vorstellungen entsprach und doch schien es wieder nicht zu klappen.
Eben kein Glück mit Männern, das zog sich bislang wie ein roter Faden durch ihr Leben. Wahrscheinlich war er schon längst in festen Händen.

Vermutlich sogar verheiratet mit Kindern. Warum sollte er sonst so lange zögern?
In seinen Augen hatte sie genügend lesen können, er war leicht durchschaubar.
Nach zwei Minuten hatte sie bereits gewusst, wo seine Schwächen lagen. Für die größte Schwäche war sie bestimmt genau die richtige Frau. Über diesen etwas überheblichen Gedanken musste sie selbst schmunzeln.
Aber das wusste er sicher noch nicht, weil er vermutlich diese gewisse Antenne nicht hatte.
Darüber hinaus hatte er ja im Audi nicht viel von ihr zu sehen bekommen.
Anna stellte sich das Hörbuch an, das sie schon wochenlang hörte, ohne bislang eigentlich viel über dessen Inhalt erfahren zu haben. Aber so ganz ohne eine Stimme konnte sie einfach nicht einschlafen, vielleicht hing das noch mit den ganzen Hörspielen ihrer Kindheit zusammen. Oder war das ein eindeutiges Zeichen für Einsamkeit? Seit sie nicht mehr mit Jan zusammen war und daher jede Nacht alleine im Bett liegen musste, war die Bedeutung von Einschlafgeschichten noch viel größer geworden.

Warum rührte er sich nicht? Trieb er es gerade womöglich mit einer anderen Frau, während er in Gedanken aber ganz bei ihr war? Denn genau das war sein heimlicher Traum, da war sie sich todsicher. Mit ihren 29 Jahren hatte sie schon mehr als genug an Erfahrung gesammelt. Aber sie hatte nun mal auch diese eigenartige Gabe, in Sekundenschnelle die Schwächen der Männer und ihre geheimen Vorlieben herauszufinden. Warum das so funktionierte, konnte ihr im Prinzip gleichgültig sein, allein der Erfolg zählte.

Bei 98 Prozent ihrer bisherigen Beziehungen hatte sie immer voll ins Schwarze getroffen. Dabei waren zum Teil auch ziemlich harte Nüsse dabei gewesen, die sie aber natürlich trotzdem geknackt hatte, aber nie mehr würde knacken wollen.
Floi war dagegen ein Kinderspiel. Während sie darüber nachdachte, dass sie ja am 15. April ihren dreißigsten Geburtstag haben würde und die Zeit nun wirklich langsam aber sicher drängte, kam endlich die erwartete Nachricht.

WhatsApp-Nachricht von Florian Herfurth. An Anna Maroldt, 22:55 Uhr

„Hallo Anna, Du nervst nicht, ganz im Gegenteil. Habe mich total gefreut, dass Du dich bei mir gemeldet hast. Dir ging es ja ziemlich mies an jenem Tag. Hoffe, dass es Dir inzwischen wieder besser geht. Hab auch noch eine Überraschung für Dich. Komisch ist ja, dass ich gleich im ersten Moment gedacht hab, wir kennen uns schon lange. Klingt jetzt bestimmt abgedroschen. Doch das trifft es am besten auf den Punkt. Du bist sehr nett und ich mag Dich. Floi"

Annas Herz raste auch nach mehrmaligem Lesen der Nachricht, die doch schon mal ein ganz guter Auftakt war. Ganz am Anfang wollte sie ihn nicht gleich ausfragen. Einfach cool bleiben, obwohl es sich ganz eindeutig um Liebe auf den ersten Blick handelte, daran gab es keinen Zweifel.
Wer nicht daran glaubte, war aus ihrer Sicht ahnungslos. Menschen, die nur an das glaubten, was sie auch wirklich sehen konnten oder was scheinbar wissenschaftlich be-

weisbar war, fand sie schon immer blöd. Diese Welt bestand vorwiegend aus unsichtbaren Energiefeldern, aus Zauber und Mystik. Floi würde das sicher nicht abstreiten wie fast alle ihre Exlover, die in Wirklichkeit immer nur stumpfsinnig gewesen waren. Seit sie 15 Jahre alt war, hatte sie nur Fantasielosigkeit und Grobschlächtigkeit erlebt, manchmal hatte es eben nur minimale Abweichungen gegeben. Dabei hatte sie sich gerade immer daran festgehalten.
Es war aber immer nur bei einem Hoffnungsschimmer geblieben. Inzwischen fehlte ihr die Kraft für solche Geschichten.
Sie hatte ja schon immer in den jeweiligen Anfängen gewusst, wie die jeweilige Sache enden würde. Dieser Gabe musste sie nun endlich die nötige Aufmerksamkeit widmen, bislang hatte sie sich genau genommen immer nur auf Sex konzentriert.
Ihre Träume würden ihr vermutlich wieder mitteilen, wie ihre Zukunft aussah und darauf musste sie eben diesmal rechtzeitig achten.
So oder so würde sie bald erfahren, ob sie bei Floi ernsthaft landen konnte oder eine Abfuhr kassieren musste. Vermutlich war er zwar etwa zehn Jahre älter als sie, aber das spielte für sie keine Rolle.
Floi war ein super Typ, den man unter keinen Umständen wieder einfach so sausen lassen durfte. Bevor sie ihr Smartphone ausschaltete, schickte sie ihm ein Selfie mit lächelndem Gesichtsausdruck.

TATJANA, NIDDERAU

Annina war bereits nach knapp fünfzehn Minuten eingeschlafen, nachdem sie sich zu dritt ins Bett gelegt hatten. Schlief sie erst mal, konnte sie nicht mal mehr eine Bombe aufwecken.

Tatjana hatte hoch und heilig versprechen müssen, ihre Tochter nicht in ihr Bett zu bringen, daher unterhielt sie sich mit Joelle über Annina hinweg.

Warum sie gerade das Bedürfnis hatte, direkt neben ihrer Freundin zu liegen, konnte sie sich nicht erklären.

Wichtig war nur, dass sie nun hier war und sie noch eine Weile miteinander reden konnten, bevor sie einschliefen.

Joelle sah auch abgeschminkt ziemlich gut aus, was sie von sich selbst nicht wirklich behaupten konnte. In letzter Zeit war sie mit ihrer Optik nicht mehr so zufrieden, vielleicht war es jetzt an der Zeit, eine gewisse Stiländerung vorzunehmen.

Zuerst wollte sie die langen Haare abschneiden und parallel dazu kräftiger Schminke auftragen. Floi würde jedenfalls Augen machen.

Nun stießen sie erst mal ein weiteres Mal mit ihren Weingläsern an, bevor sie damit begannen, über Floi zu sprechen.

"Er nimmt sich ja schon ganz schön viel raus, dein Floi, muss ich sagen. Und du bist ganz sicher, dass er heute Nacht nicht bei einer Tussy ist? Dumme Frage, ich weiß, aber ich bin zurzeit einfach ziemlich sensibilisiert für dieses Thema."

"Da bin ich mir ganz sicher. Morgen kommt er wieder. Was meinst du, soll ich ihm noch mal die Leviten lesen? War zuletzt echt gemein zu ihm. Aber er ist ja auch ständig weg."

"Tati, ich würde jetzt nicht nachlassen, wenn ich an dei-

ner Stelle wäre. Er muss halt einfach begreifen, dass es an der Zeit ist, die Sache mit dieser Alten aufzugeben."
"Ich denke oft daran, dass alles ganz anders gekommen wäre, wenn er damals nicht gleich mit seiner Selbständigkeit den Kopf in den Sand gesteckt hätte. Seitdem haben wir irgendwie den ganzen Mist an der Backe. Und jeder Versuch, ihn loszuwerden, scheitert schon im Ansatz."
"Ja, das sind gewisse Wendepunkte im Leben. Trotz allem, ich würde den Druck eher verstärken", sagte Tatjana.
„Das ist eben meine Erfahrung mit Männern. Damit bin ich immer ziemlich gut gefahren. Wenn man das nicht macht, tanzen sie einem früher oder später auf der Nase herum."

Tatjana stand kurz auf, um die angebrochene Weinflasche zu holen.
Joelle war zum Glück keine Kostverächterin, sie trank und aß so ziemlich alles, was sie vorgesetzt bekam. Nur im erotischen Bereich schien es also eine Grenze zu geben. Klar, diese ganze SM-Sache fiel sowieso aus dem Raster, das war einfach nur krank. Jedenfalls musste sie die entsprechende Info so schnell wie möglich bekommen.
"Floi hat ihn vom Schluckbär mitgebracht. Guter Tropfen, wenn du mich fragst."
"Wie lange macht er eigentlich noch diesen Aushilfsjob?" Joelle zog die Augenbrauen hoch.
„Das ist doch ein echter Knochenjob, oder? Markus hätte das niemals gemacht.
Davon abgesehen hat er ja auch noch nie körperlich gearbeitet. Dafür ist er sich einfach zu schade, sagt er immer. Sieht man allerdings auch. Wie läuft es eigentlich

bei euch so im Bett?"
"Gut eigentlich. Irgendwie spulen wir zwar immer das gleiche Programm ab, aber ist schon noch geil."
"Das war bei uns auch lange so. Bis er aus irgendwelchen Gründen auf diese Redtube-Schiene gekommen ist. Hab ihn damals ertappt, wie er sich heimlich die Filme angeschaut hat. Später hat er mir dann auch seine Favoriten vorgeführt. Oh Gott, ich kann dir sagen ..."
"Aber nicht SM oder?"
"Nein, das war nie ein Thema. Es gab einen Clip, an den muss ich halt immer denken. Damit hat ja auch der ganze Mist angefangen."
Tatjana trank vom Wein, der die Zunge lila färbte, zog Annina von der Mitte weiter auf ihre Bettseite, um sich schließlich neben ihre Freundin zu legen. Joelle kuschelte sich sofort an Tatjana.
"So ist es doch viel schöner", flüsterte Tatjana und fragte sich im nächsten Moment, ob die Neue von Joelles Ex auch nur ansatzweise so gut aussah. Der Typ musste doch komplett durchgeknallt sein, zu einem anderen Schluss konnte sie beim besten Willen nicht kommen.
"Finde ich auch.
Ich bin zuhause immer schrecklich einsam, Tati. Weiß nicht, wie lange ich das aushalte. Hätte einfach nicht gedacht, dass alles mal so kommt, echt, das hätte ich total ausgeschlossen."
Tatjana erfuhr nun zu ihrer eigenen größten Überraschung sämtliche Details aus dem Videoclip und wunderte sich sowohl über die deftige Wortwahl ihrer Freundin als über die präzise Handlungsbeschreibung. Sie hatte ja eher vermutet, dass Joelle wie üblicherweise um den heißen Brei herumredete.
"Und Markus wollte also ..."

"Genau, er wollte es auch so haben. Doch ich hab nein gesagt. Verstehst du?"
"Hätte ich auch."
"Ich finde das eigentlich nicht so schlimm, aber bei ihm konnte ich einfach nicht."
"Verstehe. Und du meinst, seine neue Kirsche macht das?"
"Mit Sicherheit. Ich kenne sie ja von ein paar Treffen. Sieht eher bescheiden aus, wenn du mich fragst. Tati, pass auf, dass dir so etwas nicht auch mit Floi passiert. Für ihn ist Sex doch echt richtig wichtig, denke ich."

Tatjana nickte nur und überlegte, ob sie ihrer Freundin davon berichten konnte, welche Leidenschaft Florian umtrieb. Schließlich hatte sie keine Lust mehr auf das Thema und gab ihrer Freundin ein entsprechendes Signal.
„Komm, genug geredet …"
Eine ganze Weile sagten die beiden Freundinnen nichts mehr und tranken vom Wein. Dann, als Tatjana sich umdrehen wollte, um einschlafen zu können, wurde sie von ihrer besten Freundin geküsst. Was sollte sie nun tun? Das ging doch so nicht. Andererseits überkam sie nun ein schönes Gefühl. Manchmal musste man einfach etwas zulassen, was plötzlich und vollkommen überraschend auf einen zukam. Als Joelle ihre Zunge in ihren Mund steckte, ließ sie es zu und genoss ein überraschend kribbelndes Gefühl, das ihren ganzen Körper in Aufruhr brachte.

Tag 3, Sonntag, 3. Dezember 2017

FLORIAN, HAUSSÖMMERN

Um kurz vor sechs Uhr krähte der Hahn der Nachbarin. Im ersten Moment fiel Florian das Aufstehen zwar etwas schwer, aber dann gab er sich einen Ruck und schon stand er vor dem geöffneten Fenster, um einen Blick auf den Hof zu werfen.
Draußen hatte es mindestens dreißig Zentimeter Neuschnee, worüber er sich im ersten Moment freute.
Beim Kaffeetrinken wollte er gleich mal den aktuellen Wetterbericht anklicken. Andererseits hatte man diesen Schneefall ja auch nicht vorhergesagt, daher brachte das vielleicht auch nicht sonderlich viel.
Florian ging nach unten und warf den Kamin im Speisezimmer an.
Was sollte er nur machen, wenn er heute nicht zurückfahren konnte? Mit dieser Sorge kochte er sich einen starken Kaffee und startete anschließend sein Tablet.
Nachdem er sich die Wettervorhersage für Thüringen angeschaut hatte, entspannte er sich wieder.
Im Laufe des Tages sollte die Temperatur bis auf plus drei Grad steigen, das würde dann eine Rückfahrt am späten Nachmittag ermöglichen.
Mit dem Vertrauen auf diese Prognose machte er sich ein paar Notizen zu den Aufgaben, die er bis zur Abfahrt noch erledigen wollte.
Phasenweise dachte er wieder an Anna. Das Foto, welches sie ihm kurz vor dem Einschlafen geschickt hatte, faszinierte ihn noch immer. Ihr Gesichtsausdruck war zwar wieder ziemlich ernst, zugleich aber auch extrem erotisch.
Prompt schaltete er sein Smartphone an, um es sich erneut anzuschauen.

Als er schließlich seinen zweiten Kaffee getrunken hatte, wollte er sich erst mal einen genauen Zeitplan für die Erledigung der restlichen Aufgaben machen. Andererseits hatte er sich ja auch noch nicht die Internetseite des Hotels auf Norderney angeschaut.
Diese Zeit wollte er sich noch kurz nehmen, bevor er mit der Arbeit startete. Nachdem er die Adresse des Hotels eingegeben hatte, staunte er nicht schlecht über die Bilder der Seite.
Das Hotel punktete nicht nur mit seiner sensationellen Lage direkt am Strand in Ortsnähe, es hatte auch auffallend schöne Zimmer.
Florian klicke auf *SPA* und erschrak beinahe über so viel puren Luxus. Minutenlang schaute er sich immer weiter jene zehn Bilder für diesen Hotelbereich an, die allein schon beim bloßen Anblick pure Erholung versprachen. Dann erlebte er einen kurzen, aber sehr klaren Moment, weil er erkannte, wie wenig Kraft ihm noch blieb, um unverändert so weiterzumachen wie bislang. In gewisser Weise hatte er darüber hinaus nun eine Ahnung davon, welche Kräfte in Kürze am Werk sein würden, um sein Leben grundlegend zu verändern. Wie durch einen ungeheuerlichen Zufall gab sein Smartphone im nächsten Moment das Signal für neue Nachrichten.

WhatsApp-Nachricht von Anna Maroldt. An Florian Herfurth, 4:05

"Floi, kann nicht mehr schlafen. Zurzeit wache ich jede Nacht um diese Zeit auf. Fast scheint es mir so, als würde mich jemand aufwecken. Vielleicht ein Engel. Glaubst auch du an Engel? Wäre schön. Finde das einfach cool.

Egal, ich hab mal wieder gleich an Dich gedacht. Kaum wach und schon schwirrst du in meinen Kopf herum und bringst alles durcheinander. Du bist echt gemein, weißt du das eigentlich? Werde jetzt Kaffee kochen. Dann früh auf Arbeit gehen. Ins Hotel. Oh mein Gott, bin null motiviert. Geht leider schon lange so.
Bin ratlos. Aber egal. Du bist überall in meinem Kopf. Melde Dich wieder. Liebe Grüße von Ann."

E-Mail von Ingrid Leitner. An Florian Herfurth, 3:45 Uhr

"Meine Liebe Lieselotte, es ist noch mitten in der Nacht und ich bin aufgestanden. Würde ich mich wieder hinlegen, käme wieder diese entsetzliche Atemnot. Und schon kann ich an nichts anderes mehr denken. Ich bin nur noch Körper. Das kennst Du ja auch, meine Liebe. Der Kopf sagt, komm, es geht gleich wieder gut, beruhige dich wieder. Aber das hilft nur manchmal. Man kann sich ja auch nicht immer vollpumpen mit Beruhigungsmitteln. Nun sitze ich in der Küche und trinke meinen ersten Kaffee. Und ich möchte Dir meinen neuen Plan schildern, weil ich Dir ja immer alles anvertrauen kann. Alles ist bei Dir in den besten Händen. Lieselotte, ich will nicht lange um den heißen Brei reden, Du kennst mich ja. Es geht um Hans-Jürgen. Meine große Liebe.
Ich will endlich zu ihm.
Du weißt, was ich meine, schließlich haben wir schon so oft bei Kaffee und Kuchen darüber gesprochen.
Im Leben geht es am Ende nur um Liebe. Und für die Liebe muss man eben alles opfern und alles geben, was man geben kann. 35 Jahre ohne meinen geliebten Schatz sind mehr als genug. Es reicht! Ich weiß, dass Du mich verste-

hen kannst. Ich mache also diesmal Ernst.
Auf Norderney, meiner geliebten Insel. An unserem Lieblingsplatz, bei der roten Düne.
Dort haben wir damals den schönsten Sonnenuntergang erlebt. Die Düne war dabei in feuerrotes Licht getaucht. Hans-Jürgen hatte dann die Idee, dieser Düne einen Namen zu geben. Seitdem heißt sie rote Düne. Gleich in der Nähe gibt es übrigens einen tollen Kinderspielplatz. Jedenfalls…, ich mache es dort mit einer Überdosis Schlaftabletten. Dann schaue ich so lange aufs Meer, bis mir die Augen für immer zufallen. Was das Erbe angelangt, habe ich mich endlich zu einer Entscheidung aufraffen können. Meine Tochter bekommt das ganze Geld. Die sieben Häuser vererbe ich Florian Herfurth.
Das klingt zwar wahnsinnig, ist es aber nicht. Schließlich hat er sich jahrelang aufopfernd um mich und um meine Häuser gekümmert. Ich weiß, dass er sich mit vollkommener Hingabe um die Häuser kümmern wird. Und ich weiß auch, dass er meine Mieter weiterhin zu den günstigen Konditionen wohnen lässt.
Das ist mir wirklich wichtig. Jedenfalls ist das Testament fertig.
Da gibt es nichts mehr daran zu rütteln. Punkt zwei Uhr mache ich dann ernst, so wie es damals auch Hans-Jürgen gemacht hat. Ja, genau um die gleiche Zeit wie damals. Möglichst auf die Sekunde genau. Vorher melde ich mich nochmal. Wir haben ja eine halbe Ewigkeit nichts voneinander gehört. Du musst mir nicht antworten.
Wir wissen ja beide nur zu gut, wie ungern Du schreibst. Ich rufe Dich noch kurz davor an. Dann verabschieden wir uns einstweilig. Tausend liebe Grüße, Deine Ingrid."
Florian musste diese Mail gleich dreimal hintereinander

lesen, um ihren Inhalt überhaupt einigermaßen fassen zu können.
Was sollte das Ganze nur?
War das nur ein schlechter Witz? Warum in aller Welt war diese Mail überhaupt bei ihm angekommen?
Aber gut, zu dieser nächtlichen Uhrzeit und mit all den Sorgen konnte man schon mal den falschen Adressaten auswählen.
Sie hatte ja auch geschrieben, wie schlecht sie sich in der Nacht gefühlt hatte.
Er trank seinen Kaffee aus, um im nächsten Moment ins Freie zu gehen, er brauchte nun dringend frische Luft.
Auf dem Hof knetete er Schneebälle, um sie über die alte Scheune zu schleudern, wo die ganzen alten Landmaschinen auf ihre Reinigung warteten. Vor allem der rote Porschetraktor hatte es ihm angetan, ihn polierte er bei jeder Gelegenheit auf Hochglanz. Meistens fuhr er dann auch noch eine Runde aufs offene Feld hinaus.

Im Normalfall würde er jetzt gleich einen ersten Abstecher in die Scheune machen, aber diesmal blieb er nur im Hof stehen. Diese Nachricht war einfach nur eine Bombe, deren Explosion ihn auf einen anderen Stern befördern würde.
Sollte er gleich bei ihr anrufen und sie über ihre versehentlich fehlgeleitete Mail informieren?
Florian warf nun in rascher Abfolge ein paar Schneebälle gegen das Garagentor, das er beim letzten Mal in ihrer Lieblingsfarbe gestrichen hatte. Eine solche Richtigstellung würde ja aber nichts an ihrem Plan ändern, sich das Leben nehmen und ihm ihre Häuser vererben zu wollen.
Mit einem Mal glaubte er, man würde ihm den Boden unter den Füßen wegziehen, seine Knie schlotterten.

Oder lag das einfach nur an der eisigen Kälte? Er ging wieder zurück ins Haupthaus, um sich erst mal wieder hinzusetzen.

Tausend Fragen, auf die er keine passenden Antworten mehr fand, bohrten in seinem Kopf. Das alles passte doch überhaupt nicht zu Ingrid.

Hatte er sich über die ganzen Jahre hinweg so sehr in ihr getäuscht?

Florian zog sich nun trotz der eisigen Kälte nicht nur seine Jacke aus sondern auch den dunkelblauen Pullover, den er hier an diesem Ort besonders gerne trug, bis er schließlich mit nacktem Oberkörper dastand.

Mit geschlossenen Augen sah er Ingrid, wie sie in einem Moment noch mit ihm in einem Restaurant saß, bis sie im nächsten Moment plötzlich aufsprang und aus dem Fenster sprang. Er wollte sie noch festhalten, aber sie war bereits im freien Fall, als er vom Fenster in die Tiefe hinabblickte.

Florian öffnete die Augen wieder und rieb seine Brust mit Schnee ein, ohne den Grund dafür zu finden. Er dachte nicht mehr nach, handelte nur nach einem Muster, welches ihm selbst fremd war. Als die Kälte allmählich zu schmerzen begann, ging er zurück ins Haupthaus, wo er sich anschließend mit anderthalb Liter Rotwein betrank. Als er sich ins Bett legte, drehte sich nicht nur alles um ihn herum, er glaubte auch, die unfassbare Stille in diesem Ort würde ihn jetzt um den Verstand bringen. Nachdem er endlich eingeschlafen war, träumte er prompt von Ingrid.

Er befand sich dicht am stürmischen Meer und die Möwen flogen knapp über seinen Kopf hinweg in jene Richtung, in die Ingrid weggerannt war. Er sah sie in etwa

zehn Meter Entfernung, wie sie mit einer Pistole in der Hand zur roten Düne rannte und ab und zu zurückblickte.
Ab und zu drehte sie sich zu ihm um, bis sie schließlich die Waffe in seine Richtung schleuderte und sich in die stürmische See hechtete.
Als er nach ihr suchte, sah er sie noch einmal, wie sie kurz auftauchte und ihm eine Kusshand zuwarf.
Florian wachte genau in diesem Moment auf und war trotz der niedrigen Zimmertemperatur völlig verschwitzt.

KATRIN, FRANKFURT-SACHSENHAUSEN

Nachdem sie gleich am frühen Morgen erfahren hatte, welchen Plan ihre Mutter hatte, spielte vor lauter Aufregung ihr Magen verrückt, sie musste ständig aufs Klo. Zum Glück war Uwe schon in aller Frühe aufgebrochen. Sie hatte nur noch gehört, wie er die Türe hinter sich zugezogen hatte.
Dieser ständige Drang wäre ihr sonst ziemlich peinlich geworden. Katrin Leitner überlegte nun, als sie unter der Dusche stand und sich mit der neuen Duschlotion von Dior wusch, ob sie heute krankmachen sollte. Sie atmete mehrmals tief ein und wieder aus, um sich wieder zu beruhigen, aber auch das half diesmal nicht. Zu bedeutsam war eben diese Nachricht, die ihr die Sprache verschlagen hatte.
Vielleicht war ihre Mutter ja schon ein wenig verwirrt. Wie konnte es sonst auch passieren, dass man eine solch wichtige Mail falsch verschickte?
Nun beschlich sie eine tiefe Traurigkeit, schließlich liebte sie ihre Mutter, auch wenn sie schon seit einer gefühlten

Ewigkeit so ungerecht zu ihr gewesen war. Insbesondere die ständigen Vorwürfe gegenüber Uwe waren unentschuldbar und nervten sie nur noch tierisch.
Ständig zog sie seine Arbeit in den Dreck und machte sich über ihn lustig.
Aber Uwe würde bald in den Vorstand von *Harts* aufsteigen, das war doch schon mal eine Hausnummer. Die nächste Zeit würde jedenfalls folgenschwer werden.
Trauer und Glück lagen nun mal eng beieinander, das wusste jedes Kind.
Im nächsten Moment entschied sie, sich trotz anstehender Mathe-Klassenarbeit beim Sekretariat krank zu melden.

INGRID, SCHWANHEIM

Ingrid kam trotz der schlechten, aber auch schicksalhaften Nacht sehr gut zu ihrer gewohnten Zeit aus dem Bett. Ihr erster Gedanke drehte sich dann auch gleich um die Mails, welche sie in der Nacht abgeschickt hatte. Sie fragte sich, was wohl ihre verstorbene Freundin dazu sagen würde, als sie am Herd stand, um sich Rührei zu machen. Als sie schließlich mit ihrem Frühstück und einem Kaffee am Küchentisch saß, las sie wie immer eine Weile in ihrer Tageszeitung.
Aber gleich die ersten Artikel regten sie mal wieder furchtbar auf, weswegen sie die Zeitung kurzerhand in den Müll beförderte. Wenn ich jetzt das Frühstücksfernsehen anschalte, muss ich wahrscheinlich noch kotzen. Die Moderatoren sind einfach nicht mehr zu ertragen, dachte sie auf dem Weg in ihr Büro.

Die Welt ist inzwischen durch und durch verkommen und alles steht nur noch auf wackligen Stelzen. Es ist alles um alle Grade herumgedreht. Die Normalität hat sich schleichend in den Wahnsinn verkehrt. Eine Welt, die vollkommen in Ordnung ist, gibt es natürlich nie, aber die aktuellen Zustände sind nun mal nicht mehr tragbar. Vor allem gibt es keinen Ausblick mehr auf bessere Zeiten. Mir tun die jungen Leute leid, die diesen ganzen Kram mitmachen müssen.

Sie trank vom Kaffee und fuhr nebenbei ihren PC hoch. Im Anschluss daran startete sie ihr geliebtes Outlook, um die neuesten Nachrichten zu lesen. Andererseits wollte sie auch noch mal lesen, was sie in der Nacht geschrieben hatte. Wenn sie sich richtig erinnerte, hatte sie keinen Fehler begangen, sie war mit sich zufrieden. Ihr Plan war richtig, daran zweifelte sie keine Sekunde. Trotzdem hatte sie auch Angst vor den Konsequenzen. Keine Reaktion würde den Worst Case bedeuten, von dem sie aber nicht wirklich ausging.

Aber man konnte nie wissen, wie Menschen reagierten, wenn es um viel Geld ging, selbst bei den eigenen Kindern nicht. Obwohl das Geld für sie noch nie eine große Rolle im Leben gespielt hatte, hatte sie im Laufe der Zeit eine stattliche Summe angespart, sie besaß dafür ein glückliches Händchen. Wer ihr Erbe antreten würde, musste verlässlich und bescheiden sein, das waren schon immer extrem wichtige Werte für sie.

TATJANA, NIDDERAU

Tatjana hatte länger geschlafen als üblicherweise, Joelle und Annina saßen bereits in Wohnzimmer und hatten es sich mit Decken gemütlich gemacht. Annina schaute sich einen Kinderfilm an und Joelle spielte mit ihrem Smartphone herum.
"Guten Morgen, wollt ihr noch Kaffee?"
"Oh ja", riefen Annina und Joelle gleichzeitig.
"Bist du schon auf 77?"
"Genau, Tati. Wir haben auch wieder ein neues Mitglied. Endlich wieder einen Mann. Kennst du diesen Micha? Der schreibt coole Comments, kann ich nur sagen. Aber er hat sich noch nicht mit einem passenden Bild vorgestellt. Schade eigentlich."
Tatjana nickte kurz und begab sich anschließend in die Küche.
Danach wollte sie mit einem Kaffee unter die Dusche gehen, wie sie es an Wochenenden liebte. Als sie schließlich unter der Brause stand und die Augen schloss, erinnerte sie sich wieder an das Gespräch der letzten Nacht. Nun hatte Joelle also doch ausgepackt und sich irgendwie alles von der Seele geredet, was sie belastet hatte. Mit einem Mal kam ihr der Gedanke, ihren Mann genau mit dieser Spielart zu überraschen, von der die Rede gewesen war, sobald er wieder zuhause war, was vermutlich am späten Abend sein würde.
Wahrscheinlich rechnete er mit dicker Luft, aber sie wollte ihm das Gegenteil beweisen. Irgendwie musste sie ihn wieder so richtig fest an sich binden, so dass er den ganzen Rest vergaß.
Vor allem durfte er nicht länger an die Leitner denken. Um dieses Ziel zu erreichen, würde sie nun andere Mittel einsetzen.

Nicht mehr nur die standardisierte Stellung, die wie automatisiert ablief.
Nein, es war höchste Zeit, ganz neue Waffen einzusetzen, richtig schwere Geschütze, gegen die er nicht ankommen konnte.
Tatjana stellte sich eine ganz ähnliche Szene vor, wie sie ihre Freundin beim letzten Treffen beschrieben hatte.
Als Annina gegen die Badezimmertüre hämmerte, stieg sie schließlich aus der Wanne. Der normale Alltagswahnsinn hatte sie wieder eingeholt.

ANNA, GOLDSTEIN

Die Internetseite ihrer Bank mit ihrer neuen positiven Farbgebung schien ganz harmlose Fakten für sie bereit zu halten, aber das war natürlich nur ein Trugschluss.
Anna zögerte eine Weile, doch dann gab sie sich einen Ruck und gab ihre Zugangsdaten für das Online-Banking ein.
Als sie die Enter-Taste drückte, schlucke sie und ging davon aus, nicht mal mehr zwanzig Euro abheben zu können.
Doch dann sah sie vor allen anderen rot eingefärbten Sollstellungen die grün eingefärbte Summe in Höhe von 500 €, welche von Florian überwiesen worden war.
Nun hatte sie ihn wieder bildhaft vor Augen, wie er seine Kontaktdaten auf ihren Strafzettel notiert hatte. Dabei hatte sie ihn von der Seite beobachtet. Als sie schließlich die 200 Euro notiert hatte, hatte sie bereits intuitiv gewusst, dass er ihr helfen würde, obwohl sie ja eine vollkommen Fremde für ihn war.

Ohne diese Summe hätte sie erneut ihre Eltern um Unterstützung bitten müssen und das war ihr jetzt zum Glück erspart geblieben.
Florian wusste, wie man einem Menschen in der Not half.
Sie würde sich ihm auf jeden Fall entsprechend erkenntlich zeigen. Aber wie sollte sie das machen? Sollte sie ihm ganz altmodisch einen super langen und kitschigen Liebesbrief schreiben? Aber nein, es musste ein echter Kracher werden, etwas, mit dem er im Leben nicht rechnete, was ihn umhauen und sprachlos machen würde. Auf dem Weg in die Küche hatte sie schließlich die zündende Idee. Von diesem rasanten Impuls war sie in diesem Moment selbst überrascht, sie war von sich selbst überwältigt.
Je länger sie aber darüber nachdachte, desto mehr überzeugte sie dieser nicht nur gewagte, sondern komplett durchgeknallte Plan.
Allerdings brauchte sie für eine erfolgreiche Umsetzung die Unterstützung ihrer besten und eigentlich einzigen Freundin Chiara, die mit ihr zusammen im *Hotel Intercontinental* im Zentrum von Frankfurt arbeitete.

FLORIAN, HAUSSÖMMERN

Florian schuftete in der alten Scheune wie noch nie zuvor, genau genommen verausgabte er sich vollkommen. Das half ihm vorübergehend, um auf andere Gedanken kommen zu können.
Während er den oberen Bereich der Scheune fegte, hatte er plötzlich wieder einen klaren Moment. Am Donnerstag würde er Ingrid ganz normal nach Norderney begleiten

und so tun, als wüsste er nichts von ihrem Plan.
Dabei wurde ihm im Moment klar, dass sein Leben nicht nur vor einer grundsätzlichen Wende stand, sondern bereits mittendrin steckte.
Alles, was zuletzt wie festzementiert gewirkt hatte, schien nun innerhalb kurzer Zeit in einem Auflösungsprozess zu sein.
Viel Zeit sollte ihm dabei nicht bleiben, sich diesen neuen Herausforderungen anzupassen. Am Abend würde er wieder in Nidderau zurück sein und sich schon auf den nächsten Arbeitstag bei *Kulls&Kells* vorbereiten.
Wie oft hatten ihn diese vorausblickenden Gedanken schon den halben Sonntag vermiest? Anstatt noch die restliche freie Zeit des Wochenendes zu genießen, war er dann in Gedanken immer schon bei irgendwelchen Layouts und machte sich Sorgen.
Vielmehr sorgte er sich aber schon vor der bevorstehenden Krankmeldung. Was sollte er als Grund für die Fehlzeit angeben?
Welche Krankheit konnte er vorspielen? Am besten Magen-Darm, das hatte er schon mal erfolgreich durchgebracht. Zurzeit sah er ja auch ganz schön erledigt aus, das fiel nicht nur seinem näheren Umfeld auf, sondern auch ihm selbst, wenn er sein Spiegelbild kritisch betrachtete.
Florian verließ die Scheune, um als nächstes den Hof zu kehren.
Im Normalfall stellte er sich dabei immer lautstark Musik an, meistens von Rea Garvey oder Depeche Mode, aber jetzt brauchte er vor allem Ruhe, um besser nachdenken zu können. Würde er die richtigen Entscheidungen treffen? Jedenfalls galt nun, Ingrid mit ganzer Tatkraft zu unterstützen, sie von ihrem schrecklichen Plan abzuhalten. Dafür musste er sich eine passende Lösung überle-

gen. Ingrid tat ihm leid, ihre letzte Mail zog ihn komplett nach unten. Er konnte kaum noch abschalten, die Gedanken drehten sich.

ANNA, GOLDSTEIN

Auf ihre beste Freundin war einfach immer Verlass, sie hatte sich gleich nach ihrer Anfrage auf den Weg zu ihr gemacht.
Jetzt lag Chiara, die fast immer vor guter Laune strahlte und scheinbar nichts erschüttern konnte, auf Annas Bett und wartete gespannt auf die neue Idee.
Anna öffnete gerade ihren alten Bauernschrank, der bis zum letzten Millimeter perfekt befüllt war, und holte ihre schönste Unterwäsche heraus.
"Darin soll er mich sehen, Chiara. Wie findest du sie? Geil, oder?"
"He, der Oberhammer. Schon allein die Farbe ist supi! Wäre auch was für mich. Aber egal, wie willst du ihm das denn vorführen?"
"Mit einem Strip. Deswegen brauche ich dich auch. Du musst mich filmen. Ich schicke es ihm dann per WhatsApp. Ist irgendwie wahnsinnig, oder?"
"Wow, Ann, das ist ziemlich crazy, aber irgendwie auch total cool. Ich mach es, ist doch Ehrensache. Hast du schon eine Idee, wie wir das genau machen sollen?"
"Wir drehen heute den kompletten Strip, aber ich schicke ihm immer nur einzelne Teile davon. Ich will, dass er nur noch daran denkt. Tag und Nacht. Er soll nur darauf warten, auf das nächste Teil, das ich ablege.
Das alles über mehrere Tage verteilt. Ist doch mal was

anderes, oder? Normalkost ist noch nie mein Ding gewesen, das soll er schnell erkennen."
"Cool. Hast du das schon mal für einen anderen Typen gemacht?"
"Nein, für Normalos noch nie. Und bislang waren es ja nur solche, verstehst du? Floi ist was ganz Besonderes, Chiara. Wenn ich mich nicht voll anstrenge und ins Zeug leg, dann keine Chance. Verstehst du? Dann geh ich wieder leer aus und das überlebe ich nicht. Er ist sicher nicht Single und auf der Suche, so wie ich es bin. Aber ich muss jetzt eben mal an mich denken, man lebt nur einmal, es geht alles so wahnsinnig schnell vorbei.
Und echt, die Andere ist mir egal. Ich weiß, wie ich ihn verrückt machen kann. Habe die Mittel dazu. Ziehe es durch. Mit dir zusammen."
"OK, bin startklar. Was ziehst du an?"
"Also, diese Unterwäsche. Darüber eine taillierte weiße Bluse und eine graue Hose. Das ist einerseits lässig, aber auch elegant. Und dann kommt mein super toller lilafarbener Blazer.
Alles stilvoll, wenn du mich fragst."
Anna holte diese Kleidungsstücke aus dem Schrank und fing an, sich umzuziehen. Nachdem sie den Blazer angezogen hatte, machten die beiden Freundinnen eine kleine Sektpause.
Danach wählte Anna noch modische Sneakers, einen dunkelgrauen Pullover, einen lilafarbenen Shopper, einen beigefarbenen Mantel, schwarze Stoffhandschuhe und zum Schluss eine schwarze Wollmütze. Sämtliche Teile landeten erst mal auf dem Bett.
"Soll ich dich schminken, Ann?"
"Wollte dich gerade fragen."
Anna fühlte sich gut, während sie von ihrer Freundin

wieder mal professionell geschminkt wurde. Sie stellte sich Flois Gesichtsausdruck vor, wie er sich gerade das erste Video anschaute.
Dabei würde sie den Strip mit dem Mantel und den Handschuhen beginnen.
Zu *Crazy von Lost Frequencies* würde er sie schließlich tanzen und in ersten erotischen Träumen schwelgen sehen.
Parallel zur krassen Kleiderauswahl würde sie natürlich auch noch ihren coolsten Schmuck tragen. Ihren heiß geliebten Korallenring mit golden glänzenden Applikationen und natürlich auch noch ihren wertvollsten goldenen Mosaikring. Zum Abrunden dann noch die Perlenkette, welche sie von ihrem Ex zum Geburtstag geschenkt bekommen hatte. Das war echt das einzig Gute, das von ihm übrig geblieben war.
"Welche Lidschattenfarbe?"
"Lila."
"Hätte ich dir auch empfohlen. Sieht echt geil aus. Liebe ja auch lila, aber das geht bei mir leider überhaupt nicht. Bin ein zu heller Typ dafür."
Im zweiten Teil, den sie ihm auch noch an diesem Sonntag schicken wollte, würde sie ihren neuen Shopper, die Wollmütze und die Kette ablegen.
Aber welches Lied sollte sie dafür verwenden?
Zum Glück konnte sie ziemlich gut tanzen, denn sie hasste nichts mehr als stümperhaftes Getue.
"Welchen Lippenstift?"
"Also auf keinen Fall rot, auch wenn das gerade voll hip ist. Passt ja auch nicht zu dem ganzen Lila.
Wir nehmen einfach den neuen Lipgloss von Dior, der ist schön dezent in der Farbe, glitzert aber dafür umso schöner."

"Cool, so machen wir es. Nagellack dann auch in diesem Stil oder in Lila?"
"Wir nehmen den lilafarbenen, das bringt einfach mehr Dramatik und Emotion in die Sache.
Er soll diesen Strip nie mehr in seinem Leben vergessen. Deswegen muss alles perfekt sein.
Bleibst du den ganzen Tag? Wir können ja dann morgen früh zusammen ins Hotel gehen. Oder hast du Spätdienst?"
"Ich kann bleiben, Ann. Auf mich wartet ja niemand Zuhause. Denke, dass wir schon eine ganze Weile für die Clips brauchen. Aber, super Idee, echt! Dein Floi wird Augen machen. Zum Glück gibt es WhatsApp!"

Anna hatte nun die Idee für die nächsten beiden Lieder. Wie aus dem Nichts waren sie plötzlich in ihrem Kopf gewesen. Floi war die Chance ihres Lebens, das war ihr augenblicklich klar geworden, als sie ihm begegnet war. Sie würde ihn mit dem letzten Strip um den Verstand bringen, davon war sie schon jetzt überzeugt. Ob dabei wahre Liebe im Spiel war, konnte sie nicht mit Sicherheit feststellen, aber das war auch nicht die Hauptsache. Eine kribbelige Verliebtheit reichte vollkommen aus.
Daraus konnte dann mit der Zeit immer noch Liebe werden. Sie war jetzt guter Dinge.

FLORIAN, HAUSSÖMMERN

Nachdem er sämtliche Aufgaben erledigt und zum Schluss auch noch den möglichen künftigen Hausverwalter besucht hatte, legte er sich in der guten Stube auf das Sofa, das er so gerne Zuhause in Nidderau im Wohnzimmer stehen gehabt hätte.
Florian war körperlich, geistig und seelisch erledigt. Genau genommen war er ein Wrack, wenn er ganz ehrlich zu sich sein wollte. Fehlten nur noch graue Haare und tiefe Furchen im Gesicht. So sah ein Mann aus, der fertig mit der Welt war. Als er an Ingrid und ihren mörderischen Plan dachte, wurden seine Augenlider immer schwerer und etwas in seinem Kopf schien zu dröhnen. Wie sollte er nachher noch die weite Heimreise bewältigen? Wie sollte er am nächsten Morgen wieder aus dem Bett kommen und den Tag meistern? Mit diesem neuen Wissen?
Ingrid hatte sich doch nur verrannt, sie steckte offensichtlich in einer handfesten Krise, die hoffentlich vorübergehen würde. Florian stellte noch fest, dass seine Gedanken sich verlangsamten, bis er schließlich einschlief. Erst mit einem Signalton für eine neue Nachricht wachte er wieder auf. Sofort griff er nach seinen Smartphone und stieß auf mehrere neue Nachrichten.

WhatsApp-Nachricht von Anna Maroldt. An Florian Herfurth, 16:12 Uhr

"Denke gerade an Dich. Denkst Du auch an mich? Hab auch eine Überraschung für Dich. Schau es Dir an. Etwas später kommt Teil 2 und morgen geht es weiter. Bis…, Du wirst schon sehen. LG, Ann"

WhatsApp-Nachricht von Tatjana Herfurth. An Florian Herfurth, 14:29 Uhr

"Wann fährst du heute los? Annina lernt gerade noch mal Mathe. So langsam klappt es mit den Textaufgaben besser. Bis morgen muss das sitzen. Schauen wir uns heute Abend noch eine Serie an?"

WhatsApp-Nachricht von Thomas Kulls. An Florian Herfurth, 14:00 Uhr

"Hallo Florian, kannst Du morgen bitte so kommen, dass wir um halb acht unser Meeting starten? Ich muss danach gleich zu einem neuen Kunden. Diese Woche müssen wir das Layout für MCX-Shoewear komplett fertig kriegen. Sonst wird es ziemlich eng. Wir müssen richtig Gas geben. Alles weitere dann morgen. Schönes Restwochenende. T.K."

E-Mail von Ingrid Leitner. An Florian Herfurth, 13:49 Uhr

"Lieber Florian, wie klappt es in Haussömmern? Haben Sie mal bei Andreas Kircher vorbeigeschaut? Wäre wirklich gut, wenn er künftig die Hausverwaltung übernimmt. Das Geld kann die Familie sicher gut gebrauchen. Sechs Kinder, stellen Sie sich das einmal vor! Da zählt jeder Euro. Wären Sie so lieb und würden noch kurz bei mir vorbeischauen? Beste Grüße, Ingrid Leitner"

Florian verfasste kurze, in allen Fällen positive Antworten, bevor er sich unter die Dusche stellte. Dort fühlte er sich seltsam. Seit langer Zeit wünschte er sich, ein ande-

rer Mensch sein zu können. Ganz normal leben, ohne diesen ganzen Wahnsinn im Nacken zu haben, das war sein großer Wunsch.
Nachdem er sich abgetrocknet hatte, fiel ihm das Video ein, welches Anna ihm geschickt hatte. Nun brannte er plötzlich vor lauter Neugierde, weswegen er nur mit seiner Unterhose bekleidet in die gute Stube zurückkehrte.
Nachdem er das Video gestartet hatte, sah er erst mal Annas Gesicht in Nahaufnahme. Ein paar Sekunden später gab es einen Schnitt und dann sah er sie in kompletter Wintermontur vor ihrem Bett tanzen.
Am Anfang ohne Musik, was er ganz lustig fand, bis nach etwa zehn Sekunden dann doch ein Lied lief, das er schon oft im Radio gehört hatte.
Anna legte nun ihren Mantel ab und kurz darauf zog sie die Handschuhe aus.
Mit einer Verlegenheit, die sich aber irgendwie gut anfühlte, zog er sich nun vollständig an und packte abschließend seine Sachen für die Rückreise.
Vor der Fahrt wollte er sich aber noch eine Folge von *Lucifer* anschauen.
Zurzeit überlegte er, ob er zur nächsten Serie auch eine WhatsApp-Gruppe bilden sollte, so wie es Tatjana mit ihren Romanen tat. Florian holte sich aus der Vorratskammer noch Wurst und Käse und startete die zweite Staffel.
Zwischendurch unterbrach er die Folge aber immer wieder, um sich nochmals Annas Videos anzuschauen. Das war endlich eine gute Ablenkung von den aktuellen Problemen mit Tatjana und Ingrid. Einfach abschalten, sich fallenlassen, loslassen.

ANNA, GOLDSTEIN

"Hat er schon geantwortet?"
"Ja, er hat geschrieben, er duscht noch kurz und dann schaut er sich noch eine Serie an. Bald wird er nur noch von Strip reden, Chiara. Dann wird ihm nichts anderes mehr in den Sinn kommen. Jetzt ist ja alles noch ganz harmlos."
"Ich glaub, ich mach das auch mal. Aber erst mal wieder einen Typen finden. Jedenfalls nehme ich mir so schnell keinen Kollegen mehr. Alle Männer aus der Branche sind einfach nur vollkommen oberflächlich."
"Ja, sie wollen sich alle nicht festlegen. Auch noch nicht mit dreißig, verhalten sich wie Teenies und halten sich auch noch für obercool. Für Jan war ich auch viel zu ernsthaft. Typisch für die Hotelboys. Suchen immer nur neue Liebschaften in neuen Städten. Tja, das geht dann nie lange gut. So ist es eben, wir können es nicht ändern. Machen wir weiter?"

Im nächsten Moment schaltete Anna *Tainted Love* an und fing sofort zu tanzen an, während Joelle alles aus der richtigen Distanz filmte. Nun fühlte sie sich wie in alten Zeiten, als sie noch regelmäßig in den Perkins-Park zum Abtanzen gegangen war. Damals hatte sie immer stundenlang getanzt, ohne sich für irgendetwas anderes interessiert zu haben.
Sie tanzte und stellte sich vor, wie Floi auf dem Bett lag und ihr zuschaute. Dabei legte sie ihre Bluse und den ganzen Schmuck ab.
Vielleicht war das seit langer Zeit ihre beste Idee. Nach dieser nächsten Szene würde sie ihm gleich wieder Nachschub schicken. Am Anfang wollte sie mit dem Ausziehen noch schnell machen, um zum Schluss so langsam wie

nur möglich zu werden. Am Ende würde sie die Grenze des normalen Strips sprengen und ihm tiefe Einblicke verschaffen. Sie fühlte sich aufgewühlt wie schon lange nicht mehr, war nur noch Körper. Der Verstand hatte sich untergeordnet, spielte kaum noch eine Rolle, was eigentlich auch gut so war.
"Glaubst du, er hat einen Fetisch?"
Anna grinste vielsagend und machte eine eindeutige Geste.
"Na dann hast du ja die besten Karten, sag ich mal. Was denkst du, wie kommt bei ihm dieser Fetisch zum Ausdruck? Schaut er bei einer Frau erst mal dort hin?"
"Genauso läuft es bei ihm ab und das findet er zwar irgendwie lächerlich und peinlich, aber gleichzeitig auch ziemlich toll."
„Du hättest Psychiaterin werden sollen, Ann."
"Ich weiß. Aber jetzt bin ich eben Hotelfachfrau so wie du. Das passt zwar nicht, aber irgendwie hat mich etwas auf diese Schiene gebracht. Ich hoffe, dass ich Floi auf meine Schiene bringen kann."
„Macht es dir wirklich nichts aus, wenn es nachher so richtig zur Sache geht?"
"Mach alles mit, Ann, du kennst mich doch. Ich filme, was du willst."
"Bin total gespannt, wie er reagiert. Vielleicht darf ich ihm nicht zu viel Zeit zum Nachdenken geben. Vielleicht schreibt er sonst, dass ich besser aufhören soll.
Aus Rücksicht auf seine Familie. Bin mir einfach ziemlich sicher, dass er schon eine Frau hat und bestimmt auch ein Kind oder mehrere sogar. Muss jetzt trotzdem alles geben, dann kann ich mir später auch nichts vorwerfen. Komm, wir machen uns an die Arbeit.
INGRID, SCHWANHEIM

Nach drei Stunden stressfreier Fahrt stieg Florian auf dem Parkplatz von Ingrid Haus in Schwanheim aus und klingelte wie immer einmal kurz, zweimal lang und noch mal zweimal kurz.
"Da sind Sie ja endlich. Kommen Sie rein, Florian. Schauen Sie, die Löwen sind schon im Einsatz. Und ich liebe den einen dort..."
Florian trottete der heftig hustenden Ingrid Leitner hinterher in ihr Wohnzimmer, das ihm beinahe wie sein eigenes vorkam, alles war so unfassbar vertraut.
"Wen lieben Sie?"
"Schauen Sie doch genau hin, es kann doch nur dieser unfassbar schicke Herr im Anzug mit den roten Applikationen sein. Sehen Sie?
Ralf Dümmel. Ein ganz fantastischer Mann und natürlich ein großartiger Unternehmer. Er trägt sogar rote Socken, schauen Sie nur. Mensch, den würde ich nicht von der Bettkante stoßen!
Er sucht übrigens Mitarbeiter, hat er vorhin gesagt. Wäre das nichts für Sie?"
"Frau Leitner, Sie wissen doch, ich bin kein Kaufmann, das wird also bestimmt eher schwierig."
Florian setzte sich neben Ingrid, die ihm bereits ein Glas Amarone eingeschenkt hatte und konzentrierte sich auf Dümmel, von dem er in letzter Zeit viel gehört hatte.
"Ach, stoßen wir erst mal an", sagte Ingrid. „Ich freue mich ja so, dass ich meine Lieblingssendung nicht alleine schauen muss. Die Sendung ist aufgezeichnet. Ich habe es hinbekommen, stellen Sie sich vor! Heute brauche ich Sie also hier neben mir, um die Löwen anzuschauen. Wie finden Sie ihn? Ganz ehrlich."
Dümmel war ein genialer Typ, das erkannte Florian auf

einen Blick. Aber diese Feststellung schmerzte auch, weil dieser Unternehmer nicht nur glücklich wirkte, sondern auch noch gut aussah und zig Millionen auf dem Konto hatte. Dieser traumhafte Erfolg konnte einen schon neidisch machen, in seiner Welt blühte, strahlte, leuchtete und glitzerte alles.
"Er sieht nicht nur fantastisch aus, wenn Sie mich fragen, nein, er hat beste Manieren und auch jede Menge Humor. Wo könnte seine Schwachstelle sein, was meinen Sie, Florian? Das würde mich brennend interessieren."
"Oh, schwer zu sagen", sagte Florian zögernd, „ich denke mal, dass so ziemlich alles im grünen Bereich liegt. Wenn eine Schwäche, dann tippe ich, dass er ein Workaholic ist und schlecht abschalten kann."
"Nicht schlecht überlegt, Florian. Das ging mir gerade auch durch den Kopf. Da könnte also schon etwas dran sein, wenn wir beide das annehmen."

Sie hatte wieder einen schweren Hustenanfall, bekam zeitweise kaum Luft und geriet etwas in Panik.
Florian holte ein Medikament und beruhigte sie, wie er es über die Jahre hinweg gelernt hatte, indem er ihr die Hand hielt und gut zuredete.
"Danke. In letzter Zeit wird es schlimmer, das muss ich leider sagen.
Aber darüber wollen wir jetzt nicht weiter nachdenken, schließlich ist das hier die letzte Staffel in diesem Jahr. Ich werde den Dümmel vermissen, so viel kann ich an dieser Stelle schon mal sagen.
Jetzt aber mal ernsthaft. Er ist eben ein ganz großartiger Unternehmer, weil er nicht nur Geld scheffeln will. Er ist modern und doch auch altmodisch. Modern, weil er moderne Produkte auf sehr innovative Weise vertreibt. Und

altmodisch, weil er sich um seine Angestellten sorgt. Er ist sich seiner Verantwortung bewusst und zahlt Gehälter, von denen seine Leute ordentlich leben können. Mein lieber Florian, das ist heute eher die Ausnahme, glauben Sie mir."

Florian zweifelte keine Sekunde an dieser Feststellung, die ihn gleichzeitig nachdenklich und traurig stimmte. Dümmel schaute gerade in seine Richtung und er bildete sich ein, er würde tatsächlich nur ihn anschauen und ansprechen. War es vielleicht eine Art von Selbstbestrafung für sein berufliches Scheitern?

Machen Sie sich doch nicht zum Deppen, Florian, hörte er Dümmel in Gedanken sagen. *Trauen Sie sich etwas, treffen sie eine Grundsatzentscheidung. Ein bisschen mehr Mut, wenn ich bitten darf. Sehen Sie, ich habe immer an mich geglaubt und nun sitze ich hier und alles ist nur noch ein Selbstläufer. Gewöhnen Sie sich nicht zu sehr an ein Leben, das in Wirklichkeit Lichtjahre von ihren ursprünglichen Vorstellungen entfernt ist. Klar, es funktioniert irgendwie, aber sind Sie damit wirklich zufrieden?*

"Er wird bestimmt vollen Einsatz fordern, aber er honoriert das dann auch. Sehen Sie nur diese Augen, das steckt enorm viel Güte drin. Darin sehen Sie auch die Sorgen um die Angestellten und derer Familien. Seine Leute können immer zu ihm kommen trotz des ganzen Rummels.
Er hat stets ein offenes Ohr. Und sehen Sie, er geht hier gerade den Deal nur ein, weil die Gründerin so unglaublich sympathisch ist. Er gibt ihr die Chance ihres Lebens, das ist doch toll. Trotzdem wird es auch finanziell für ihn

eine Erfolgsgeschichte. Das ist die Kunst an der ganzen Sache."
Ein weiterer heftiger Hustenanfall unterbrach ihren Kommentar.
"Heiland, es wird wirklich immer schlimmer. Aber es geht wieder. Danke. Ach, jetzt ist Werbung. Könnten Sie mir vielleicht noch eine Kleinigkeit zu essen bringen? Einfach bitte nur frisches Brot mit Butter. Es gibt doch kaum etwas Besseres. Das wäre lieb von Ihnen. Und noch ein Glas von dem guten Roten."
Florian beobachtete noch ihren ernsten Gesichtsausdruck, bevor er sich auf den Weg in die Küche machte. Er liebte dieses Haus mit all seinen verwinkelten Zimmern und seinem grandiosen Mix aus altmodischen Jugendstilmöbeln und modernen Designerstücken.
Allein in diesem Haus hatte er über die letzten Jahre hinweg sehr viel gearbeitet. Tapezieren, streichen, Möbel aufbauen und Reparaturen durchführen, das alles war mit der Zeit angefallen.
Darüber hinaus noch putzen, aufräumen und kochen, manchmal sogar bügeln. Einen Moment dachte er darüber nach, bis sein Smartphone piepste. Augenblicklich kam ihm Anna in den Sinn. Was führte sie nur im Schilde?

WhatsApp-Nachricht von Tatjana Herfurth. An Florian Herfurth, 21:38 Uhr

"WO bleibst du denn? Ich warte und warte. Annina ist im Bett und schläft schon seit acht."

WhatsApp-Nachricht von Anna Maroldt. An Florian Herfurth, 21:47 Uhr
"Teil zwei. Halt Dich fest. Ich erkläre Dir später das Wa-

rum und Wieso. Crazy, ich weiß! Denkst sicher, ich bin total durchgeknallt. Und das stimmt wohl auch."

Er antwortete zuerst seiner Frau, er sei in spätestens fünfundzwanzig Minuten zu Hause, müsse noch etwas Wichtiges mit ihr besprechen. Im Anschluss schrieb er Anna, er wolle sich das nächste Video in ein paar Minuten anschauen. Er melde sich wieder bei ihr.
Nach dem Abschicken der Nachricht schaute er sich so lange das neue Video an, bis er Ingrid wieder husten hörte. Mit dem Brot und den Wein begab er sich zügig zurück in ihr Wohnzimmer, wo sie inzwischen auf dem Boden lag und nach Luft rang.
"Frau Leitner, es wird gleich wieder besser. Bleiben Sie ganz ruhig, tief einatmen und wieder tief ausatmen."
In diesem Moment fragte er sich, ob er nicht doch besser den Notarzt rufen sollte, wie er es vor etwa zwei Wochen schon mal getan hatte. Aber dann ging es ihr doch wieder besser und sie erhob sich mit seiner Hilfe.
"Ich bekomme keine Luft mehr, das ist einfach furchtbar. Und dann sehe ich auch nur noch ganz schlecht."
Sie ließ sich ächzend in ihren Sessel fallen, während Florian ihr das Brot und den Wein reichte.
"Wenn Sie nachher wieder gegangen sind, werde ich mich wieder furchtbar einsam fühlen. Das Alleinsein ist einfach schlimm, Florian. Ich spüre, Sie stehen unter Zeitdruck. Ihre Frau wartet, nicht? Gehen Sie besser, sonst bekommen Sie nur unnötig Ärger. Bei mir geht es wieder, machen Sie sich keine Sorgen um mich."

Nachdem er sich mehrmals versichert hatte, dass es ihr auch wirklich wieder gut ging, machte er sich mit mulmigem Gefühl auf den Weg nach Hause. Wieder kam ihm ihr geplanter Selbstmord in den Sinn und er brachte immer mehr Verständnis dafür auf, denn diese Krankheit war einfach nur schrecklich, sie raubte einem jeglichen Optimismus. An ihrer Stelle würde er wahrscheinlich auch einen Schlussstrich ziehen.

ANNA, GOLDSTEIN

Anna war zwar einerseits vom Sekt beschwipst, aber noch mehr berauschte sie jetzt der Strip für Floi. Obwohl sie das bislang noch nie gemacht hatte, fühlte sie sich gerade so, als machte sie es regelmäßig. Chiara hatte inzwischen *Naked* von James Arthur angestellt und zur Abwechslung selbst zu tanzen begonnen, während Anna nun filmte.
Chiara war ein richtig wildes Ding. Bei ihr ging, was das Ablegen von Kleidungsstücken betraf, alles ziemlich schnell und schnörkellos. Schon in der Mitte des Songs hatte sie ihre Bluse, den BH und die Jeans ausgezogen. Während Arthur zum letzten Mal den genialen Refrain sang, zog sie sich ganz aus. Anna zoomte sich nah heran und dachte kurz darüber nach, auch diesen Strip Floi zu schicken, verwarf diese Idee aber wieder. Der Sekt und die ganze Situation an sich benebelten allmählich ihren Verstand, sie konnte einfach nicht mehr klar denken. Überhaupt konnte sie das nicht mehr wirklich, seit sie Floi kennengelernt hatte. Chiara gab nun Vollgas und zeigte alles, was sie zeigen konnte, bis das Lied schließlich zu Ende ging.
Danach deaktivierte Anna die Videoaufnahme und fiel ihrer nackten Freundin in die Arme.

"Das war so was von geil, Chiara. Ich glaub echt nicht, dass ich das so noch toppen kann."
"Quatsch, Ann, das ist viel zu schnell gegangen. Eben meine Art.
Mach du besser so weiter wie gehabt. Das erzeugt so viel Spannung. Echt Hammer! Wie wäre es jetzt mit *Je' Taime* von *Gainsbourg* und Jane Birkin? So hammermäßig geil. Obergenialer Klassiker. Oder nimmst du es fürs Finale?"
"Komm, wir trinken noch ein Glas. Dann geht es weiter."
"Ganz nackt??"

Anna trank ihr Glas auf einen Zug leer und nickte nur kurz auf diese Frage.
Aber bevor es soweit war, sollte er sie erstmal ziemlich lange in ihrem Höschen sehen dürfen. So lange, dass er schon langsam die Hoffnung aufgeben würde, sie jemals nackt sehen zu können.
Das war schon mal eine erste gute Übung für ihn, weil er bei ihr generell viel Geduld zeigen musste. Ihre erste gemeinsame Nacht würden sie nur mit Küssen und Streicheln verbringen, darüber hinaus würde nichts gehen. Rein intuitiv wusste sie bereits jetzt schon, dass er damit kein Problem haben würde. In diesem Punkt tickte er gleich, das war leicht von seinen Augen abzulesen. Sich Zeit lassen im Gegensatz zu den meisten anderen Männern, die inzwischen glaubten, dass sie so schnell wie möglich selbst ihre größten erotischen Wünsche umsetzen mussten.
Gleich alles geben, gleich alles offenbaren, gleich alles wollen und geben und fordern. Nein, Floi war nicht von dieser Sorte Mann, die sie nur verachten konnte. Er wollte nicht das alles so schnell wie möglich haben, was einem auf so vielen üblen Seiten im Internet als vollkom-

men normal und selbstverständlich vorgeführt wurde. Er schaute sich diesen ganzen verdammten Mist erst gar nicht an. Schon allein dafür liebte sie ihn.

TATJANA, NIDDERAU

Tatjana schrieb noch einen letzten Kommentar für den *Leseclub 77*, bevor sie ins Bett ging. Sie deckte sich bis zum Hals zu, weil es gerade mal vierzehn Grad im Schlafzimmer hatte, das Fenster war immer mindestens schräg gestellt.
Auch Floi liebte die nächtliche Kälte, hier waren sie ausnahmsweise mal auf einem gemeinsamen Nenner. Während sie ihre eiskalten Füße aneinander rieb, fragte sie sich, wie es wohl ihrer Freundin inzwischen Zuhause erging. Vielleicht würde sie ja in Kürze über die neue Dating-Plattform einen neuen Partner finden, zumindest würde sie selbst diesen Weg wählen, wenn mit Floi Schluss wäre.
Als sie einigermaßen aufgewärmt war, wägte sie kurz ab, ob sie sich noch einen schönen heißen Kakao machen sollte, verwarf dann aber die Idee gleich wieder, als ihr die derzeitigen Gewichtsprobleme in den Sinn kamen. Aktuell brachte sie 75 Kilogramm auf die Waage, was bei einer Körpergröße von 1,61 Meter viel zu viel war.
Das war definitiv Übergewicht, was Floi zwar überhaupt nicht störte, weil er ja eher auf dralle Formen stand, aber sie fühlte sich einfach nicht mehr gut.
Mit ihren 35 Jahren konnte sie sich eben nicht mehr so viele Sünden erlauben, das musste sie sich endgültig klarmachen. Es war an der Zeit zum Umdenken, der bis-

herige Kurs musste dringend korrigiert werden.
Die Welt war ungerecht, Floi schaufelte alles Mögliche in sich hinein, ohne dabei auch nur ein Gramm zuzunehmen. Im Gegenteil, er nahm ja zurzeit stetig ab und sah fast schon aus wie der typische ausgemergelte Marathonläufer.
Schauten sie sich zusammen eine Serie an, verspeiste er locker mal eine Tüte Chips und parallel dazu meistens auch noch jede Menge Schokolade oder sein über alles geliebtes Heidelbeereis direkt aus der Familienpackung. Nebenbei trank er hier und da noch ein Gläschen Wein und aß noch mal ein reichlich belegtes Brot. Würde sie sich das alles erlauben, wäre sie schon längst aus allen Nähten geplatzt. Sie wollte gerade ihren Krimi weiterlesen, als ihr Smartphone piepste.

WhatsApp-Nachricht von Florian Herfurth. An Tatjana Herfurth, 21:02 Uhr

"Bin gerade noch kurz in Schwanheim. Wegen der Schlüsselübergabe. Schläft Annina schon? Jedenfalls bin ich spätestens um 22 Uhr zurück. Muss dir dann gleich etwas beichten."

Das klang ja nicht sonderlich vielversprechend. Zwei Andeutungen dieser Art bedeuteten Alarmstufe Rot. Stichwort Leitner.
Vermutlich eine neue Reise. Trotzdem hielt sie noch an ihrem Plan fest, die neue Spielart ausprobieren. Dann eben nicht in Bad, sondern einfach ganz normal im Bett oder besser noch davor. Am Fenster. Warum sie ausgerechnet diese Spielart, die ja bei Joelle ein ernsthaftes

Problem erzeugt hatte, so faszinierend fand, verstand sie selbst nicht wirklich. Vielleicht hätte das ganze Vorhaben ja in irgendeiner Form mit Kontrolle zu tun.
Wenn sie es sich genau überlegte, hatte sie in den letzten Jahren immer mehr an Kontrolle über ihn verloren. Inzwischen machte er doch nur noch das, was ihm gerade in den Sinn kam.
Sie brauchte also die Umsetzung seiner kühnsten Träume und glaubte nun, mit dieser neuen Spielart einen Volltreffer landen zu können. Wie durch einen ungeheuerlichen Zufall erhielt sie im nächsten Moment eine neue Nachricht.

WhatsApp-Nachricht von Joelle Boiniere. An Tatjana Herfurth, 21:14 Uhr

"Tati, ich bin schon im Bett. Wäre noch gerne bei euch. Wollte eigentlich auf die Dating-Seite. Hab aber keine Motivation. Es gibt zwar massig Typen. Aber es ist alles auch ziemlich mühsam. Irgendwie hab ich keinen Nerv mehr dafür. ABER: ich hab einen Vorschlag für eine neue Leserunde. Und zwar die Trinity-Reihe. Wir brauchen einfach Mal wieder etwas Erotik. Also, nach der Biografie vom Sitzmann wäre das doch geil, oder? Wir müssen unbedingt mehr männliche Mitglieder aktivierten. ECHT! Küsse von Jo"

Tatjana schicke eine Reihe passender Smilies. Der Countdown lief, Floi wurde in den nächsten Minuten auftauchen und wahrscheinlich hundemüde ins Bett fallen. Als erstes würde er aber seine Tasche im Flur abstellen, kurz bei Annina vorbeischauen, sie anschließend mit einem

Kuss begrüßen und sich schließlich im Bad frisch machen. In der Zwischenzeit würde sie das Nachthemd ausziehen und sich aufs Bett knien.

Diesmal würde sie das Heft in die Hand nehmen, das stand schon jetzt mal fest. Tatjana zog sich probeweise aus und stellte sich vor, wie sie sich zu ihm herumdrehte und ihm tief in die Augen blickte. In diesem Moment würde sie sein Herz hämmern hören und ihm ins Ohr flüstern, was sie sich als nächstes vorstellte.
Dabei würde sie direkt von seinen Augen die ganze wilde Vorfreude ablesen und ihn prompt aufmuntern, bloß keine falsche Scheu zu zeigen, denn sie war nun mal experimentierfreudig.

FLORIAN, NIDDERAU

So behutsam wie nur möglich schloss er die Wohnungstüre auf, aber jedes noch so kleine Geräusch schien auf einmal verstärkt zu werden.
Annina wachte jedenfalls nicht so schnell auf, aber Tatjana hatte nur einen leichten Schlaf. Um diese Zeit schlief sie normalerweise schon, daher war es viel zu spät geworden, um die bevorstehende Reise anzusprechen.
Er nahm an, dass sie verärgert eingeschlafen war, weil er nicht rechtzeitig zurückgekommen war.
Nach einem Blick auf seine rot leuchtende Armbanduhr betrat er Anninas Zimmer, um nachzuschauen, ob alles in Ordnung war.
Sie lag wieder mal da wie ein Engel und schien in schönsten Träumen zu schwelgen.

Florian streichelte sie eine Weile und gab ihr abschließend einen Kuss auf die Stirn. Im Schlafzimmer brannte kein Licht mehr.
Auf noch leiseren Sohlen schlich er sich ins Bad, um sich die Zähne zu putzen und das Gesicht zu waschen. Im Schlafzimmer leuchtete er mit seiner Sportuhr den Weg zu seinem Bett aus.
Das Bett quietschte unangenehm laut, als er sich hinlegte, aber seine Frau schlief tief und fest weiter. Warum sie bei dieser Raumtemperatur nackt im Bett lag, verwunderte ihn, das war komplett untypisch für sie. Sollte er sie nicht doch besser kurz aufwecken, so dass sie sich anziehen konnte? Er konnte sich einfach nicht entscheiden, blieb deswegen ruhig liegen und dachte nach. Anna, mit ihren verrückten Ideen, kam ihm nun wieder in den Sinn, er sah sie mit geschlossenen Augen vor sich tanzen.
Wie oft hatte er sich an diesem Abend eigentlich ihre Videos angeschaut?
Tausendmal? Anstatt sich Sorgen um Ingrid zu machen und sie von ihrem Plan abzubringen. Anstatt besser einzuschlafen, weil ja der nächste anstrengende Arbeitstag bevorstand, konnte er einfach nicht abschalten.
Anna dominierte seine Gedankenwelt. Ganz wie er es geahnt hatte, schien ihre Figur seinen kühnsten Vorstellungen zu entsprechen.
Bislang hatte er zwar bei Weitem nicht alles von ihr gesehen, aber sie schien es mir diesem Strip ernst zu meinen. Dabei hatte er noch immer keine Ahnung, wie er darauf reagieren sollte.

Noch war es nicht zu spät, diese verrückte Aktion abzubrechen aus Rücksicht auf seine Familiensituation. Sein Verstand sagte ihm das mit klaren, unmissverständlichen

Worten.
Dagegen rief sein Bauch mit voller Inbrunst, er solle sie doch einfach machen lassen, das sei ja kein Verbrechen. Anna hatte offensichtlich irgendwelche Beweggründe, die er schon noch herausfinden würde. Nun spürte er, wie sich die Müdigkeit allmählich ausbreitete und alles langsamer und schwerfälliger wurde. Seine Gedanken schienen nur noch in Zeitlupe abzulaufen.
Diesen Tag würde er jedenfalls nicht mehr so schnell vergessen, so viel war ihm inzwischen klargeworden. Mit diesem Gedanken schlief er ein und wachte wieder auf, als er an der Schulter gerüttelt wurde.
"Hörst du sie nicht? Annina ruft die ganze Zeit nach dir. Gehst du zu ihr rüber?"
Seine Frau drückte auf die Lichttaste ihres Weckers und stand auf, um kurz auf die Toilette zu gehen. Er blickte ihr nach und wartete, bis sie wieder zurück in Bett war, anschließend machte er sich auf den Weg ins Kinderzimmer.
"Was ist los?"
"Kann nicht einschlafen. Wo warst du eigentlich die ganze Zeit?"
"Nicht mehr reden jetzt, wir müssen wirklich schlafen, es ist mitten in der Nacht."
Florian legte sich neben Annina und streichelte ihr so lange übers Gesicht, bis sie wieder eingeschlafen war. Er selbst brauchte wieder eine ganze Weile, um einschlafen zu können, alles in seinem Innern schien zu pulsieren und in Aufruhr zu sein. Erst die ungeheuerliche Geschichte mit der fehlgeleiteten Mail von Ingrid Leitner und dann auch noch dieser Strip von Anna. Das war alles viel zu viel für seine ohnehin schon strapazierten Nerven.
ANNA, GOLDSTEIN

Sie hatten bereits neun Clips fertig gedreht, als bei Anna zum ersten Mal eine gewisse Müdigkeit aufkam. Für den letzten Clip hatten sie acht Anläufe gebraucht, bis sie endlich zufrieden gewesen waren.
Immer wieder hatte entweder sie selbst plötzlich lauthals loslachen müssen oder ihre Freundin.
Besonders oft waren sie entweder gleichzeitig oder kurz nacheinander in Gelächter ausgebrochen, nachdem Anna ziemlich lange an ihrem lilafarbenen Höschen herumgespielt hatte. Dabei hatte sie ganz unterschiedliche Posen eingenommen.
Chiara stellte phasenweise die Musik so laut, dass prompt die Prolls von oben wie behämmert gegen die Decke hämmerten, worauf sie widerwillig den Lautstärkepegel wieder zurückdrehte. Dieses verdammte Pack.
Eine Zeit lang konnten sie sich auch nicht auf einen abschließenden Song einigen, bis Anna den rettenden Einfall hatte. *Stripped* von Depeche Mode war perfekt, das fand auch Chiara, die inzwischen nur noch in Unterwäsche filmte und zwischendurch Unmengen von Sekt runterspülte.
"Komm, stell es an!"
Im nächsten Moment startete das Lied, welches Anna wahnsinnig liebte, aber schon lange nicht mehr gehört hatte. Der Rhythmus ging ihr augenblicklich ins Blut über und sie fühlte schon nach ein paar Sekunden eine gewisse Art von Ekstase.
Als Dave Gahan den Refrain zum ersten Mal sang, sang sie leidenschaftlich mit und zog dabei den BH aus. Sie fühlte sich nun so lebendig wie schon lange nicht mehr. Alle Bewegungen kamen wie aus dem Nichts und harmonierten perfekt miteinander.

"Let me see you stripped down to the Bone."
Anna hatte jetzt nur noch Floi im Kopf und stellte sich vor, wie er nackt auf ihrem Bett lag und sie mit einer coolen Geste zu sich winkte.

Wieder und wieder spielte sie mit ihrem Höschen, zog es Zentimeter um Zentimeter nach unten, ließ dann aber doch wieder den Stoff zurückschnellen. Diesmal gab es aber kein Gelächter mehr, auch Chiara war nun ganz ernsthaft, was wie ein kleines Wunder war, wenn man genau darüber nachdachte.
Anna blieb weiterhin konzentriert und ausgelassen zugleich, sie bückte sich tief hinab zum Boden, wackelte mit dem Po, erhob sich wieder, grinste in die Kamera, küsste direkt vor der Linse, steckte ihre Zunge heraus und krabbelte aufs Bett. Chiara blieb dabei direkt hinter ihr.
Anna zog wieder mal am Stoff ihres Höschens, bis sie es schließlich doch bis zu den Füßen hinab zog. *Stripped* ging zu Ende. Im nächsten Moment kam der Cut.
Zum Schluss blickte sie nochmal in die Kamera. Dabei versuchte sie, ihre ganze Sehnsucht in ein paar Sekunden auszudrücken. Sie war so voller Liebe, dass sie kaum noch wusste, wie sie diese Gefühle in nächster Zeit auch nur halbwegs unter Kontrolle halten konnte. Ich bin absolut crazy, dachte sie, wahrscheinlich gibt es außer mir niemand mehr, dem so etwas passieren kann, der sich so heillos hingibt, nach so kurzer Zeit und dabei keinen Plan mehr hat. Warum kann ich nicht ganz normal sein und ein ganz normales Leben führen? Warum nur, oh mein Gott, ist Floi in mein Leben getreten? Ich bin dem Ganzen doch gar nicht gewachsen. Ich hasse die Liebe, hasse mich selbst.
Tag 4, Montag, 4. Dezember 2017

TATJANA, NIDDERAU

Genau um sechs Uhr stand Tatjana unter der Dusche und überlegte krampfhaft, was sie nach dem Verlassen des Badezimmers tun und sagen sollte.
Einfach mal ganz locker auf seine Zeit in diesem öden Kaff eingehen und fragen, wie es ihm dort ergangen war? Oder gleich mit wichtigen Alltagsthemen nerven?
Obwohl sie sich nicht länger aufregen wollte, weil er erst nachts nach Hause gekommen war, spürte sie nun doch wieder die Wut aufflammen, während sie sich die Haare trocken föhnte.
Wahrscheinlich saß er gerade wieder in der Küche und zerbrach sich bei einem starken Kaffee den Kopf darüber, wie er ihr diese geplante Reise am besten erklären konnte. Sie war ja nicht dumm und auf ihre Intuition konnte sie sich verlassen.
Diese alte Kuh hatte ihn wieder um ihren Finger gewickelt und zum hunderttausendsten Mal sein verdammtes Helfersyndrom aktiviert, das bei ihm einfach den Versand abschaltete.
Während sie sich den Kopf zerbrechen musste, wie sie mal wieder ihre Arbeit in der Stadtbücherei mit dem ganzen Haushalt und mit Annina unter einen Hut bringen konnte, machte er es sich leicht, in dem er sich einfach aus allem herauszog, weil der Alltag ja gut funktionierte. Dabei war sie der Depp, der nur noch Abstriche machen musste, um alles halbwegs am Laufen halten zu können.
Wenn sie nur an diese verdammte Leitner dachte, flammte wilder Hass in ihr auf, der nur schwer zu kontrollieren war.
Inzwischen war sie soweit, dass sie ihr sogar den Tod wünschte, was sie aber Floi bislang noch nicht gesteckt

hatte und wofür sie sich auch gleich wieder schämte. Aber vielleicht jetzt gleich, mit ganz ruhiger Stimme, ohne laut zu werden, denn das brachte ja auch keine Lösung.

Sie würde ihn als Opferlamm betiteln und er würde sie mit seinem verdammten treudoofen Blick wieder schneller besänftigen, als ihr lieb sein konnte. Interessierte er sich überhaupt noch für ihre Belange? Nein, er war nur noch auf seine beiden beknackten Jobs fixiert und auf die Leitner, auf diese verfickten Häuser und auf ein eigenes Haus in der Pampa. Echt krank.

Tatjana zog sich an, um kurz darauf das Bad zu verlassen und zu ihm in die Küche zu gehen. Floi saß, ganz wie sie es vorausgesehen hatte, gerade an ihrem kleinen Küchentisch, um die Niddazeitung zu lesen und Kaffee zu trinken.

Sie überlegte, ob sie ihm vom aktuellen Stand ihrer Bewerbungssituation berichten sollte. Von ihrem Traum, endlich eine Leitungsaufgabe zu übernehmen.

Im Moment arbeitete sie in Teilzeit, was ihr genügend Zeit für Annina und den ganzen Haushalt verschaffte.

Als Leiterin in Vollzeit würde sich jedoch vieles ändern. Floi verdiente einfach zu wenig, er musste zumindest den Nebenjob sausen lassen, wenn sie doch noch eine Zusage bekam. Noch wusste sie nicht, welche Lösung am besten sein würde.

"Guten Morgen, es ist gestern leider spät geworden, tut mir leid."

Er reichte ihr einen Kaffee, über den sie sich freute, weil sein Kaffee seltsamerweise immer besser schmeckte als ihrer, wobei er nichts großartig anders machte.

"Ingrid hing voll in den Seilen. War drauf und dran gewesen, den Notarzt zu rufen."

"Denkst du zur Abwechslung auch mal an uns? Annina hat heute eine echt wichtige Mathearbeit und du weißt nicht mal, um was es genau geht. Auf deiner Stirn stehen doch nur noch Leitner und Häuser, sonst geht doch alles an dir vorbei."

"Tati, ich weiß das. Hör zu, ich kann gerade einfach nicht anders. Ich muss dir was sagen."
"Wohin soll es denn gehen? Wieder Norderney, hm? Warum ruft sie denn kein verficktes Taxi? Wann?"
Sie hätte ihn jetzt gleichzeitig schlagen und küssen können, so wie er sie anschaute. Wie in Zeitlupe sah sie ihn irgendwann vor der Kaffeemaschine stehen. Während er Kaffeepulver in den Siebträger einfüllte, glaubte sie einen Moment lang, seine Gedanken lesen zu können. Er war nicht nur weit von ihr entfernt, viel mehr schien er in einer ganz anderen Welt zu leben. Als er ihr einen zweiten Kaffee reichen wollte, schlug sie ihm die Tasse aus der Hand und brüllte ihn an.
"Wie lange denn? Was hat sie mir dir vor? Will sie uns mit aller Gewalt auseinander bringen? Will sie alles kaputtmachen? Annina braucht auch dich. Sie ist in einer etwas schwierigen Phase. Du musst jetzt endlich mal für sie da sein, du bist ihr Papa, so oder so."
"Ich fahre sie diesmal nicht nur nach Norderney, Tati. Bleibe auch ein paar Tage dort. Also von Donnerstagmorgen bis Sonntag, um genau zu sein."

Tatjana verließ wortlos die Küche, um Annina aufzuwecken. Sie war so erregt, dass sie sich über sich selbst ärgerte. So konnte es einfach nicht mehr weitergehen. Nun fiel ihr wieder Joelle ein, die ihr geraten hatte, eine möglichst harte Gangart einzuschlagen. Es war tatsächlich an der Zeit, die Karten neu zu mischen. Dabei würde sie jetzt auch mal zur Abwechslung ihre Trumpfkarten ausspielen.

INGRID, SCHWANHEIM

Auch dieses Mal fragte sie sich wieder, was sie alles auf die Reise mitnehmen sollte.
Ingrid stand vor ihrem Kleiderschrank und konnte sich nicht entscheiden.
Meistens nahm sie immer zu viel mit nach Norderney und zog dann doch immer nur die gleichen Teile an.
Diesmal durfte sie aber nur das Nötigste mitnehmen, um sich dort das Leben nicht unnötig selbst schwer zu machen.
Mit der ganzen Kleiderauswahl verschwendete sie immer viel zu viel Zeit.
So kurz vor dem Ende spielte es keine großartige Rolle mehr, ob sie besser eine schwarze oder eine dunkelgraue Hose mitnehmen sollte. Und überhaupt war es doch purer Wahnsinn, bereits jetzt den Koffer zu packen, es blieben ja noch ein paar Tage Zeit. Jedenfalls würde Florian über das grandiose Hotel staunen, ihm würden die Augen rausfallen.
Auf diesen Moment, wenn sie an der Rezeption stehen würden, um endlich einzuchecken, freute sie sich schon jetzt.
Der arme Kerl kennt ja gar keine Entspannung mehr, er hastet nur von einer stressigen Situation zur anderen, immer voller Anspannung und Hektik.
Dabei trage ich naturgemäß auch eine gewisse Verant-

wortung für seinen inzwischen bedenklichen Zustand. Für ihn ist es höchste Zeit, sich einfach mal fallen zu lassen, dachte sie. Aber nun kannte er ja ihren scheinbaren Plan, sich schon in Kürze das Leben nehmen zu wollen. Daher würde er, so wie sie ihn kannte, keine Minute wirklich abschalten können. Nicht mal in diesem fabelhaften Pool auf dem Dach des Hotels mit einem Ausblick, der einem den Atem rauben konnte, würde er entspannen können.
Vermutlich auch nicht in diesem wahnsinnig schönen SPA-Bereich. Daran war nur sie allein schuld, das war ihr vollkommen klar.
Aber nun ging es eben um Alles, da musste man auch Probleme in Kauf nehmen. Die wirklich wichtigen Erkenntnisse über Menschen konnte man nur in schwierigen Situationen sammeln. Erstaunlich fand sie ja die Tatsache, dass sie in den fünf vergangenen Jahren bei Florian sehr viel hatte bewirken können, wogegen sie bei ihrer Tochter lange überlegen musste, was sie überhaupt im Laufe eines ganzen Lebens vermitteln hatte können. Tausend Ratschläge, die Katrin ausgeschlagen hatte. Dagegen hatte sich Florian immer offen, wissbegierig und lernfähig gezeigt. Genau genommen hatte sie ihn zu einem anderen Mann gemacht, das musste seine Frau natürlich auch bemerkt haben. Er hatte sich einfach weiterentwickelt. Es ist jetzt an der Zeit, dass er einen weiteren großen Schritt nach vorne macht. Katrin tritt stattdessen irgendwie schon seit einer gefühlten Ewigkeit auf der Stelle.
Dabei hat sie von Anfang an anspruchsvolle Themen um sich herum gehabt, aber kaum etwas daraus gemacht, dachte sie.
Verschwendung pur, so etwas regt mich auf. Anstren-

gungen geht sie vehement aus dem Weg. Immer nur den einfachen Weg gehen.

Bei ihr ist alles nur mehr noch easy und problemlos, weil sie überhaupt gar nicht mit Problemen zurechtkommt. Gemeinsam mit ihrem verdammten Lover macht sie ganz auf Hardliner, dabei ist sie in Wahrheit nur ein zerbrechliches Wesen, das ganz nah am Wasser gebaut ist.

FLORIAN, FRIEDBERG

Nachdem er seinen PC hochgefahren hatte, startete Florian sein Grafikprogramm, um sich die aktuelle Bearbeitungsstufe anzuschauen.

Bislang war er der Erste in der Agentur, aber bald würden nach und nach die anderen Grafikdesigner antanzen und natürlich auch Thomas Kulls, der Chef von Kulls&Kells, der sich gerne nur als T.K. bezeichnete.

Florian kämpfte sich mehr oder weniger durch mit dem aktuellen Auftrag von MCX-Shoewear, weil es einfach zu viele Layoutvorgaben gab, die seinen kreativen Spielraum nicht nur einschränkten, sondern auf ein Minimum reduzierten. T.K. entschied über Farbgebung, Textgestaltung und auch über den Einsatz des Bildmaterials, welches ständig von ihm unterschätzt wurde.

Er hätte viel lieber mit deutlich mehr Bildmaterial gearbeitet, aber ihm waren die Hände gebunden, T.K. war nun mal extrem bestimmend.

Florian schaute sich die ersten Seiten der Image-Broschüre an und änderte versuchsweise die Farbgebung und den Einsatz von Transparenzen. Man brauchte gewisse Eyecatcher, aber sein behämmerter Chef wollte

das einfach nicht begreifen.
Design musste Gefühle ansprechen, hierfür war er ein absoluter Profi, der aber in dieser Agentur ständig unter seinen Möglichkeiten blieb.
Die Broschüre würde am Ende viel zu sachlich und kopflastig werden, daran zweifelte er keine Sekunde mehr, aber auf seine Meinung pfiff der Chef ja nur. Im nächsten Moment dachte er an den letzten Streit mit Tatjana, die in der Zwischenzeit wieder auf WhatsApp geschrieben hatte.

WhatsApp-Nachricht von Tatjana Herfurth. An Florian Herfurth, 6:42 Uhr

"Kannst Du ihr nicht einfach absagen? Sag ihr, dass Du nicht frei kriegst. Wolltest Du eigentlich blaumachen? Tue es NICHT!"

Bislang kannte sie ja nur einen Teil der ganzen Wahrheit. Sollte er ihr nach Feierabend von der fehlgeleiteten Mail berichten? Dann würde alles entweder deutlich einfacher oder eben noch viel komplizierter werden.
Sie würde natürlich sagen, dass dieses Erbe ein ungeheures Glück für ihre Familie bedeutete. Nach Ingrids Tod würden sie schließlich Millionäre sein.
Allein dieses neue Haus auf der Friedberger Landstraße brachte mit seinen zehn prächtigen Altbauwohnungen eine monatliche Mieteinnahme von mehr als 9.000 Euro, das hatte ihm Ingrid ganz nebenbei berichtet. Diese Info würde sie ihn Ohnmacht fallen lassen.
Geld mit Mieteinnahmen zu verdienen, war doch die beste Lösung überhaupt.

Nichts tun und einfach nur warten, bis die nächsten Mieten überwiesen wurden, das war ein Traum. Davon war er aber Lichtjahre entfernt.

Vielmehr musste er Tag für Tag hart malochen, um am Ende des Monats mit seiner Familie gerade so über die Runden kommen zu können. Florian schluckte schwer und starrte auf das Cover der Broschüre, das inzwischen wieder auf dem vorigen Bearbeitungsstand war, er hatte alle seine Korrekturen zurückgenommen.

In wenigen Minuten würden die drei Kollegen eintreffen, die bis auf eine Ausnahme auch in Teilzeit beschäftigt waren.

Nur Isabelle Kerl hatte die heiß begehrte Vollzeitstelle, obwohl sie nur eine mittelmäßige Grafikdesignerin war und nicht mal Familie hatte. Trotzdem gönnte er ihr die Stelle, sie konnte ja nichts für seine Probleme.

In Kürze würden sie alle kommen und schon mal vorab über das bevorstehende Meeting diskutieren. Ihn interessierte das alles nicht wirklich, er heuchelte nur ein gewisses Interesse daran. Als nächstes schaltete er nochmal sein Smartphone an und schaute sich so lange die beiden Filme von Anna an, bis er die Eingangstüre zufallen hörte.

Kurz darauf stand auch schon T.K. im Großraumbüro und begrüßte ihn wie jeden Morgen mit Handschlag und ein paar lockeren Kommentaren zu Themen, die ihn nicht interessierten.

Florian wollte nur noch raus und sich auf die Reise nach Norderney machen.

Ingrid musste aufgehalten werden und zwar mit größter Entschiedenheit.

Es waren ja nur noch drei Tage bis zur Abreise. Tatjana würde auch das hinnehmen und schon nach kurzer Zeit

nicht mehr sauer auf ihn sein, es war immer der gleiche Ablauf.
Jedenfalls ging er im Moment davon aus. Alles würde am Ende gutgehen.

KATRIN, SACHSENHAUSEN

Die Krankmeldung war Katrin komischerweise leichter gefallen als gedacht und nun genoss sie die Ruhe.
Am Abend wollte sie mit Uwe endlich wieder essen gehen und ihn danach verführen.
In letzter Zeit lief es im Bett nicht gerade gut, er bekam irgendwie keinen hoch und sie fragte sich ständig, ob es wohl an ihr lag.
Vielleicht war sie zuletzt einfach nicht offen genug gewesen, andererseits wusste sie einfach auch nicht, welche geheimen Wünsche er hatte, weil er sich in dieser Beziehung nicht wirklich mitteilte. Sonst redete er sich über alle möglichen und unmöglichen Themen den Mund fusselig, hielt die tollsten Vorträge, glänzte mit perfekter Rhetorik, aber in Sachen Sex blieb er stumm. Im Vergleich zu Rolf, mit dem sie zuvor eine Beziehung gehabt hatte, brauchte er relativ lange, um einen Ständer zu kriegen.
Licht wollte er nicht, das hatte sie ja alles schon ausprobiert. Katrin Leitner legte sich einen Moment auf ihr Bett und schloss die Augen. Was konnte sie nur verbessern? Andererseits lag die Flaute sicher nicht nur an ihr.
Sex stand in ihrer Prioritätenliste nicht sonderlich weit oben. Ganz im Gegenteil, viel mehr Wert legte sie auf intelligente Gespräche, auf Witz, Humor, Kreativität und

Wissen.
Vor allem auf Vertrauen. Uwe war in diesen Punkten unschlagbar, seine messerscharfe Intelligenz faszinierte sie schon immer. Trotz allem wollte sie an diesem Abend den besten Sex ever erleben. Davor würde sie ihm von den Plänen ihrer Mutter berichten. Schon in Kürze würden sie reich sein.
Die kurze, harte Zeit im Vorfeld würden sie gemeinsam bestehen, er würde sie in ihrem Kummer stützen, immer an ihrer Seite stehen und für sie da sein. Der Tod kam sowieso früher oder später. Gott sei Dank war sie eher ein kühler Typ, tiefe Gefühle waren nie ihr Ding gewesen. Das alles würde sie gut meistern.

FLORIAN, FRIEDBERG

Florian saß inzwischen im Meeting, das wieder mal komplett einseitig verlief.
Zwar beteiligte sich immer wieder mal jemand aus dem Team an der Diskussion, aber T.K. hielt trotzdem in jedem Moment die Zügel in der Hand und ließ kontinuierlich den Chef raushängen.
Was den aktuellen Großauftrag betraf, erhöhte T.K. nun richtig übel den Druck, das machte Florian Sorgen.
Seine geplante Auszeit passte überhaupt nicht zu der aktuellen Situation.
Andererseits passte es doch prinzipiell nie, einen solchen Plan in die Tat umzusetzen. Der Chef machte gerade ein besonders wichtiges Gesicht, als sein Smartphone per Vibration eine neue Nachricht signalisierte. Dabei wusste er in diesem Moment intuitiv, wer ihm geschrieben hat-

te. Zwar hätte es auch das verrückte Huhn Anna sein können, aber es war natürlich Tatjana. Gleich würde er lesen, dass er unter keinen Umständen nach Norderney fahren dürfe, weil sie es sonst nicht mehr schaffe. Wenn er sie und Annina aber verlassen wolle, solle er es eben tun, sie habe ihn ja oft genug gewarnt. Ihre Art kotzte ihn immer mehr an, wenn er es sich genau überlegte.
Schon vibrierte das Smartphone ein zweites Mal, was ihn noch mehr beunruhigte.

Wahrscheinlich verwies sie jetzt auf die bereits gepackten Koffer mit seinen wichtigsten Sachen. Den Rest würde sie während seiner Abwesenheit ohne jegliches schlechtes Gewissen auf den Sperrmüll befördern, falls er es nicht rechtzeitig abholte.
Weg mit all dem Zeug, welches sie unnötigerweise an ihn erinnern würde. Weg mit allen Erinnerungen. Her mit dem neuen Leben, das ganz ohne ihn ablaufen würde. Künftig würde alles einfacher laufen. Diese Überlegungen sahen ihr gleich, ihr fehlte ganz eindeutig Einfühlungsvermögen, sie dachte doch immer nur an sich selbst.
Florian tat so, als hörte er aufmerksam zu, als der Chef den neuen Auftrag beschrieb.
In Wirklichkeit zog er sein Smartphone ganz vorsichtig aus der Jeans und hoffte, dass die Kollegen davon nichts mitbekamen.

WhatsApp-Nachricht von Tatjana Herfurth. An Florian Herfurth, 8:52 Uhr

"Ich weiß gar nicht, wie ich es schaffen soll, wenn Du wirklich fährst. Meine Eltern sind wahrscheinlich auch nicht immer da. Irgendwelche dringenden Arzttermine.

Und ich kann nichts dafür, dass deine Eltern in Salzburg leben und nie für uns da sind wenn man sie braucht. Es geht also echt nicht. Sag der Alten ab!!!! BITTE. Sie schafft es auch ohne dich. KEINE Sorge. Sprechen wir heute Abend. Wann kommst Du?"

WhatsApp-Nachricht von Tatjana Herfurth. An Florian Herfurth, 8:54 Uhr

"Kannst DU vielleicht heute mal einkaufen gehen. Kühlschrank hat gähnende Leere. Vor allem Käse, Butter, Wurst, Brot, Joghurt ..."

Florian steckte das Smartphone wieder ein und überlegte, ob er ihr nach dem Meeting gleich antworten sollte. War es nun langsam nicht an der Zeit, mit offenen Karten zu spielen? Er fühlte sich matt, sein Rücken war nur noch eine einzige schmerzhafte Zone.
T.K. schaute mal wieder permanent an ihm vorbei, wenn er seine Monologe hielt, aber das ärgerte Florian schon lange nicht mehr. Für ihn war er doch nur ein kleiner Depp, der zwar ein ziemlich gutes Händchen für grafische Layouts hatte, aber ansonsten sich ständig verarschen ließ. Kulls hatte das geschafft, was Tatjana von ihm selbst erwartet hatte, das war die traurige Wahrheit. Sein damaliges Grafikatelier war aber am Ende nur ein gescheitertes Experiment gewesen.

Tag 5, Donnerstag, 7. Dezember 2017

FLORIAN, AUTOBAHN RICHTUNG NORDDEICH

Florian hatte den BMW am Vortag reisetauglich gemacht und fuhr nun in aller Frühe zu Ingrid.
Seine Reisebegleiterin hatte ihm schon eine E-Mail geschickt, sie sei bereits um zwei Uhr aufgestanden und warte auf ihn.
Während Tatjana und Nathalie noch selig schliefen, trank er einen ersten starken Kaffee und schrieb drei Nachrichten. Als erstes antwortete er Ingrid, er mache sich in den nächsten Minuten auf den Weg zu ihr und freue sich schon auf Norderney.
Danach schickte er eine WhatsApp an Tatjana, er wolle sich sofort melden, sobald er angekommen sei. Zu guter Letzt schrieb er Anna, er verreise ein paar Tage nach Norderney.
Ihre beiden Filme hätte er schon unzählige Male angeschaut. Aber das Ganze sei ja irgendwie totaler Wahnsinn. Sie müsse sich nicht revanchieren, er habe ihr das Geld einfach ganz ohne Bedingungen gegeben.
Nach dem Abschicken dieser Nachricht zog er sich an und verließ mit zwei Reisetaschen die Wohnung. Ingrid kam gerade aus ihrem Haus, als er auf ihrem Parkplatz ausstieg.
"Guten Morgen, Frau Leitner, warten Sie, ich nehme den Koffer."
"Haben Sie einigermaßen ausgeschlafen, Florian? Wir haben ja erst vier Uhr, nicht? Ich konnte nur schlecht schlafen, war gefühlt jede Stunde wach. Wahrscheinlich die ganze Aufregung."
Florian öffnete ihr die Beifahrertüre und verstaute ihren schweren Koffer im Kofferraum, dann setzte er sich neben sie und lächelte sie an.

"Sagen Sie nichts, mein Lieber! Ich weiß Bescheid. Wissen Sie, ich habe stundenlang überlegt, was ich alles mitnehmen soll, schließlich ist es nicht irgendeine x-beliebige Reise, muss ich sagen. Ganz schön schwer, gell? Gerade habe ich wieder an unsere erste Reise denken müssen. Am Anfang waren Sie so extrem schweigsam gewesen. Ich hatte schon geglaubt, kein Wort aus Ihnen herauszubekommen."
"Wollen Sie noch einen Kaffee oder vielleicht ein belegtes Brötchen?"
Ingrid berührte kurz seine rechte Hand und bat ihn um einen Kaffee.
"Ihren Kaffee trinke ich am liebsten, also her damit."
Florian fuhr auf die Autobahn Richtung Dortmund.
"Ich rechne es Ihnen hoch an, dass Sie sich die Tage frei geschaufelt haben. Kann mir auch denken, dass es nicht einfach gewesen ist."
Er nickte kurz und beschleunigte auf 150 Stundenkilometer. Viel schneller konnte er mit dem Oldtimer auch nicht fahren, weil es sonst im Innenraum zu laut dröhnte.
"Von meiner Tochter hätte ich das jedenfalls nicht erwarten können.
Wenn man Hilfe braucht, kann man sich nicht mehr auf sie verlassen. Früher war das einmal anders gewesen, aber nun gut, die Zeiten ändern sich eben. Ich weiß jetzt schon, dass sie mich niemals auf den Friedhof besuchen wird, wenn ich mal unter der Erde bin. Nein, sie rechnet nur, was sie alles erben wird, der Rest interessiert sie nicht."

Am Anfang war die Autobahn trotz der frühen Zeit relativ stark befahren und Florian hatte noch etwas Mühe, sich richtig zu konzentrieren.

Nach einem weiteren Kaffee ging es dann immer besser mit dem Fahren. Ab und zu erwiderte er kurz etwas, ließ aber zumeist Ingrid ohne Unterbrechung erzählen, was sie auch zu schätzen wusste, um selbst in Gedanken zu schwelgen.
Dabei wechselte er ständig von Anna zu Tatjana, dann wieder zu Ingrid und wieder zurück zu Anna und Tatjana. Sein Kopf kam nicht mehr zur Ruhe.
Ingrid musste wieder heftig husten und bekam phasenweise kaum noch Luft.
Florian überlegte, ob er kurz auf dem Seitenstreifen halten sollte, denn inzwischen hatte sich die Verkehrssituation für diese Uhrzeit normalisiert.
"Fahren Sie weiter, Florian", sagte sie, als hätte sie gerade seine Gedanken gelesen, "es geht schon wieder."
"Meine Tochter regt sich jedes Mal darüber auf, wie ich so etwas machen kann, wenn wir auf das Thema zu sprechen kommen.
Zuletzt ist das eher häufig der Fall gewesen. Wie kannst du nur diese Geldanlage so sinnlos verschleudern, sagt sie dann all zu gerne. Was da Monat für Monat an Miete flöten geht und so weiter und so fort. Sie hat keinerlei Verständnis und hält mich in Wirklichkeit wahrscheinlich für eine Verrückte. Selbst für die Buchhandlung Waide nehme ich ja nur 500 € Miete.
Wenn es nach ihr ginge, müsste ich mindestens das Dreifache verlangen. Top Lage im Herzen von Schwanheim. Verstehe ich ja. Aber man hat heute eben zu kämpfen mit einer eigenen Buchhandlung. So kann der Inhaber noch davon leben. Das ist mir wichtig, da sehe ich eine große Verantwortung."
Er musste kurz überlegen, ob er eine wichtige Aussage verpasst hatte, jedenfalls hatte er kurzfristig den Faden

verloren.

"Also, ich finde es super, was Sie machen. Jedenfalls würden das die Meisten sicher nicht tun."

Florian hatte jetzt Lust auf ein Frühstück und hielt an einer Raststätte an. Inzwischen waren sie schon eine Stunde unterwegs.

Nach seiner Berechnung brauchten sie noch knapp fünf Stunden bis Norddeich, wo es schließlich mit der Fähre bis nach Norderney weitergehen würde.

"Haben Sie auch Hunger?"

"Durchaus, mein Lieber! Und bei der Gelegenheit müsste ich mal kurz für kleine Mädchen. Wo habe ich meine Jacke? Ah, direkt hinter mir. Bis gleich."

Florian lächelte, stieg aus und hielt ihr in gewohnter Manier die Türe auf.

"Noch einen Kaffee?"

"Gerne, heute brauche ich jede Menge davon. Schenken Sie schon mal ein, bin gleich zurück."

Er streckte sich kurz und genoss die Kälte. Wie würde wohl das Wetter auf der Urlaubsinsel sein? Wahrscheinlich extrem stürmisch und nasskalt, aber das würde ihm nicht viel ausmachen, er mochte schroffes Klima. Nun kümmerte er sich um die Brötchen, die er liebevoll mit Bergkäse und mit spanischem Edelschinken belegt und mit etwas Salat garniert hatte. Die nächsten Tage mussten Tatjana und Annina ohne sein Frühstück zurechtkommen.

Im Normalfall bereitete er schon immer abends alles vor, wenn Annina im Bett war und Tatjana ein Buch las oder in Sachen Leseclub aktiv war.

Der Frühstückstisch war dann morgens immer schön gedeckt und mit Servietten und Kerzen ansprechend verziert. War Anna nun in seinem Leben aufgetaucht, um das alles zu beenden? Florian fror nun so sehr, dass er mit den Zähnen klapperte. Ingrid kehrte währenddessen mit überraschend schnellem Schritt von der Toilette zurück. Dann ging die Fahrt weiter und sie berichtete ohne Punkt und Komma von den damaligen geschäftlichen Schwierigkeiten ihres Mannes kurz vor seinem Selbstmord. Florian spürte dabei eine immer stärker aufkommende Resignation.

FLORIAN, NORDERNEY

Kurz nach elf Uhr kamen Ingrid und Florian auf Norderney an. Trotz der kalten Jahreszeit gab es viel Betrieb auf der Fähre.
Ingrid strahlte begeistert, als sie endlich das Festland betraten.
"Das ist meine wirkliche Heimat, Florian. Diese wunderschöne Insel ist auch meine Zukunft. Jedenfalls muss man Norderney lieben, finde ich, daran führt kein Weg vorbei."
Er hatte nicht damit gerechnet, dass sie die berühmte Urlaubsinsel auf diese Weise beschreiben würde. Die meisten Leute hätten einfach nur gesagt, die Insel sei toll. Oftmals reichen ja diese knappen Beschreibungen vollkommen aus, weil viele Worte auch kontraproduktiv sein konnten.
"Wir fahren am besten mit dem Linienbus direkt bis zum Hotel. Zwar kostet das Taxi auch nicht mehr, aber ich fände es so schöner.
Und damals mit Hans-Jürgen haben wir es auch schon so gemacht. Sehen Sie, fast alle begeben sich augenblicklich

zu den Taxis. Ich finde es witzig, mit den normalen Bus zu fahren. In spätestens zehn Minuten sind wir im Hotel. Sie werden sich wundern, mein lieber Florian."

Er hatte sofort ein gutes Gefühl, als sie schließlich im Bus standen und die kurze Fahrt hinter sich brachten. Zwar vermisste er bereits den weinroten 1302er, der nun unter massenhaft anderen Autos auf einem großen Parkplatz in Norddeich stand, aber man musste sich eben anpassen können.
"Und glauben Sie mir, Sie werden Norderney und überhaupt diesen Urlaub ihr ganzes Leben nicht mehr vergessen."
Florian zweifelte keine Sekunde daran, er musste nur an ihren Plan denken, der ihm in immer kürzer werdenden Abständen übles Kopfzerbrechen verursachte.
"Hier auf Norderney macht man Urlaub und gewissermaßen zugleich auch eine Kur. Deswegen gibt es auch berühmte Kurkliniken.
Eigentlich müsste ich in meiner gesundheitlichen Verfassung hier leben. Aber mein geliebtes Schwanheim kann ich eben auch nicht verlassen."
"Um wieviel Uhr können wir eigentlich einchecken?"
Auf der Internetseite hatte er etwas von 14 Uhr gelesen, aber ganz sicher war er sich nicht mehr. Im nächsten Moment hielt der Bus an der Haltestelle *Milchbar*, was Florian lustig fand.
"Wir müssen aussteigen, kommen Sie schon."
Ingrid Leitner zog ihn an der Jacke, als befürchtete sie, er würde ohne sie weiterfahren.
"Sehen Sie, da drüben ist es. Sie haben vor zwei Jahren komplett renoviert. Sündhaft teurer Luxus wohin das Auge reicht. Na ja, wir werden es gleich sehen und wir

checken natürlich jetzt gleich ein."
"Ich bin wirklich sehr gespannt, Frau Leitner."
"Danach brauche ich ein wenig Zeit für mich. Sie können ja entweder gleich das SPA nutzen oder eine Runde im Pool schwimmen. Am besten gehen Sie aber erst mal nach unten an den Strand. Laufen Sie einfach drauf los."
Der Check-in verlief überaus freundlich und professionell, die ganze Prozedur war ihm fast schon ein wenig peinlich.
"Wir würden auch gleich einen Tisch fürs Restaurant reservieren", hörte er Ingrid sagen, während er zwei junge Frauen beobachtete, die gerade mit Bademänteln und ausfallend schönen, hoteleigenen Badetaschen die Rezeption passierten. Sie wirkten auf ihn aufgedreht und in ihrer Art ein wenig schnippisch und arrogant, trotzdem auch eigenartig anziehend. Offensichtlich waren sie auf dem Weg zum SPA-Bereich, auf den er sich schon den ganzen Morgen freute.
Er beobachtete die beiden Frauen noch so lange, bis sie um eine Ecke gebogen waren. Hatten sie zum Schluss vielleicht über ihn gesprochen, weil er hier in gewisser Weise aus der Rolle fiel? Erkannten sie in ihm den Loser?
"19 Uhr passt uns ganz ausgezeichnet, herzlichen Dank."
Die Rezeptionistin gab nun als nächstes ihre Personalien in eine Datenbank ein und Ingrid grinste ihn an mit einer Verwegenheit, die er bislang noch nie bei ihr gesehen hatte. Zuletzt hatte sie ihn offensichtlich beobachtet, wie er wiederum die beiden Frauen beobachtet hatte.
Eine große Schwäche hat jeder, mein lieber Florian, hörte er sie nun in Gedanken in sein Ohr flüstern.
"Florian, kommen Sie?"
Ingrid Leitner hatte ihm kurz auf die Schulter geklopft, weil er ganz in Gedanken gewesen war. Die Rezeptionis-

tin war vorausgegangen, gefolgt von Ingrid Leitner und ihm, dem es nun vor lauter Aufregung ein wenig schwindlig wurde. Irgendwie kam ihm jetzt alles nur noch unwahrscheinlich vor, wie ein Traum, aus dem er gleich erwachte, um kurz darauf den normalen Automatismus zu starten. Ein erster Kaffee, dann duschen, anziehen, einen zweiten Kaffee trinken, die Sachen für die Arbeit packen, die Wohnung verlassen und wieder mal den ganzen Tag malochen.

KATRIN, FRANKFURT-WESTEND

Alle sieben Häuser würden bald ihre Häuser sein, dieser Gedanke beflügelte sie einerseits, andererseits spendete er schon vorab einen gewissen Trost. Katrin parke ihren Q7 auf dem Kundenparkplatz des Cafés, das ihre Mutter bei jeder Gelegenheit lobte und empfahl.
Aber das Sismeyer interessierte sie nicht, weil sie schon über ein Jahr lang Low Carb betrieb und das mit ziemlich großem Erfolg. Die fehlenden Parkplätze waren eigentlich das einzige Problem an diesem besten aller sieben Häuser. Allein mit diesem Haus und seinen tollen Wohnungen würde sie schon ein Vermögen machen. Allerdings waren die aktuellen Mietpreise ein Witz, sie würde hier einen Cut machen und neue, zahlungskräftige Mieter unterbringen.
Uwe kannte sich ja bestens aus mit den ganzen rechtlichen Belangen. Der Kontrast von jenen Leuten, die gerade ihr künftiges Haus betraten oder verließen, konnte im Vergleich zu den umliegenden Häusern kaum größer sein. In absehbarer Zeit würde sich hier in diesem wun-

derschönen Haus fast alles ändern, damit würde sie anfangen. Folgen würden die anderen Häuser bis auf Schwanheim und Haussömmern, die sie verkaufen wollte. Während der letzten fast schlaflosen Nacht hatte sie sich überlegt, Uwe im nächsten Jahr zu heiraten.
Als Katrin Krömer würde sie ein komplett neues Leben führen, mit besten Zukunftsperspektiven.
Dieser Gedanke ließ ihr Herz schneller schlagen. Sobald mit den Häusern alles geklärt sein würde, wollte sie ein Kind haben, es war definitiv an der Zeit dafür. Uwe signalisierte zuletzt immer mehr Interesse daran und sie war auch sicher, er würde ein großartiger Vater werden. Liebevoll, verantwortungsbewusst, aufgeschlossen und erfolgreich.
Ihrem Kind würde es an nichts fehlen, es sollte eine noch schönere Kindheit erleben als sie selbst. Nun hatte sie die besten Trumpfkarten auf der Hand und brauchte sie nur noch nacheinander auszuspielen. Das Leben war einfach großartig.
Sie genoss eine Weile diese berauschenden Gedanken, bis sie von einem Moment auf den anderen jäh unterbrochen wurden und ihr Kopf nur noch aus Sorgen und Ängste um ihre Mutter bestand.
Was war nur los mit ihr? Wie konnte sie nur so gefühlskalt denken?
Katrin stieg aus und machte sich mit hängendem Kopf auf den Weg zum Eingangsbereich des Hauses. Nun kam sie sich schäbig vor, sie verachtete sich sogar selbst für die vielen entsetzlichen Gedanken zu den Häusern, die sie zuletzt gehegt hatte.

TATJANA, NIDDABURG

Tatjana saß im Sozialraum der Stadtbibliothek und aß belegte Brötchen. Paula, ihre liebste Kollegin, war gerade vollkommen vertieft in einem Buch, sonst hätte sie jetzt gerne mit ihr über ihre Bewerbung gesprochen. Stattdessen zog sie ihr Smartphone aus der Hosentasche, um Floi zu schreiben, aber er war ihr zuvorgekommen. Was sie jetzt las, verschlug ihr sogleich die Sprache, daher las sie die Nachricht gleich mehrmals hintereinander.
Tatjana erfuhr nun die näheren Zusammenhänge über Ingrids Vorhaben, wobei für sie im Moment unklar blieb, was es tatsächlich mit einem möglichen Erbe auf sich hatte.
Floi hatte mal wieder nur eine Andeutung gemacht. Warum zum Teufel kam er nie auf den Punkt? Er wolle sie aber aufhalten, schließlich könne er mit diesem Wissensstand doch nicht einfach untätig bleiben, das widerspreche seinen Prinzipien.
Er werde sie stoppen und irgendwie davon überzeugen, wie vollkommen falsch ihr Plan sei. Wie er das genau mache, wisse er im Moment jedoch noch nicht. Tatjana schlug vor lauter Wut mit der flachen Hand auf den Besprechungstisch, worauf ihre Kollegin erschrocken von ihrem Buch aufblickte.
"Sorry, tut mir echt leid, Paula."
"Gibt's ein Problem?"
"Nein, geht schon wieder. Nur ein kleines Ärgernis, ist nicht der Rede wert."
Im nächsten Moment war die Kollegin auch schon wieder in ihrem Roman vertieft, worauf Tatjana überlegte, was sie auf diese ärgerliche WhatsApp überhaupt antworten sollte. Als hätte die Alte ihre nächtlichen Gebete erhört, wollte sie doch tatsächlich den endgültigen Abgang ma-

chen.

Aber nein, der immer hilfsbereite Floi musste sie jetzt aufhalten. Im Moment war sie wieder mal dermaßen geladen. Erstens musste sie ihn dringend von seinem behämmerten Plan abbringen und zweitens herausfinden, welches Erbe die Alte für ihn vorgesehen hatte. Andererseits konnte sie ihn ja nach Feierabend einfach anrufen. Wobei die Erfolgsaussichten vermutlich eher schlecht waren, sie würde wahrscheinlich schon zu früh ausrasten und ihm zu viele Vorwürfe machen, was wohl am Ende kontraproduktiv sein würde.
Jedenfalls sollte er nun erfahren, dass das Spiel zu Ende war. Keine Ausflüchte mehr. Nur noch den geraden Weg gehen.
Ganz ohne Hindernisse. Das Glück lag in greifbarer Nähe, man durfte es nicht einfach ungenutzt lassen.
Das Leben bot einem nur hin und wieder außergewöhnlich gute Chancen, die man dann aber auch als solche einzigartigen Chancen erkennen und umsetzen musste. Oftmals wartete man auf eine neue Wendung im Leben, sehnte und flehte sie herbei, betete deswegen jede verdammte Nacht. Aber es bewegte sich nichts, alles blieb unverändert. Wenn sich dann scheinbar wie aus dem Nichts eine ganz große Sache auftat, musste man sofort zupacken, ohne großartig den Kopf einzuschalten.

FLORIAN, NORDERNEY

Das Hotelzimmer mit Seeblick war unfassbar schön, beim ersten Anblick stockte Florian der Atem. Er stellte seinen Koffer ab und blickte durch die Panoramafensterscheiben hinaus auf die stürmische Nordsee.
Einerseits dieses luxuriöse Zimmer und andererseits dieser spektakuläre Blick auf das Meer. Er atmete tief ein und wieder aus, schloss eine Weile die Augen, öffnete sie wieder und erlebte die gleiche Begeisterung wie am Anfang. Für ihn war das ein Stück vom Himmel. Florian beobachtete Spaziergänger, die trotz des Nieselregens den Strand entlangflanierten. Das Wetter hatte tatsächlich schnell umgeschlagen. Als sie die Fähre verlassen hatten, hatte es weder Regen noch diesen heftigen Wind gegeben.
Während er dicht vor dem Panoramafenster stand, flog eine Möwe direkt an ihm vorbei und er glaubte, sie habe kurz inne gehalten, um ihn kritisch zu mustern. Nachdem er einen Moment lang das Fenster geöffnet hatte, staunte er über die Wucht des Windes.
Draußen flogen Schirme davon und manche von den Passanten, vor allem Kinder, schienen jetzt gar nicht mehr voranzukommen.
Nachdem er diese Szenerie noch eine Weile beobachtet hatte, warf er sich auf das Bett, auf dem er sich sofort wohl fühlte.
Dabei brachte der geniale Blick auf das Meer noch den extra Kick. Die Zeit durfte von ihm aus nun stehenbleiben. Aber er musste jetzt tatsächlich etwas unternehmen und die Insel erkunden. Bevor er wieder aufstand, checkte er noch sein Smartphone.
Wie er es vorausgehen hatte, gab es gleich zwei neue Nachrichten von Anna, die er aber noch nicht las, obwohl

ihm das schwerfiel. Er spielte erst mal auf Zeit, schließlich war er verheiratet. Nachdem er das Hotel mit wetterfester Kleidung verlassen hatte und schon nach ein paar Metern am Strand war, genoss er die Bewegung.
Das Laufen tat gut, obwohl ihm kräftiger Wind mitsamt leichtem Nieselregen ins Gesicht peitschte. Es fühlte sich so an, als strömte verlorengegangene Energie wieder in ihn zurück.
An einem besonders schönen Strandabschnitt zog er sich Schuhe, Socken und Hose aus, um ein Stück in der Nordsee zu waten.
Zwar schmerzte im ersten Moment das eiskalte Wasser, aber nach wenigen Minuten wich dieser Schmerz auch schon wieder. Florian streckte die Arme in die Höhe und fühlte sich großartig.
Die ganzen Probleme schienen auf einmal auf der Strecke geblieben zu sein. Keine Sorgen mehr wegen Ingrid Leitners schrecklichem Vorhaben, keine Angst mehr vor den sich immer weiter zuspitzenden Familienproblemen und keine Furcht mehr vor einem Kontrollverlust wegen Ann.
Dann ging er wieder aus dem Wasser heraus und zog sich so schnell wie möglich an, um sich nicht zu erkälten.
Obwohl er von Norderney noch nicht sonderlich viel gesehen hatte, spürte er so etwas wie Liebe auf den ersten Blick.
Er setzte sich in den Sand und beobachtete die zahlreichen, von Seesternen vollgefressenen Möwen, die gerade ruhten.
Jedoch fiel es ihm schwer, längere Zeit stillzuhalten, daher machte er sich erneut auf den Weg am beliebten Weststrand entlang. Sein Kopf fing nun doch wieder an, Probleme zu wälzen. Nachdenken half ihm aber auch nicht weiter, er kam auf keine Lösungen für die aktuellen

Probleme.
Stellte ihn das Universum möglicherweise auf die Probe? Mit einem Mal war die kurze Phase der Entspannung auch schon wieder wie vom heftigen Wind wie weggeblasen, stattdessen Aufruhr im Kopf, im Körper und vermutlich sogar in der Seele.
Florian blickte durch eine Fensterscheibe in die Giftbude, von der Ingrid Leitner bereits in den höchsten Tönen geschwärmt hatte. Trotz der miesen Wetterlage waren sämtliche Tische besetzt.
Beim Anblick der belegten Teller auf den Tischen, bekam er Hunger. Das Abendessen im Hotel würde noch mehrere Stunden auf sich warten lassen, daher gönnte er sich auf dem Heimweg einen schmackhaften Crêpe mit reichlich Nutella.
Der Ortskern, in dem viele, aber doch nicht unangenehm viele Touristen unterwegs waren, erschloss sich ihm schnell, vieles wirkte sogar schon vertraut.
Die meisten Touristen machten auf ihn einen fröhlichen Eindruck. Hier war das Wetter deutlich milder, kaum noch Wind und kein Regen mehr. Erst nahm Florian seine Kapuze ab.
Danach setzte er sich gegenüber vom *Klabautermann*, von dem er schon die wildesten Geschichten gehört hatte. Eines Abends wollte er dorthin gehen, um sich zu amüsieren.
Dabei durfte ruhig auch mal nach langer Zeit etwas zu viel Alkohol im Spiel sein. Irgendwie verspürte er Lust, sich sinnlos zu betrinken. Dann komplett besoffen zum Luxushotel torkeln.
Oder zu dieser roten Düne gehen, um Nachtwache zu halten? Dort, wo Ingrid sich das Leben nehmen wollte. Er dürfte keine Sekunde zögern, wenn es um Hilfe ging, das

wurde ihm klar beim Anblick einer vierköpfigen Familie, welche gerade an ihm vorbeiging. Der Papa, ständig scherzend und zwei Schaufeln, Kescher und Eimer tragend, blickte ihn einen Moment lang direkt in die Augen. Der Junge forderte nun wieder seine Schaufel zurück und im nächsten Moment war die Familie auch schon ums Eck gebogen. Das Signal für eine weitere Nachricht riss ihn aus den Gedanken. Prompt zog er das Smartphone aus der Hosentasche.

WhatsApp-Nachricht von Tatjana Herfurth. An Florian Herfurth, 13:00 Uhr

"Floi, das ist jetzt nicht dein ernst, ODER? Lass sie doch einfach machen. Sie wird schon ihre Gründe haben. Stichwort freier Wille. Ich denke, sie hat einfach genug von der Krankheit und will ihre Ruhe. Das ist zwar schlimm. Aber es ist nicht deine Verantwortung. Komm bitte zu uns zurück. Sag ihr, dass Annina krank ist. Das versteht sie sicher. KOMM heim! Wir brauchen dich wirklich Zuhause. Es gibt so viel zu tun. Ich weiß nicht, wie ich das sonst schaffen soll."

ANNA, FRANKFURT-CITY

Nachdem Anna einen der drei Topmanager der *Postbank* zu seiner Suite begleitet hatte, ging sie wieder zurück an die Rezeption.
Dort arbeitete sie während der Mittagsschicht ausnahmsweise alleine, weil so viele Kollegen krank waren. Sie fühlte sich schlapp und unmotiviert. Irgendwie zog sie

jetzt alles nur noch herunter, die ganze positive Energie des Drehtages mit Chiara war inzwischen verblasst.
Neben der Tastatur lag ihr Smartphone griffbereit, obwohl das gegen die Standards des Hotels verstieß, aber es gab kein Signal für eine neue Nachricht.
Wann würde Floi sich endlich wieder melden? Nach dem Abschicken der ersten Clips hatte er leider viel zurückhaltender reagiert als sie es angenommen hatte. Andererseits war das ja nur die Einleitung von der ganzen Sache, der hammermäßiggeile Schluss würde ja noch folgen.
Was er bislang von ihr gesehen hatte war nur eine kleine Andeutung oder Einleitung.
Nun überlegte sie, ob sie ihm jetzt gleich den dritten Clip schicken oder doch noch etwas warten sollte, um nicht zu aufdringlich zu werden. Warum zur Hölle war sie nur so ein ungeduldiger Mensch, der alles immer viel zu schnell umsetzte, ohne vorher großartig nachzudenken? Bislang hatte sie ja meistens ihrem Draufgängertum freien Lauf gelassen, jedoch oftmals mit keinem guten Ergebnis.
Erst mal den Kopf einschalten, abwarten, geduldig sein und nicht immer gleich losstürmen, was laut Chiara mit ihrem Sternzeichen Widder zu erklären war.
Damit lag sie vermutlich richtig und dieses aktive Sternzeichen war genau genommen zugleich Segen und Fluch.
Anna warf erneut einen Blick auf WhatsApp. Doch noch immer keine Nachricht.
Sie stand kurz auf, um die Hotelprospekte in Ordnung zu bringen. Wenn es mit Floi nicht klappen würde, würde sie sich nach einem neuen Hotel in einer ganz anderen Gegend umschauen, am besten im Ausland, um ganz weit weg von ihm und diesem ganzen Mist sein zu können. Allein von diesem Hotel, wo ständig irgendwelche

Stars und scheinbar wichtigen Leute eincheckten, hatte sie die Schnauze voll.
Diese ganzen Schnösel mit ihren nervigen Bedürfnissen nach Luxus und Anerkennung gingen ihr gegen den Strich, kotzen sie nur noch an, sie würde das alles nicht mehr lange ertragen. Frankfurt nervte sie inzwischen fast nur noch. Sie wünschte sich nach Norderney, wo Floi seine Zeit verbrachte. Sie wollte dort sein, wo er sich aufhielt, alles andere war falsch. Auf Norderney gab es bestimmt schöne kleine Hotels direkt in Strandnähe. Sie würde sich in Kürze entsprechend kundig machen. Als nächstes schickte sie eine weitere Filmszene ihres Strips ab und hielt dabei einen Moment lang gebannt die Luft an. Oh mein Gott, mir ist nicht mehr zu helfen, dachte sie, mit Normalität hat das alles nichts mehr zu tun. Ich bin abgedreht und wahrscheinlich längst verloren.

INGRID, NORDERNEY

Ihr Kopf dröhnte, als sie die *Süddeutsche* beiseitelegte. Aus welchen Gründen konsumierte man an solch einem schönen Ort diesen ganzen entsetzlichen Nachrichtenmüll?
Ingrid ärgerte sich noch immer über den letzten Artikel zur künftigen Rentensituation, als sie sich einen Piccolo aus der Zimmerbar gönnte. Vielleicht würde ihr Kopf mit etwas Alkohol wieder in die Spur kommen.
Dieser unsägliche Druck in Verbindung mit plötzlich auftretenden stechenden Schmerzen machte sie langsam wahnsinnig. Bald würde auch dieses Elend ein Ende nehmen, so viel war gewiss. Sie trank schnell und ver-

schluckte sich auch noch, was wieder mal einen Hustenanfall auslöste.

Davon hatte sie mittlerweile die Nase gestrichen voll, dieses ständige Husten raubte ihr noch die letzte Kraft. Gleich raus hier und hinunter an den Strand. Zusammen mit Florian. Sie rückte noch schnell sämtliche Bilderrahmen zurecht, bis sie sich von ihrem Mann verabschiedete.

"Hans-Jürgen, halte schön brav die Stellung. Ich bin in einer Stunde wieder zurück. Einmal Milchbar und zurück. Florian wird Augen machen."

Aber irgendetwas stimmt zurzeit nicht mit ihm, dachte sie auf dem Weg zum Hoteleingang. Natürlich fragt er sich jetzt nach meiner hinterhältigen Mail, was er tun soll. Aber das ist es nicht. Da scheint mir eine andere Frau im Spiel zu sein. Er sollte die Chance wahrnehmen, wenn es um Liebe geht. Das andere ist doch nur noch die Macht der Gewohnheit. Eine Ansammlung von faulen Kompromissen.

Ingrid Leitner zog sofort ihre Mütze auf, als sie ins Freie trat.

Es waren gerade noch zwei Grad, aber wegen des Windes empfand sie die Außentemperatur deutlich kälter. Florian schien auch zu frieren, als sie auf ihn zuging, um sich mit ihm auf den Weg zur berühmten Bar am Strand zu machen. Während er nun so neben ihr trottete, hätte sie ihn am liebsten auf die geheime Frauengeschichte angesprochen, sie verkniff es sich am Ende aber doch. Florian kämpfte mit sich, das war ganz eindeutig zu erkennen.

Eine Weile lief sie nur schweigend neben ihm, natürlich im gemäßigten Tempo. Leider war sie bereits nach ein paar Metern vollkommen aus der Puste. Jetzt wollte sie

unter keinen Umständen wieder von einem Moment auf den anderen einknicken, sie würde sich nichts von den Schmerzen anmerken lassen.
Wenn sie es sich genau überlegte, war ihr ganzer Körper inzwischen nur noch eine Ruine, für deren Abriss es höchste Zeit war.
"Da vorne ist die Milchbar. Ich könnte jetzt einen Milchreis mit Sanddorn vertragen, aber nachher gibt es ja im Hotel ein schönes Menü. Da …"
Sie zeigte auf einen der besonders gefragten Plätze direkt an den großen Glasscheiben mit herrlicher Aussicht auf das stürmische Meer.
"Wir müssen uns beeilen! Dort wollen alle sitzen. Der Laden ist mal wieder brechend voll."
Sie hatten Glück und bekamen einen der besten Aussichtsplätze.
Nachdem sie ihre dicken Funktionsjacken ausgezogen hatten, bat sie ihn, die Getränke an der Bar zu ordern. Während seiner kurzen Abwesenheit dachte sie an Katrin und fragte sich, ob sie wohl auf ihre Mail reagieren würde. Diese entscheidende Frage war ihr schon die letzten Nächte ständig durch den Kopf gegangen. Es ging um Alles oder Nichts.
Florian kam mit zwei Gläsern Rotwein und einem kleinen Snack zurück und setzte sich mit einem ungewöhnlichen Ächzen neben sie.
"Schauen Sie nur, ist das nicht eine fantastische Aussicht? Im Sommer ist es sowohl innen voll als auch draußen. Dann werden gleich hunderte von Stühlen aufgestellt.
Die Milchbar ist absolut hip bei Touristen und Einheimischen, solch eine Kombination gibt es ja eher selten."
Nun stießen sie miteinander an und sie fragte sich in die-

sem Moment erneut, an wen er gerade dachte, denn er wirkte ungewohnt abwesend.
"Haben Sie übrigens auch den Artikel über die künftige Rentenproblematik gelesen? Da liegt ja doch in Wirklichkeit viel mehr im Argen als gedacht. Die meisten Arbeiter und Angestellten wissen nicht, was später wirklich auf sie zukommt, das macht mir Sorgen.
Es handelt sich um einen Verdrängungsprozess, der zu tragischen Schicksalen führen wird."
Allmählich schien er wieder in der Gegenwart zu sein, sein Blick war nun klarer und interessierter. Ist Katrin vielleicht auch schon auf der Insel, überlegte sie im nächsten Moment. Ihr Gefühl sagte ihr, dass sie sich diesmal auf sie verlassen konnte und sie rechtzeitig kommen würde, um sie von ihrem scheinbaren Vorhaben abzuhalten.
"Ich lese kaum noch Zeitung, muss ich leider sagen. Solche Berichte ziehen mich einfach viel zu schnell runter."
"Aber Sie dürfen diesem Thema nicht aus dem Weg gehen. Jedoch tun das die Meisten, denke ich. Darin liegt ein großes Problem. Wenn ich nur an die Verkäuferinnen vom *Treuer* denke. Ich gehe ja fast jeden Tag dort einkaufen. Das ist übrigens die erste Adresse in Schwanheim in Sachen Lebensmittel. Gleich morgens ab sieben wird an allen Ecken und Enden hart gearbeitet.
Keiner steht untätig herum, alle funktionieren bestens. Und das zieht sich wie ein roter Faden durch bis zum Ladenschluss. Wie Marionetten arbeiten die Leute. Warum machen sie das eigentlich mit, muss man sich ja ernsthaft fragen. Wenn man sich die Gehälter anschaut, muss man sich wundern, oder? Was denken Sie darüber?"
Ingrid Leitner beobachtete, wie Florian nur ratlos mit den Schultern zuckte und einen kräftigen Schluck vom Rot-

wein nahm.
"Es geht ja auch gerade um die mickrigen Renten der Zukunft. Es wird ein böses Erwachen geben. Trotz irgendwelcher Zusatzversicherungen und den ganzen Riestermist. Schon heute gibt es millionenfach haarsträubende Zustände. Das ist reine Verarschung.
Entschuldigen Sie bitte, aber das muss einfach gesagt sein. Wie viel Rente werden Sie wohl netto haben? So können Sie nicht weitermachen, Sie müssen etwas ändern."
Bislang hatte sie noch nie so ernst über seine persönliche Situation gesprochen, aber irgendetwas trieb sie mit einem Mal dazu an. Gleichzeitig stellte sie sich auch die Gewissensfrage, ob sie Florian für seine treuen Dienste auch genügend Geld gegeben hatte. Ad hoc überschlug sie eine Summe in Höhe von zehntausend Euro. Eigentlich ein gutes Geld, dachte sie, das er mit Sicherheit immer brav aufs Sparbuch einbezahlt hat.
"Ich hab vor kurzem wieder einen Rentenbescheid bekommen…"
Er ließ kurz den Kopf hängen, dann schaute er ihr betrübt in die Augen.
"1.120 € werden garantiert. Aber bei diversen Rentenerhöhungen können es auch…"
"Papperlapapp, vergessen Sie das! Glauben Sie nur nicht, dass der Staat Ihnen mehr überlässt, da gibt es diverse Tricks. Ich denke übrigens, dass jeder Schuld auf sich zieht, wenn er eine Verantwortung für einen Menschen hat, der viel arbeiten muss, aber wenig verdient.
So wie all die Pfleger, Verkäuferinnen, Arzthelferinnen, Bürokaufleute und so weiter. Es gibt unzählige Beispiele. Klare Sache von Schuld, wenn Sie mich fragen.
Vielleicht liegt darin eine Lösungsmöglichkeit.

Die Verantwortlichen müssen erfahren, welche große Verantwortung sie tatsächlich tragen. Vielleicht gibt es dann ein Umdenken. Ach, ich rege mich wieder viel zu sehr auf.
Lassen Sie uns über etwas Schönes sprechen. Gerade hier an diesen schönen Ort."
"Noch ein Gläschen, Frau Leitner?"
Sie nickte, worauf er sich erneut auf den Weg zur stark frequentierten Bar machte. Mit einem Mal fühlte sie sich wieder kraftlos und verausgabt.
Das Gespräch hatte sie mehr gefordert, als sie gedacht hatte. Vielleicht war es jetzt aber auch Zeit für das Abendessen im Hotel. Sie würde ihm noch dazu raten, nach dem Essen eine Runde im Pool schwimmen zu gehen.
Der junge Mann brauchte dringend Entspannung.
Während sie ihn in der Warteschlange stehen sah, ging ihr noch immer das leidige Thema durch den Kopf, obwohl sie gar nicht mehr darüber nachdenken wollte.
Wenn die ganzen Babyboomer in Rente sind, dann kann es unmöglich weiterhin gutgehen, dachte sie.
Für den Florian und seine Familie wird es ganz schlimm ausgehen, wenn er kein Wohneigentum hat.
Ich bin seine einzige Chance. Ob ihm das auch soweit bewusst ist, ist die große Frage.

FLORIAN, NORDERNEY, CHATS

WhatsApp-Nachricht von Tatjana Herfurth. An Florian Herfurth, 15:14 Uhr

"Habe Annina gerade vom Hort abgeholt. Wir bekommen gleich Besuch von einer ihrer neuen Freundinnen. Ganz süß. Hab heute noch die letzten Vorbereitungen für die Lesung von Florian Sitzmann getroffen. Erinnerst Du dich? Der halbe Mann. Lesen es jetzt auch im Leseclub 77. Voll cool. Jeder Besucher wird eine geballte Ladung Lebensenergie abbekommen. Das steht jetzt schon fest. Er tourt ja intensiv.
Und von Kolleginnen habe ich schon erfahren, wie großartig er es schafft, neue Lebensgeister zu wecken. Obwohl er ja ein hartes Schicksal hat. Gerade deswegen. TOLL! Vielleicht gibt es ja …, ach egal …"

WhatsApp-Nachricht von Tatjana Herfurth. An Florian Herfurth,15:42 Uhr

"Die beiden spielen schön. KEIN Nintendo! Wann kommst Du zurück? Hast Du es ihr gesagt, dass du früher gehen musst? Wegen Annina?"

WhatsApp-Nachricht von Anna Maroldt. An Florian Herfurth, 15:45 Uhr

"Floi, bin heute irgendwie traurig. Würde Dich jetzt so gerne sehen. Dafür kannst du mich sehen. Hier kommt noch ein weiterer Film. Schalt dein Kopf aus! LG, Anna"

WhatsApp-Nachricht von Benni Rummer. An Florian Herfurth , 15:57 Uhr

"Kollege, wie geht's? Schon etwas besser, hoffe ich doch. T.K. macht gerade übel Stress, weil wir jetzt unterbesetzt sind. So mies hab ich ihn noch nie erlebt. Ich habe dir per Mail die aktuelle ID-Datei geschickt. Vielleicht kannst Du ja mal drüber schauen. Ist aber kein Muss. Gute Besserung. Benni"

WhatsApp-Nachricht von Tatjana Herfurth. An Florian Herfurth, 16:12 Uhr

"Was treibst du denn?"

WhatsApp-Nachricht von Florian Herfurth. An Tatjana Herfurth, 16:14 Uhr

"Sei mir nicht böse. Aber ich kann jetzt nicht abreisen. Verstehe ja, dass es anstrengend ist. Aber Ingrid braucht mich. Denke nur noch darüber nach. Gerade waren wir in der Milchbar. Sie tut so, als wäre alles ganz normal. Dabei könnte sie ja schon morgen ..., darf gar nicht daran denken! Dieses Erbe ist doch jetzt nicht entscheidend, finde ich. Muss jetzt dringender für sie da sein als sonst."

WhatsApp-Nachricht von Tatjana Herfurth. An Florian Herfurth, 16:21 Uhr

"MANN, Floi, ich glaub echt, dass dir nicht mehr zu helfen ist!!! Sag jetzt, um was genau geht es bei diesem Erbe??????"
WhatsApp-Nachricht von Florian Herfurth. An Tatjana Herfurth, 16:22 Uhr
"Um alle Häuser. Ich soll sie alle erben."

WhatsApp-Nachricht von Tatjana Herfurth. An Florian Herfurth, 16:22 Uhr

"WAAAAAAAAS? WIRKLICH???????NUR EIN SCHLECHTER SCHERZ ODER??????"

WhatsApp-Nachricht von Anna Maroldt. An Florian Herfurth, 16:24 Uhr

"Du musst dir die beiden Filme aber nicht anschauen, wenn Du das nicht willst. Soll kein Zwang sein. Will Dich auf keinen Fall belasten. Dich in irgendwas verstricken, was dich unglücklich macht. Ann"

WhatsApp-Nachricht von Florian Herfurth. An Anna Maroldt, 16:28 Uhr

"Anna, ich schaue sie mir gleich an. Bin gerade im Hotel. Ein Traumhotel. Mit super genialem Pool auf dem Dach. Von dort kann man direkt aufs Meer blicken. Alles vom Feinsten. Hab so was Schönes noch nie gesehen. Warum das alles, erkläre ich Dir später. Es ist ziemlich kompliziert. Aber ich muss dir etwas sagen ..."

WhatsApp-Nachricht von Tatjana Herfurth. An Florian Herfurth, 16:28 Uhr

"Du willst mich wohl für dumm verkaufen, was? Sag jetzt endlich, was Sache ist. BITTE! Ruf mich am besten mal an. SCHNELL!!!!!!!!!"

WhatsApp-Nachricht von Florian. An Tatjana Herfurth,

16:33 Uhr

"Es stimmt. So hat Ingrid es in ihrer fehlgeleiteten Mail geschrieben. Alle Häuser gehen an mich. Das ganze Geld an ihre Tochter. Hab selber geglaubt, das ist absoluter Wahnsinn. Kann ja gar nicht sein. Wie oft ich inzwischen diese Mail gelesen hab, kann ich schon gar nicht mehr sagen. Oft. Sehr oft. Tausendmal. Echt total verrückt!"

WhatsApp-Nachricht von Anna Maroldt. An Florian Herfurth, 16:44 Uhr

"Fühle mich so alleine. Wir sind uns bislang nur ein Mal begegnet. Trotzdem vermisse ich Dich. Das ist doch eigentlich gar nicht möglich. Die meisten Leute würden so was für verrückt erklären und nur darüber lachen. Aber du nicht, ich weiß es. Es tut weh, an dich zu denken. Aber ich kann nicht anders. Kitsch? Trief? Mir egal. Bin eben so. LG, Ann."

WhatsApp-Nachricht von Florian Herfurth. An Benni Rummer, 16:46 Uhr

"Benni, das hab ich mir gedacht. T.K. muss einfach damit leben, dass nicht immer alles so perfekt läuft, wie er es sich vorstellt. Ich weiß noch nicht, ob ich etwas mache. Sei mir nicht böse. Auch wenn er den Druck weiter erhöht. Ich melde mich wieder. Ich hasse Kulls!!!"

WhatsApp-Nachricht von Anna Maroldt. An Florian Herfurth, 17:12 Uhr

"Floi, wenn Du mir das Geld nicht gegeben hättest, hätte

ich diesen Monat gar nicht überstanden. Weißt Du das? Ich denke oft darüber nach. Mir ist jetzt auch klar geworden, dass ich vieles ändern muss. Vielleicht mein ganzes Leben. Das ist der Anfang. Sei ganz ehrlich zu mir. Aber ich weiß ja genau, dass Du das so oder so bist."

WhatsApp-Nachricht von Tatjana Herfurth. An Florian Herfurth, 17:33 Uhr

"Oh mein Gott!!!!! Wir sind reich. YES!!!! Komm bitte. Ruf mich an. Packe so schnell wie möglich deine Sachen. Ich schicke dir ein Foto von Annina. Wo sie richtig krank aussieht. Das ist kein Problem. Du triffst es ihr und sagst, sie hat 40 Fieber. OK? Du musst zurück zu deiner Familie. Das versteht sie ganz sicher. Los, verliere keine Zeit. Ich weiß, das ist schwer für dich, aber tue es uns zu Liebe. Lass uns telefonieren."

WhatsApp-Nachricht von Florian Herfurth. An Tatjana Herfurth, 18:04 Uhr

"Kann ich nicht. Kann sie nicht im Stich lassen. Muss das doch verhindern, sorry. Bitte verstehe das. Es geht in erster Linie um Leben und Tod. Muss sie abhalten. Komme noch nicht. Wäre doch Verrat. Verstehe Dich ja, Tati ..."

FLORIAN, NORDERNEY

Florian wollte noch warten, bis sich bei ihr die Wogen wieder etwas geglättet hatten, daher rief er Tatjana noch nicht an. Er zog sich seine neue Badehose an und packte nur noch sein Haargel in die ansonsten fertig gepackte Badetasche des Hotels ein. Anschließend machte er sich auf den Weg zum Pool.

Bis zum gemeinsamen Abendessen mit Ingrid blieben ihm noch anderthalb Stunden. Auf dem Rückweg von der Milchbar zum Hotel hatte sie so lange auf ihn eingeredet, er müsse unbedingt eine Runde schwimmen gehen, bis er schließlich eingewilligt hatte. Im Moment war ihm gar nicht nach Entspannung zumute.

Wie in aller Welt konnte er es sich jetzt gutgehen lassen, wenn doch alles um ihn herum verrücktspielte und auf der Kippe stand?

Als er sich zuhause die Bilder des Pools angeschaut hatte, war er noch voller kindlicher Begeisterung und Vorfreude gewesen.

Doch jetzt schleppte er sich geradezu Richtung Aufzug, um in die letzte Etage zu fahren, wo sich der Pool befand. Wen konnte er nun um Rat fragen? Als er sich in einer luxuriösen Umkleidekabine befand und schon von dort auf das Meer blicken konnte, fiel ihm niemand ein. Sein bester Freund, der inzwischen in München lebte, war in dieser Sache der falsche Ansprechpartner.

Er würde ihm garantiert dazu raten, die Chance zu nutzen und Anna möglichst schnell flachzulegen. Mit der Treue hatte er es noch nie so genau genommen, das unterschied sie beide schon immer voneinander.

Ansonsten hatten sich im Laufe der Zeit die anderen Männerfreundschaften aufgelöst, alles hatte eben seine Zeit. Als Florian den stilvollen Poolbereich betrat, staunte

er nicht schlecht, denn die Fotos hatten nicht zu viel versprochen.
Hier befand er sich in einer vollkommen anderen Welt, die nicht nur Leichtigkeit, Luxus, Entspannung zu versprechen schien, sondern auch nur pures Glück.
Um ihn herum gab es nur zufriedene Menschen, die das Leben in vollen Zügen zu genießen wussten, wogegen sein Kopf weiterhin ununterbrochen Probleme wälzte. Man konnte es ja auch übertreiben mit der ganzen Ernsthaftigkeit. Andererseits ließ sich irgendwie gar nichts dagegen tun, in ihm schien ein verhängnisvolles Programm abzulaufen und er hatte keine Ahnung, von wem es geschrieben worden war.

Dann schwamm er hinaus ins Freie und blickte vom Rand des tiefblauen Beckens hinab auf den Strand und das Meer, welches sich gerade zurückzog. Aus dem warmen Becken stieg Dampf in die Höhe, das gefiel ihm.
Während er zum bedeckten Himmel hinaufblickte, versuchte Tatjana vermutlich, ihn telefonisch zu erreichen. Möglicherweise hatte sie ihm in der Zwischenzeit auch wieder geschrieben.
Mit Sicherheit war sie tierisch sauer auf ihn und es fehlte nur noch ein Funken bis zur Explosion. Florian paddelte mit den Füßen und schaute hinab auf den Strand, wo sich jetzt immer mehr Familien einfanden.
Kinder buddelten im Sand, bauten die tollsten Wasserstraßen oder Burgen, während die Eltern aufs Meer blickten, sich unterhielten oder Zeitung lasen. Er faltete seine Hände ineinander und richtete ein neues Stoßgebet Richtung Universum.
Hatte Tatjana vielleicht doch Recht? Welcher halbwegs normale Mensch würde schon solch eine Chance sausen

lassen? Wenn er sich einfach so verhielt, wie sie es ihm geraten hatte, wären sie schon in wenigen Tagen wohlhabend. Alle Probleme würden sich von einem Tag auf den anderen in Luft auflösen. Allein von den ganzen Mieteinnahmen würden sie sorglos leben können, weder er noch Tatjana mussten dann jemals wieder arbeiten gehen.
Dieser ganze kräftezehrende Kampf würde endlich ein Ende nehmen.
Kein T.K. mehr ertragen, keinen Kampf mehr um eine Vollzeitstelle führen und keinen Stress mehr wegen ständigem Termindruck hinnehmen müssen.
Darüber hinaus brauchte er dann auch nicht länger auf Vierhunderteurobasis den Knochenjob im *Schluckbär* fortsetzen. Das alles war zurzeit ungeheuerlich weit entfernt, wirkte aus der Distanz fast schon unwirklich. Man würde schnell Ersatz für ihn finden, schließlich mussten immer mehr Leute etwas hinzuverdienen, um über die Runden kommen zu können.
Besonders verlockend war aber der Gedanke, sich einfach nur noch um die Häuser kümmern zu können. Dabei gab es ja immer jede Menge zu tun, das war seine Passion, vielleicht sogar seine ursprüngliche Lebensaufgabe. Das bevorstehende Erbe war dafür doch der beste Beweis.
Loslassen, nicht immer die Verantwortung übernehmen wollen.
Am besten gleich nach dem Baden zu ihr gehen und ihr das Foto von Annina zeigen. Oder beim Abendessen.
Er musste sich jetzt bewegen, um überschüssige Energie abzubauen.
Nun schwamm er die Bahnen im deutlich höheren Tempo, ohne dabei den anderen Gästen in die Quere zu

kommen. Obwohl er nicht weiter nachdenken wollte, bohrte es ununterbrochen in seinem Kopf und er glaubte dabei, langsam verrückt zu werden. Nun entdeckte er auch die beiden jungen Frauen, die er beim Check-In kurz beobachtet hatte. Sie lächelten beide, als er in ihre Richtung blickte.

Du bist bald ein gemachter Mann, ein Millionär, der sich fast alles leisten kann. Du darfst solch ein Angebot nicht ausschlagen, sei nicht dumm, Floi, hörte er die Hübschere von beiden in Gedanken zu ihm sagen.

Florian schwamm wieder zum Beckenrand und schloss die Augen. Dabei kamen ihm wieder Ingrids mahnende Worte zur künftigen Rentensituation in den Sinn. Wie aus dem Nichts waren diese Gedanken nun in seinem Kopf und verbreiteten Angst und Schrecken.

Bislang war er diesem unbehaglichen Thema mit Entschiedenheit aus dem Weg gegangen, um sich selbst nicht verrückt zu machen. Perfekte Verdrängung. Bei Tatjana sah die Rechnung ja noch viel schlechter aus. Was sollte er ihr am Telefon nur sagen? In seinem Kopf herrschte einfach nur noch Chaos.

KATRIN, SACHENHAUSEN

Nur noch einen Tag, dann konnte es also schon passieren. Wenn Katrin daran dachte, spielte ihr Magen komplett verrückt.

Am Ende würde dieser Weg noch viel steiniger werden als gedacht. Während sie ins Bad ging, um die Wäsche zu erledigen, vermisste sie Uwe, der ein wichtiges Meeting hatte. Es gehe um einen Auftrag in Milliardenhöhe. Sie

müsse davon ausgehen, dass er sehr spät nach Hause komme, hatte er voller Stolz gesagt. Sie wollte so lange wach bleiben und vor dem Einschlafen noch ein wenig mit ihm kuscheln. Seit sie ihm von dem bevorstehenden Erbe berichtet hatte, strahlte er vor Glück und schmiedete die tollsten Zukunftspläne, das machte auch sie glücklich. Ihre ständigen Zweifel und Sorgen, tatsächlich das Richtige zu tun, relativierte er mit Entschiedenheit.
Sie solle ihrer Mutter vertrauen, diese wisse selbst am besten, welchen Weg sie zu gehen habe. Sie dürfe unter keinen Umständen etwas unternehmen, um ihre Mutter umzustimmen, da sei er sich ganz sicher.
Im Wäschekorb war doch weniger Schmutzwäsche als gedacht, daher wollte sie ein paar Jacken waschen.
Katrin Leitner ging zum Kleiderschrank und machte eine entsprechende Bestandsaufnahme. Für die Funktionsjacken war es wirklich höchste Zeit, sie standen schon vor Dreck. Als erstes schnappte sie sich ihre grüne Jacke und leerte die Taschen.
Anschließend kümmerte sie sich um Uwes schwarze Wolfskin.
Zuerst schüttelte sie den Kopf wegen der ganzen Süßigkeiten, die er offensichtlich mal wieder innerhalb kurzer Zeit heimlich verspeist hatte. Dann musste sie darüber lachen, bis sie eine Kundenkarte entdeckte, die sie augenblicklich stutzig machte.
Auf grauem Hintergrund gab es nur eine Telefonnummer und die Angabe *Unforgetable LG* in auffallend kleiner Schriftgröße.
Nachdem sie ein paar Minuten mit sich gehadert hatte, wählte sie die Nummer, worauf sich eine etwas unangenehme, rauchige Frauenstimme meldete. Vielleicht war es aber auch ein Mann, das war in diesem Fall schwer zu

sagen.
"Unforgetable Lovegirls, guten Tag." Sie legte augenblicklich auf. Ihr Herz schien in diesem Moment einen Aussetzer zu haben, sie fühlte sich schrecklich.
Was waren das für Girls? Sie googelte danach und stieß auf einen Erotik-Club in Friedberg. Ihr Mund war in Sekundenschnelle vollkommen ausgetrocknet und ihr wurde übel.

INGRID, NORDERNEY

Ingrid saß auf einem eleganten Sofa mit Blick auf das Meer. Sie hatte ein halbes Stündchen geschlafen.
Aber jetzt ging es wieder, die Kopfschmerzen waren zumindest vorübergehend beseitigt, weil sie nochmals eine Schmerztablette eingenommen hatte. Eine ausreichende Dosis lag bereits in ihrem Kulturbeutel.
Am nächsten oder übernächsten Tag war ja so etwas wie eine Generalprobe.
Schon jetzt musste alles ordnungsgemäß vorbereitet sein. Nun nahm sie wieder einen Bilderrahmen mit einem ihrer Lieblingsbilder ihres Mannes in die Hand.
"Hans-Jürgen, schau dir mal da draußen die ganzen Alten mit ihren motorisierten Gefährten an. Diese Dinger sieht man jetzt vermehrt. Kaum noch jemand mit einem normalen Rollstuhl. Aber für mich ist das alles nichts. Ich will das so nicht.
Will nicht in solch einem Ding sitzen und den Strand rauf- und runterfahren, begafft von allen Seiten. Schau nur, keiner von ihnen lacht noch, alle sind sie nur ernst und versuchen so zu tun, als wäre alles ganz normal. Aber ich

will laufen können. Bald geht das aber nicht mehr, daran führt wohl kein Weg vorbei. Die Anzeichen sind zu eindeutig.
Deswegen komme ich bald zu dir. Nein, das ist natürlich nicht der wirkliche Grund. Weil ich das Leben ohne dich nicht mehr ertrage. Ja, das ist der wirkliche Grund. Es sind schon viel zu viele Jahre ohne dich vorbeigegangen. Ich liebe dich einfach viel zu sehr."
Ingrid legte den Bilderrahmen behutsam auf den Tisch und langte nach dem *Norderneyer Morgen*, um sich einen schnellen Überblick über das aktuelle Tagesgeschehen auf der Insel zu machen.
Am nächsten Tag sollte in der evangelischen Kirche ein großes Orgelkonzert von Bach stattfinden, daran wollte sie unbedingt teilnehmen. Bach passte genau zu dieser finalen Lebensphase, in der es darum ging, die richtigen Weichen zu legen.
Genau darin lag nun mal ihre große Stärke, sie hatte sich im Laufe ihres Lebens immer dann richtig entschieden, wenn es um grundsätzliche Entscheidungen gegangen war.
Die allerbeste davon war gewesen, sich auf diesen verrückten Kerl Hans-Jürgen einzulassen, sich aufzugeben, um ihn zu lieben.
Sie hatte wahrhaft geliebt und liebte noch immer mit glühender Leidenschaft, obwohl er schon lange unter der Erde lag. Alles andere, das ganze Geld und die wunderschönen Häuser, waren immer nur schmückendes Beiwerk gewesen, darauf hätte sie auch zu jeder Zeit verzichten können.
Wenn sie an Katrin dachte, tat sie ihr leid, weil sie bislang noch nicht diese wichtige Erfahrung gesammelt hatte. Von echter Liebe war sie Lichtjahre entfernt, sie hatte

nur theoretische Vorstellungen davon, ohne sich dessen bewusst zu sein.
Im Gegenteil, sie war mit diesem Manager nur umgeben von Kälte, Täuschung und Verlogenheit.
Liebe war für solch einen Menschen doch immer nur ein Fremdwort, welches er nie wirklich begreifen konnte.
Wenn sie zusammen bei mir sind, dann weiß er jedes Mal ganz genau, dass ich ihn in jeder Sekunde durchschaue, dachte Ingrid, während sie immer noch die Zeitung in den Händen hielt.
Diese Verschlagenheit hilft ihm vielleicht in seinem Unternehmen, aber ganz gewiss nicht in meinem Hause. Vielleicht hätte sie am Anfang dieser verkorksten Beziehung gleich stärker intervenieren sollen, aber sie hatte damals die Lage offensichtlich unterschätzt und ihrer Tochter vertraut, sich nicht hinters Licht führen zu lassen. Aber Katrin hatte sich nach kürzester Zeit als überaus naiv herausgestellt, das war sicher die schlechteste Entwicklung der letzten Jahre gewesen. Krömer war in ihr Leben getreten, um es zu zerstören. Sie wünschte ihm die Pest, während sie den geliebten *Norderneyer Morgen* wieder auf den Tisch legte.

Bald schon würde sie die Schlagzeile der kostenlosen Zeitung werden, kam ihr nun in den Sinn. Sobald sie ihren Plan umgesetzt und bei Hans-Jürgen lag. Nur den Zeitpunkt konnte sie im Moment noch nicht einschätzen.

FLORIAN, NORDERNEY

Vor dem Abendessen musste er unbedingt Tatjana anrufen, sonst würde sie womöglich noch Amok laufen. Bevor er ihre Nummer wählte, schenkte er sich ein Glas Wein ein.
Nüchtern war das alles nicht mehr zu schaffen, zu diesem Schluss war er nach dem Baden gekommen.
Anrufen und einfach cool bleiben und nicht abbringen lassen vom Kurs. Im nächsten Moment rief Tatjana an.

"Hi Tati, alles klar Zuhause?"
"Nichts ist klar, Floi. Bist du vollkommen verrückt geworden? Mensch, du kannst doch jetzt nicht dieses unfassbare Erbe sausen lassen. Mir fehlen echt die Worte. Bin fast in Ohnmacht gefallen, als ich das gelesen hab. Jedenfalls hab ich dir ja das passende Foto von Annina geschickt. Zeig es ihr und du bist raus aus dem Spiel. Ganz elegant. Bitte. Dann haben wir für immer ausgesorgt. Ja, keine finanziellen Sorgen mehr. Überlege mal. Du hast endlich Häuser, das ist doch sowieso dein ganz großer Traum. Ich weiß..."
"Glaub mir Tati, ich zerbreche mir ununterbrochen den Kopf darüber. Kann nicht mal das tolle Hotel genießen. Auch nicht die Insel. Alles geht nur noch an mir vorbei. Bin ein schlechter Schauspieler, Ingrid würde mir das nie abnehmen und es mir auch nie verzeihen.
Es geht nicht, muss bleiben und ihr helfen. Das andere passt nicht zu mir. Sonst..."
"Sonst kriegen wir ein Problem miteinander, Floi. Wenn du nicht abfährst. Überlege dir bitte genau, was du tust. Ich meine es diesmal wirklich ernst."
"Aber Tati, versteh doch..."
"Tue es wenigstens Annina zuliebe, wenn du es schon

nicht für mich tun willst. Du bist doch wie ein Vater für sie. Heut Abend hast du noch Zeit mit ihr. Morgen früh nimmst du dann die Fähre. Dann wird es immer leichter, je näher du uns kommst. Ich bin dann für dich da. Lass einfach mal los."
"Muss sie aber aufhalten …"
Sie hatte aufgelegt. Florian ließ sich nun aufs Bett fallen. In Kürze würde sie entweder nochmals anrufen und ihn noch mehr unter Druck setzen oder sie würde ihm ein paar knackige Nachrichten schicken. Im Grunde genommen hatte sie wahrscheinlich sogar Recht, während er vollkommen im Unrecht war. Vielleicht aber auch nicht. Eigentlich hatte er die Schnauze voll von ihren ständigen Drohungen und Erpressungsversuchen. Beim nächsten Mal würde er ihr die Meinung geigen, so durfte es nicht weitergehen.
Er war doch nicht der Depp vom Dienst. Wie konnte man nur so gierig und egoistisch sein? Sie machte ihm ständig nur Vorwürfe, stellte ihn auch noch vor Annina als Buhmann hin. Machte sie denn alles richtig im Alltagsleben? Florian schaute aus dem großen Panoramafenster hinaus in die Dunkelheit und versuchte, sich wieder zu beruhigen.
Draußen peitschte der Wind und die See wütete. Dieses Wetter passte perfekt zu seiner aktuellen Stimmung, dramatischer konnte es kaum zugehen. Er musste sich dringend ablenken, um nicht durchzudrehen.
In fünfzehn Minuten würde er sich mit Ingrid im Speisesaal treffen, aber ihm war der Appetit vergangen. Bevor er sich auf den Weg machte, wollte er sich noch die beiden neuen Filme von Anna anschauen. Das war jetzt die bestmögliche Ablenkung. Prompt legte er sich wieder auf das herrliche Bett und startete den ersten Clip.

Schon im nächsten Moment tanzte Anna auf ein wunderschönes Lied, welches er noch nie gehört hatte und er stöhnte auf vor lauter Ungläubigkeit. Ihre Bewegungen waren so graziös, dass er schon allein deswegen die Luft anhielt.
Wie weit würde sie mit diesem Strip gehen? Würde sie sie tatsächlich ganz ausziehen? Nun beobachtete er sie, wie sie sich die Schuhe und Strümpfe ablegte. Wer filmte sie wohl?
Jedenfalls schien die Kameraführung professionell zu sein. Anna strich sich ab und zu durch das kurze Haar, das er jetzt am liebsten durchgewuschelt hätte. Die Frisur untermalte ihr Gesicht, es war dadurch perfekt in Szene gesetzt. Immer wieder staunte er über ihre Augen, die so viel Tiefe besaßen.
Florian rieb sich die Stirn, als der Film zu Ende gegangen war. Diese Augen hatten etwas an sich, was ihn ganz tief in seinem Innern berührte. Damals hatte sie ihn bereits nach ein paar Sekunden durchschaut. Florian startete das nächste Video und fiel noch tiefer in den Sog des Strips.

Die Sekunden schienen sich zu dehnen, als Anna sich die Bluse auszog, worauf sie sich mehrmals im Kreis drehte, bis sie sich schließlich theatralisch auf den Boden fallen ließ. Bevor sie sich wieder erhob, um weiterzumachen, schaute sie ihm wieder tief in die Augen.
Ein unfassbar ernster Blick, der bei ihm Gänsehaut auslöste. Im nächsten Moment schien sie plötzlich Feuer und Flamme zu sein. Die Musik wurde härter und sie bewegte sich so schnell, dass die Kamera kaum noch folgen konnte. Sie legte zwei Ringe ab, als handelte es sich dabei um unfassbar wertvolle Schätze.
ANNA, GOLDSTEIN

Anna hörte sich gerade Evanescence an und tauschte ein paar Nachrichten mit ihrer besten Freundin aus.
Während es draußen schneite, lag sie bei voll aufgedrehter Heizung halbnackt auf ihrem Bett.
Die Musik dröhnte über Kopfhörer in ihrem Kopf, das fühlte sich gut an. Bei *Disappear* stellte sie sich vor, wie Floi sie entschlossen in den Arm nahm und leidenschaftlich küsste.
Seine Zunge kitzelte ihre Zunge und versetzte allein damit den ganzen Körper in vollkommene Bereitschaft, einfach alles zu tun, was von ihr gewünscht wurde.
Kein Widerstand, keine falsche Scham, keine Tabus. Sie fühlte seine Muskeln an Armen und Beinen und flüsterte ihm ins Ohr, er solle die ganze Nacht für sie einplanen, mit einer schnellen Nummer sei aber ihr nichts zu machen.
Sobald er sich das letzte Video angeschaut haben würde, würde sie ihm schreiben, wonach sie sich sehnte, was sie künftig alles mit ihm tun wollte.
Aber würde das am Ende überhaupt etwas bringen, weil er ja in festen Händen war? Bei diesem Gedanken fühlte sie nicht nur eine dumpfe Müdigkeit aufkommen, sondern eine auch eine tiefe Traurigkeit. Wann würde er ihr wieder schreiben?
Sie fühlte sich einsam. Wenn sie ihn am Ende doch aufgeben musste, würde sie ihr Leben komplett verändern. Mit einem neuen Job in einer ganz anderen Gegend und mit neuer Optik.
Sie würde sich die Haare so lange wachsen lassen wie Amy Lee und darüber hinaus auch ihren ganzen Klamottenstil in deren Richtung angleichen. Und natürlich würde sie auch den gelben Audi verkaufen, weil er sie zu sehr

an Floi erinnern würde.
Mit Tränen in den Augen schlug sie wild auf ihr Kopfkissen ein.
Warum sollte sie jetzt schon aufgeben, wo sie doch gerade erst zu kämpfen begonnen hatte? Neues Glück bedeutete auch immer, dass damit auch an einer anderen Stelle Unglück verknüpft war.
Wenn sie sich jetzt einfach kampflos zurückzog, würde sie sich das vermutlich noch eine halbe Ewigkeit selbst vorwerfen, bis sie daran zugrunde ginge. Aber sie war kein Gutmensch, die meisten anderen Leute interessierten sie nicht.
Seine Frau war ihr auch vollkommen gleichgültig, sie war fremd und Lichtjahre von ihrem Leben entfernt. Anna hatte sich immer vor solch einer Situation gefürchtet, doch jetzt war sie Wirklichkeit geworden. Ihr Plan musste sein, Floi aus seiner Familie herauszureißen, mit allen erdenklichen Mitteln. Jetzt oder nie, das war die Chance ihres Lebens.
Im Leben gab es nicht mehrere mögliche Partner, wie sie es viele Jahre angenommen und oftmals nach außen verkündet hatte, sondern nur einen einzigen. Für sie war das zweifellos Floi, die Typen davor waren nur bessere Frösche gewesen, die kaum Spuren hinterlassen hatten. Mit einem Mal war ihr so vieles klar, was bislang, über Jahre hinweg immer nur schemenhaft gewesen war. Wieso hatte sie bislang immer auf Verdrängungmodus geschaltet und es sich leicht gemacht?
Sie schaute dem Schneetreiben zu und wünschte, sie hätte nicht so viel Zeit mit den ganzen Partys, Treffen und Discobesuchen verschwendet.
Wenn sie nicht auf die Hotelschiene geraten wäre und besser auf ihre Eltern gehört hätte, die ihr anstelle der

Ausbildung zu einem Studium geraten hatten, wäre ihr Leben in eine sinnvollere Richtung verlaufen. Verschwendete Jahre voller Oberflächlichkeit lagen hinter ihr. Sie wollte und durfte nun keine Zeit mehr mit Belanglosigkeiten vergeuden, das Leben war nun mal nicht auf Leichtigkeit ausgelegt.

Seit sie nicht mehr auf dem Partytrip war, schaute sie sich eine Serie nach der anderen an oder hielt sich stundenlang auf Facebook oder mit WhatsApp auf. Das war schon eine Sucht, gestand sie sich ein.

Sie musste sich intensiver mit sich selbst auseinandersetzen, auch wenn das ein schwieriger Prozess war, sonst würde sie nur noch auf der Stelle stehenbleiben. Doch genau das war ja schon immer ihr Albtraum. Als sie sich gerade auf den Bauch legen wollte, um ein paar Zeilen zu schreiben, die ihr gerade einfach so einfielen, piepste ihr Smartphone.

WhatsApp-Nachricht von Florian Herfurth. An Anna Maroldt, 18:58 Uhr

"Anna …, habe gerade die beiden neuen Filme gesehen. Was hast Du mit mir vor? Willst Du mir den Kopf verdrehen? Oh ja, das hast Du schon geschafft. Herzlichen Glückwunsch! Du machst mich noch zum Sklaven."

WhatsApp-Nachricht von Florian Herfurth. An Anna Maroldt, 19:00 Uhr

"Wenn ich jetzt gleich essen gehe, denke ich an Dich. Wahrscheinlich gehst Du mir nicht mehr aus dem Kopf und ich kann die tollsten Speisen gar nicht richtig genie-

ßen. Egal. Schick mir mehr!!!! Ich liebe es."

Annas Herz schlug nun deutlich schneller, sie konnte gar nicht mehr länger liegenbleiben.
Endlich hatte er sich wieder bei ihr gemeldet. Hoffentlich schickte er ihr bald auch eine Sprachnachricht oder am besten ein schönes Foto. Doch wenn sie es sich genau überlegte, hatte sie noch immer sein schönes Gesicht vor Augen, obwohl sie sich bislang nur ein Mal begegnet waren. Wenn sie die Augen schloss, konnte sie sich am besten an seine Augen erinnern, die so viel Herzlichkeit signalisierten.
Sie zog ihr Höschen zu den Füßen und stellte sich vor, wie er nun ihr Schlafzimmer betrat und sich vor ihr auszog, bis er sich endlich zu ihr ins Bett legte.
Ohne ein Wort zu sagen, begann er mit seiner Zunge ihren Körper zu erkunden, wofür er sich die ganze Nacht lang Zeit ließ, ganz wie sie es sich erträumt hatte.
Anna befeuchtete sich die Lippen und streckte vor lauter Lust ihren Kopf weit nach hinten, bis es endlich soweit war und sie vor Glück schrie.
Nachdem sie ihr Höschen wieder in die ordnungsgemäße Position gebracht und sich zugedeckt hatte, schickte sie ihm den fünften Clip ihres Strips, den Chiara als wahres Meisterwerk bewertet hatte.
Als nächstes stellte sie sich wieder ihr Hörbuch an, um möglichst schnell und gedankenlos einzuschlafen. Sie wartete auf die Nacht mit ihren Träumen, die sie am nächsten Morgen gleich nach dem Aufwachen deuten wollte.
Dafür hatte sie eigens ihr Traumbuch, das sie bereits seit über zehn Jahren befüllte. Wann würde endlich der erste und somit besonders wichtige Traum mit Floi kommen?

Gerade der erste Traum war zwar schwer zu fassen und meistens komplett fantastisch, dafür aber außergewöhnlich emotional, intensiv und aussagekräftig.
Anna liebte die Traumwelt, weil sie so extrem konträr zur nüchternen Realität stand.
Für sie waren die Träume der Beweis dafür, dass es parallel noch ganz andere Dimensionen gab, in denen Geld und Macht keine wichtige Rolle spielten. Floi war auf ihrer Wellenlänge, das hatte sie bereits gewusst, als er gegen die Scheibe des Audis geklopft und sie mit einer angenehmen Verlegenheit angeschaut hatte.
Für ihn spielten Geld und gesellschaftlicher Erfolg keine Rolle, das stand in seinen Augen geschrieben. Sicher war sie sich auch darin, dass er zwar prinzipiell gute schulische und berufliche Möglichkeiten hatte, daraus aber bislang kaum etwas gemacht hatte. Verschwendung war nicht nur ihr zentrales Lebensthema.
Floi war für die Liebe gemacht, auch darin sah sie eine Verbundenheit.
Sex und Erotik spielen zwar schon auch eine wichtige Rolle für ihn, aber das war in Wirklichkeit nur an der Oberfläche. Mit ihren Strip wollte sie ihn zwar gerade an seiner Schwachstelle packen, dort, wo er sich kaum noch wehren konnte, weil das der schnellste und einfachste Weg war.
Auf Zeit konnte sie nicht spielen. Wenn es eine Chance gab, ihn an sich zu binden, dann war sie mit der kurzen Begegnung in der Innenstadt von Frankfurt gekommen. Irgendwann im Leben musste sie es einfach schaffen, eine richtige und wegweisende Entscheidung zu treffen und zwar mit Entschiedenheit.
Aber was sollte aus ihr werden, wenn sie Floi nicht für sich gewinnen würde?

Anna schaute vom Bett hinaus in die Dunkelheit und lauschte der Erzählerstimme, die so unheimlich sanft und lieblich die schauerlichsten Geschichten erzählen konnte. Wieder erschütterte ein neuer schrecklicher Mord in einem malerischen Stadtteil von Kopenhagen die Bevölkerung. Wieder mal ein wahnsinniger Serienkiller, der wahllos zuschlug und einfach nicht anders konnte, als junge Frauen auf qualvolle Weise zu ermorden. Anna lauschte gebannt, bis es hagelte und stürmte und sie kurz aus dem Fenster hinausblickte. Das ganze dumme Volk, das sich noch bis vor wenigen Minuten unten aufgehalten hatte, war endlich verschwunden. Wann würde sie diese entsetzliche Wohngegend verlassen können? Ein scheußlicher grauer Wohnblock neben dem anderen, wohin das Auge auch fiel.
Goldstein hatte sie sich damals ursprünglich schöner vorgestellt, vielleicht gab es dort ja auch schöne Stellen, ja, das war mit Sicherheit so. Aber sie wohnte jetzt schon viel zu lange in diesem Block, der vollgestopft war mit hoffnungslosen Fällen. Um sie herum gab es nur Hass, Wut, Neid, Elend und Brutalität.
Sie war es nur noch leid, die ganzen Leute zu sehen, diese Nachbarn, die sich einen Dreck um einen scherten. Weder wollte sie ihnen im oberhässlichen Treppenhaus begegnen, noch draußen vor der Eingangstür zum Wohnblock oder sonst wo. In diesen Blocks wohnten nur Verlierer, die sich keine bessere Wohnung leisten konnten. Sie arbeitete in Vollzeit, machte Schichtarbeit und verdiente doch nur 1.410 € netto.
Davon konnte kein Mensch halbwegs normal leben. Nur Floi konnte sie noch retten.
Das ist nicht mein Leben, dachte sie, mit Floi ist ein Engel in mein Leben getreten. Er wird mich auf seinen Rücken

nehmen und davonfliegen. Ich streichle währenddessen seine zarten, weißen Flügel und vergesse augenblicklich alles, was früher mal war.

KATRIN, SACHSENHAUSEN

Fast alle Mädchen in dieser schrecklichen Galerie waren gerade mal achtzehn Jahre jung oder geringfügig älter. Uwe stand also auf junge Dinger, das war ihr jetzt, als sie sich ein letztes Mal die Fotos der Mädchen anschaute, zweifellos klar geworden.
Mit ihren 36 Jahren musste sie ja wie eine Oma auf ihn wirken, wenn es um das Thema Erotik ging. Dieser Gedanke versetzte sie in eine tiefe Traurigkeit. Wie hatte sie sich nur so sehr täuschen lassen können? Ihre Mutter hatte also die ganze Zeit Recht gehabt mit ihrem Misstrauen gegen Uwe.
Katrin spürte nun nicht nur einen dicken Kloß im Hals, ihr Mund war noch immer völlig ausgetrocknet, sie brauchte dringend etwas zu trinken.
Und sie hatte auch noch das Gefühl, irgendwie auf Watte zu gehen, etwas in ihr wankte seltsam. Schon im nächsten Moment verlor sie die Kontrolle und stürzte zu Boden.
Nach etwa zehn Minuten kam sie wieder zu sich und musste sich erst mal orientieren. Wo war sie, was war passiert, wieso war sie hingefallen? Nachdem ihr klar geworden war, dass sie einen Kreislaufzusammenbruch gehabt hatte, begab sie sich ins Bad, um sich frisch zu machen.
Auf der rechten Seite ihres Gesichtes zeichneten sich

tiefe Kratzer ab, sie war wohl etwas unsanft gelandet. Sie trank Leitungswasser und weinte.

Die Zeit mit Uwe war nur eine gemeine Lüge, er war der fatalste Fehlgriff ihres Lebens, ihre größte Fehlentscheidung.

Ihr Leben war nur noch eine einzige Lüge. Sie hatte sich von ihm blenden und manipulieren lassen. Nun war es zu spät. Es war aus, es war das Ende, sie war am Ende. Vollkommen am Ende ihrer Kräfte angelangt, von einem Moment auf den anderen. Sie würde jetzt gleich ihre Sachen packen und auf Nimmerwiedersehen verschwinden. Davor würde sie ihm noch viel Spaß mit den Girls wünschen.

Sollte er sich doch zum Teufel scheren und zwar für alle Ewigkeit. Katrin betrachtete sich im Spiegel und versuchte, nicht mehr zu blinzeln, so wie sie es als Kind oft gemacht hatte, darin war sie unschlagbar.

Sie fragte sich, was nun aus ihrem Leben werden würde. Verzeihen konnte sie ihm diesen Vertrauensbruch nicht, dafür war sie einfach nicht locker genug, sie war ja ganz der bodenständige, ernsthafte Typ.

Sie würde immer an diese Girls denken, wenn sie Zeit mit ihm verbrachte. Was hatte er wohl alles in diesem Club getrieben?

Wie oft hatte er es mit ihnen gemacht? Was bekam er dort, was er von ihr nicht bekam? Ja, sie war jetzt nicht mehr jung, das war eine Tatsache. Zwar hatte sie noch nicht so viele graue Haare wie einige ihrer Freundinnen, aber sie fielen schon langsam auf, wenn man genau hinschaute. Dazu kamen diverse Fältchen und Probleme mit zunehmender Orangehaut. Andererseits waren diese Entwicklungen ganz normal, man musste sich daran ge-

wöhnen und damit klarkommen. Ein guter Partner machte sich nichts daraus.
"Verdammt, verdammt, verdammt! Ich hasse dich, Uwe und ich werde dich immer und für alle Ewigkeit hassen." Katrin verließ das Bad, um so schnell wie möglich ihre Sachen zu packen. Es war höchste Zeit für eine Reise, es war Zeit für die Flucht aus diesem Leben.

FLORIAN, NORDERNEY, CHATS

WhatsApp-Nachricht von Anna Maroldt. An Florian Herfurth, 20:05

"Ich höre gerade Swimming Home von Evanescence. Liege im Bett. Denke an Dich. Sobald ich die Augen schließe, bist Du bei mir. Liegst direkt neben mir. Ich schaue dir direkt ins Gesicht. Ganz tief in die Augen. Du schaust nicht weg. Niemals. Wir schauen uns die ganze Nacht nur in die Augen. Sonst passiert nichts. Und ich ziehe mich nicht aus. Du musst dich nur vollkommen auf mein Gesicht konzentrieren. Nichts sagen. Nicht küssen. Obwohl ich nichts lieber tun würde.
Wenn ich die Augen öffne, bist Du auch bei mir. Ich habe ständig das Bild vor Augen, wie du mich angeschaut hast. Kurz bevor Du ausgestiegen bist. Dann warst Du plötzlich weg. Und ich hab nicht mehr geweint wegen den ganzen verdammten Schulden. Nur noch wegen Dir. Ich hab noch lange geweint, als du schon längst weggefahren warst. Niemand hat sich noch um mich gekümmert. Aber das wollte ich ja auch nicht. Ich wollte nur, dass Du zurückkommst. Doch Du bist nicht mehr gekommen. Habe so

lange geweint, bis keine Tränen mehr gekommen sind. Floi, Du machst mich fertig! Ann."

WhatsApp-Nachricht von Anna Maroldt. An Florian Herfurth, 20:12 Uhr

"Ablenkung. Achtung: jetzt kommen gleich zwei Fortsetzungen. Zwei neue Videos. Alles ganz harmlos. Kannst also ganz entspannt bleiben. Küsse von Ann."

WhatsApp-Nachricht von Anna Maroldt. An Florian Herfurth, 20:14 Uhr

"Leg dich bitte aufs Bett, wenn Du die Videos anschaust. Und schreibst Du mir kurz, bevor Du damit startest? Dann weiß ich genau, zu welchem Zeitpunkt Du mich siehst. Hast Du in der Nacht schon von mir geträumt? Küsse, Ann."

WhatsApp-Nachricht von Joelle Boiniere. An Florian Herfurth, 20:14 Uhr

"Floi, ich möchte dir nur sagen, dass Tatjana stocksauer auf dich ist. Wir haben gerade telefoniert. Und sie hat die ganze Zeit nur geheult. So kann es nicht bleiben! Bitte tue etwas. Gib ausnahmsweise nach. Ihr braucht jetzt eine Lösung. Es ist diesmal ernst. Denk an Annina!"

WhatsApp-Nachricht von Tatjana Herfurth. An Florian Herfurth, 20:16 Uhr
"Hallo Flo. Wann kommst du endlich wieder nach Hause? Wir wollten doch mal ins Hallenbad gehen. Du hast es versprochen. Mama ist ganz traurig und komisch.

Kommst du? Annina."

WhatsApp-Nachricht von Florian Herfurth. An Anna Maroldt, 20:40 Uhr

"OK, Anna, es geht los. Sobald ich diese Nachricht an Dich abgeschickt hab, starte ich das nächste Video."

WhatsApp-Nachricht von Florian Herfurth. An Tatjana Herfurth, 20:42

"Meine Süße, ich habe mich gefreut über Deine liebe Nachricht. Ich bin schon bald zurück. Und zwar am Sonntag. Das geht schnell. Und dann gehen wir schwimmen und ins Kino und Essen und und und. Dein Flo."

WhatsApp-Nachricht von Florian Herfurth. An Joelle Boiniere, 20:43 Uhr

"Danke, Joelle, dass Du mir Bescheid gegeben hast. Und dass Du dir Sorgen machst. Wir kriegen das hin, da bin ich mir ganz sicher. Tati wird sicher noch verstehen, warum ich das jetzt durchziehen muss. LG, Floi."

WhatsApp-Nachricht von Florian Herfurth. An Anna Maroldt, 21:15 Uhr

"Wow, Anna! Hab mir beide Videos angeschaut. Und jetzt weiß ich gerade gar nicht, was ich sagen soll. Ich gehe jetzt noch mal eine Runde an den Strand. Nochmal frische Luft schnappen. Danach schaue ich mir die Videos ganz sicher nochmals an."
WhatsApp-Nachricht von Anna Maroldt. An Florian Her-

furth, 21:16 Uhr

"Würde so gerne mit dir zum Strand gehen. Aber uns trennen über 600 Kilometer. Das ist so unendlich schade. Trotzdem viel Spaß. Ann."

FLORIAN, NORDERNEY

Florian war wieder zurück auf seinem Zimmer und dachte an das letzte Gespräch mit Ingrid während des leckeren Abendessens.
Sie hatte nochmals das Rententhema aufgegriffen und war dabei tiefer ins Detail gegangen.
Aber warum machte sie sich eigentlich so viele Sorgen um ihn, wenn sie ihm doch alle ihre Häuser vererben wollte?
Der Gedanke an dieses Erbe hatte inzwischen eine gewisse Normalität angenommen, die ihn selbst verblüffte. Je häufiger er darüber nachdachte, desto tiefer drang er dann auch ins Thema ein. Sobald er sich das andererseits wieder bewusst machte, ärgerte er sich über sich selbst und beschimpfte sich als Nutznießer eines künftigen Todesfalls.
Florian blickte wieder aus dem Panoramafenster und fragte sich, wie ehrlich er tatsächlich in den letzten Jahren zu sich selbst gewesen war. Hatte er nicht von Anfang an die Absicht gehabt, eines Tages aus seiner ganzen Unterstützung für Ingrid einen Nutzen ziehen zu können? War der Gedanke an ein mögliches Erbe nicht schon längst in seinem Kopf? Er blickte hinaus in die Dunkelheit und zerbrach sich den Kopf darüber, während

sein Smartphone den Eingang neuer Nachrichten signalisierte.
Obwohl ihn auch jetzt wieder die Neugierde packte, wer ihm wohl geschrieben haben könnte, schaute er erst mal nicht nach.
Was sollte er Tatjana schreiben? Ihre Krise war offensichtlich auf ihrem Höhepunkt angelangt. Dabei waren Richtig und Falsch kaum noch voneinander zu unterscheiden.

War er nun nach all den Jahren an einem Punkt angelangt, an dem er endgültig Farbe bekennen musste? Forderte das Schicksal das von ihm? Hatte er zuletzt mit seinem Verhalten dieses Schicksal gar herausgefordert? Hatte er das auch nur ansatzweise berücksichtigt, wenn er all die ganzen Aufgaben in den Häusern erledigt hatte? War er nicht immer nur ein gnadenloser Egoist gewesen? Hatte er sich nicht immer nur an seiner Unterstützung für Ingrid Leitner ergötzt?
Und war er in Wirklichkeit nur ein erbärmlicher Wichtigtuer, ein Verlierer, der irgendwie noch in einer perfekten Verkleidung als Gutmensch punkten wollte?
Anstatt sich die ganzen letzten Jahre intensiv um eine berufliche Verbesserung zu kümmern, hatte er den größten Teil seiner Freizeit immer nur für Ingrid geopfert.
Florian schlug sich mit der flachen Hand gegen die Stirn und zog sich im nächsten Moment an, um nochmals an den Strand zu geben.
Auf dem Weg dorthin versuchte er noch immer, sein eigenes Verhalten nachvollziehen zu können. Der für die Insel typische Regen hatte inzwischen eingesetzt und schien erst mal kein Ende mehr zu nehmen. Aber das machte ihm nichts aus. Die Kapuze seiner Funktionsjacke

war perfekt verarbeitet, er wurde überhaupt nicht nass. Bei diesen Bedingungen waren kaum noch Passanten unterwegs, als er sich auf den Weg zum wunderschönen Nordstrand machte.

Während er sein Lauftempo deutlich beschleunigte, warf er noch einen Kontrollblick auf seine Uhr, um die Zeit bis zum Ziel zu messen. Auf keinen Fall wollte er zu spät kommen. Wenn sie sich auf den Weg zur roten Düne machte, musste er bereits dort sein, um sie aufzuhalten. Sie durfte diese Schlaftabletten nicht schlucken.
Er würde sich gleich am Anfang die Tabletten schnappen und ins Meer schleudern. So weit wie nur möglich wollte er sie dann hinausschleudern.
Anschließend würde er sie entschlossen an die Hand nehmen und zum Hotel zurückführen. Florian ging nun so schnell, dass er heftig keuchte. Seine Kondition war auch schon mal deutlich besser gewesen. Mit seinen 44 Jahren war er einfach nicht mehr taufrisch, der Körper baute allmählich ab, daran musste er sich noch gewöhnen.
Trotz allem hielt er weiterhin das Tempo, er wollte sich jetzt auch in gewisser Weise quälen. Für alle seine Fehler und Sünden, die ihm offensichtlich noch teurer zu stehen kommen sollten.
Wenn er doch noch rechtzeitig auf seine Frau hörte, war er also ein künftiger Häusererbe. Tatjana hatte natürlich die nötige Distanz zu Ingrid, für sie waren seine Sorgen und Bedenken einfach nicht nachvollziehbar.
Wie konnte man auch seinen knappen Alltag auf die Bedürfnisse einer alten, kränklichen Frau auslegen und dabei auch noch Gefühle investieren? Anstatt die eigene Liebe nur auf die eigene Familie zu fokussieren. Vielleicht war er ja gar nicht dazu in der Lage, jemanden wirklich zu

lieben.
Er konnte doch nur begehren, so wie es inzwischen bei Anna der Fall war. Sobald er an sie dachte, schlug sein Herz schneller. Sie war jene Frau, die er irgendwie schon immer kennenlernen wollte.
Aber warum in aller Welt trat sie ausgerechnet jetzt in sein Leben, wo er doch schon eine kleine Familie hatte? Vermisste er Tatjana schon? Vermisste er Annina? Florian beschleunigte nochmal das Tempo, bis er schließlich innehielt und nach Luft schnappte. Als er sich wieder halbwegs beruhigt hatte, schaute er nach, ob er noch in seinem Zeitfenster war.
Vom Hotel bis zum Abschnitt knapp hinter dem Spielplatz sollte er laut Google Maps knapp 30 Minuten Laufweg haben.
Mit seinem aktuellen Tempo würde er aber vermutlich einige Minuten einsparen. Wie um alles in der Welt wollte eigentlich Ingrid diesen Weg hinter sich bringen? Sie war ja schon nach erledigt, wenn sie gemeinsam etwa zehn Minuten spazieren gingen. Sie würde eben viele Pausen einlegen, um diese Distanz zu bewältigen.

Bislang hatte sie immer nur andeutungsweise davon gesprochen, warum sie ausgerechnet ein solch inniges Verhältnis zum Nordstrand hatte. Das könnte also nur mit ihrem längst verstorbenen Mann zu tun haben. Kurz vor dem Erreichen des Spielplatzes kämpfte er heftig mit sich selbst. In einem Moment nahm er sich vor, gleich am nächsten Morgen den Koffer zu packen, um eine frühe Fähre nach Norddeich zu bekommen.
In diesen Fall würde er nicht nur seine Familie retten, sondern sich selbst den allergrößten Traum wahrmachen, indem er die sieben Häuser erbte.

Natürlich würde er sich vor allem in der ersten Zeit unzählige Vorwürfe machen und um Ingrid trauern. Sie war nun mal ein besonderer Mensch, den man nicht an jeder Straßenecke kennenlernen konnte. Ingrid war viel mehr eine großartige Frau mit Stil, Niveau, Geschmack, Anstand und Charakter.
Bei all ihrem ganzen Besitz legte sie doch immer den größten Wert auf Stil und Liebe.

Nur darum geht es im Leben, mein lieber Florian, schreiben sie sich das bitte hinter die Ohren, hörte er sie sagen. Er solle dabei ganz tief in sich hineinhorchen und sich nicht von der Außenwelt mit all ihren Millionen Ablenkungen und Irritationen ablenken lassen. In den entscheidenden Momenten in Leben müsse man hundertprozentig mit sich im Reinen sein und so tief wie nur möglich in sich hineinhorchen. Dann finde man die entscheidende Wahrheit.

Als Florian schließlich ankam, staunte er über die Atmosphäre, die er in diesen Moment unmöglich in Worte hätte fassen können. Er spürte eine gewisse Magie oder eben nur ein nicht zu fassendes Kraftfeld.
"Was soll ich denn nur tun, liebes Universum? Ich bin ratlos. Hilf mir in dieser schweren Zeit, bitte liebes Universum, bitte, bitte", rief er hinaus aufs offene Meer.
Wenn er Ingrid von ihrem Plan abhielt, würde Tatjana ihre Konsequenzen daraus ziehen. Inzwischen gab es keinen Spielraum mehr, keine Rückzugsmöglichkeit. Reiste er am nächsten Tag nicht ab, war vermutlich der Weg zu ihr und auch zu Annina verbaut. Alles, was bis zuletzt trotz aller Probleme unverrückbar schien, war dann nur noch hinfällig.

Tatjana hatte ihm in der Zwischenzeit mit Sicherheit wieder geschrieben, um ihm für den nächsten Tag ein letztes Ultimatum zu stellen. Allein der Gedanke daran verursache Übelkeit in ihm. Was war nur in Tati gefahren?
Wenn sich sogar schon Joelle einschaltete, wies alles nur noch auf Alarmstufe Rot hin. Wahrscheinlich appellierte sie noch mal an seine Vernunft und an seine Verantwortung als Ehemann und Stiefvater. Wenn das am Ende bei ihm nicht fruchtete, würde sie ihre Drohungen intensivieren. Ihm stand zweifellos Druck ohne Ende bevor.
Das Smartphone würde glühen, sobald er es in die Hand nahm. Beim Lesen ihrer neuen Nachrichten würde er sich die Finger verbrennen. Einerseits war er jetzt darauf gespannt, was sie ihm in der Zwischenzeit geschrieben hatte, andererseits hatte er nun auch eine gewisse Angst davor.
Nur Anna würde mit ihren Filmen am Ende diese erste Nacht auf Norderney retten können. Er wollte sie so lange anschauen, bis ihm dabei die Augen zufielen. Florian schreckte auf, als er das Smartphone im Sekundenschlaf aus der Hand warf.

FLORIAN, NORDERNEY, CHATS

WhatsApp-Nachricht von Anna Maroldt. An Florian Herfurth, 21:41 Uhr

"Floi, ich denke immerzu an Dich. Echt crazy.

WhatsApp-Nachricht von Anna Maroldt. An Florian Herfurth, 21:43 Uhr

"Habe mir soeben dein Hotel angeschaut. Sieht genial aus. Fast würde ich dich darum beneiden. Neid ist aber nicht meine Art. In welchem Zimmer bist Du eigentlich? Bist du alleine? Ich hab dich übrigens noch gar nicht gefragt, ob ..., ja ob ..."

WhatsApp-Nachricht von Tatjana Herfurth. An Florian Herfurth, 21:50 Uhr

"Annina schläft schon. Sie hat die ganze Zeit nach dir gefragt. Hast Du noch mal nachgedacht? Du kommst morgen! Ich weiß es. Du hast erkannt, dass ich diesmal Recht habe. Gib es zu!!!! Ich empfange dich mit einer echten Überraschung, glaub es mir. Die werden die Augen rausfallen. Ich hab mir etwas überlegt. Das wird uns beiden viel Spaß machen. Und dabei vergessen wir die ganzen letzten Sorgen. Da bin ich mir schon ganz sicher. Es wird richtig geil. So viel kann ich Dir jetzt schon versprechen. Melde dich. Ich bleibe noch eine Weile wach. Schreib. JETZT!"

WhatsApp-Nachricht von Anna Maroldt. An Florian Her-

furth, 22:02

"Achtung Baby! Jetzt kommt gleich ein neues Video. Du wirst es lieben, verspreche es. Und danach …"

WhatsApp-Nachricht von Florian Herfurth. Tatjana Herfurth, 22:04 Uhr

"War gerade noch am Strand. Das hat unglaublich gut getan. Ich war zwar alleine, trotzdem hatte ich auch immer das Gefühl, dass jemand bei mir ist und über mich wacht. Was passiert, wenn ich morgen nicht komme und auch nicht übermorgen?"

WhatsApp-Nachricht von Tatjana Herfurth. An Florian Herfurth, 22:06 Uhr

"Das willst du nicht wissen!!!!!"

WhatsApp-Nachricht von Anna Maroldt. An Florian Herfurth, 22:08 Uhr

"Danach schicke ich dir noch eins, das anders ist als die anderen. Es ist aber nicht nur anders, es ist auch heiß und gefährlich. Magst Du die Gefahr? Wenigstens ein bisschen? Oder bist Du am Ende nur auf Sicherheit aus? Warum also anders? Lass dich überraschen."

WhatsApp-Nachricht von Florian Herfurth. An Anna Maroldt, 22:12 Uhr

Schick es ab! Bin bereit. Gefahr tut gut."
WhatsApp-Nachricht von Florian Herfurth. An Tatjana

Herfurth, 22:13 Uhr

"Mir raucht der Kopf. Echt wahr! Verstehst Du mich denn gar nicht, Tati? Bislang haben wir doch immer alles zusammen gemeistert. Wir kriegen auch das hin. Glaub mir."

WhatsApp-Nachricht von Anna Maroldt. An Florian Herfurth, 22:32 Uhr

"Uhhhh, bin ich müde! Wie hat dir der neue Film gefallen? Gefalle ich Dir? Willst du mehr? Noch heute Abend?

WhatsApp-Nachricht von Tatjana Herfurth. An Florian Herfurth, 22:44 Uhr

"Mache jetzt gleich das Licht aus. Bin todmüde. Vielleicht noch kurz einen letzten Blick auf 77 werfen. Jedenfalls ..."

WhatsApp-Nachricht von Florian Herfurth. An Anna Maroldt, 22:51 Uhr

"OK, bin bereit. Vielleicht schaue ich mir die ganze Nacht dein letztes Video an. Mir hat es wahnsinnig gut gefallen. Also gut, schicke es mir. Jetzt."

WhatsApp-Nachricht von Tatjana Herfurth. An Florian Herfurth, 22:59 Uhr

"... warte ich morgen auf Dich. Ich WARTE auf deine Ankunft. Schreib mir, welche Fähre du nimmst. Wenn Du morgen NICHT kommen solltest ..."
WhatsApp-Nachricht von Anna Maroldt. An Florian Her-

furth, 23:32 Uhr

"Floi, jetzt kommt noch ein letzter Film für eine gute Nacht. Du kennst jetzt immer mehr von mir. Ich kann spüren, wie es Dir geht, das ist schon irgendwie ziemlich abgedreht. Hab dich vor Augen, bevor ich sie schließe. Irgendwie wissen wir ja bislang kaum etwas voneinander. Alles ist so geheimnisvoll. Alles ist möglich. Du weißt von mir, dass ich ziemlich große Geldsorgen hab. Und dass ich einen gelben Audi fahre. Aber wo ich arbeite und wohne, das weißt Du noch nicht. Andersherum ist es das Gleiche. Bin ich verheiratet? Habe ich Kinder?
Und Du? Ich wollte das vor dem Ende des Strips eigentlich gar nicht ansprechen. Um diese mystische Stimmung nicht zu zerstören. Welche Träume hast Du? Beantworte diese Fragen nicht, noch nicht. Bleib locker. Schau Dir noch einen letzten Film von mir an. Gleich siehst Du meine Ti..., ja, Du weißt schon. Relax!"

WhatsApp-Nachricht von Anna Maroldt. An Florian Herfurth, 23:33 Uhr

"Gib mir Bescheid, sobald Du das Video startest. Würde es jetzt gerne mit dir zusammen anschauen..., tausend Küsse, Ann."

WhatsApp-Nachricht von Florian Herfurth. An Anna Maroldt, 23:35 Uhr

"OK, drücke in genau zwanzig Sekunden auf Play."
FLORIAN, NORDERNEY

Nach dem Betrachten der letzten beiden Videos war Flo-

rian so aufgewühlt, dass er nicht einschlafen konnte. Einen Moment überlegte er sogar, noch mal kurz nach unten an den Strand zu gehen, obwohl es schon kurz vor Mitternacht war, verwarf die Idee aber gleich wieder.
Was sollte das auch schon bringen?
Andererseits schrie sein Körper nach Bewegung und nicht nach Bettruhe. Alles war nun durcheinandergeraten, selbst sein Körper spielte verrückt.
Was sollte er nur mit Anna machen? Wartete sie insgeheim darauf, dass er ihr auch ein gewisses Bildmaterial von sich selbst schickte?
Jedenfalls ließ ihm die freie Wahl, das gefiel ihm. Kein Druck und kein Zwang, etwas tun zu müssen. Sie erwartete lediglich von ihm, sie anzuschauen. Florian stand jetzt wieder vor dem Panoramafenster, das ihn noch immer beeindruckte. Er trug nur seine Boxershorts und fühlte sich frei.

Den Vorhang würde er für die Nacht unter keinen Umständen zuziehen, er wollte so lange ins Freie hinausblicken, bis ihm die Augen zufielen. Der Blick hinaus aufs offene Meer war unbeschreiblich schön. Hier würde er gerne leben.
Aber Tati würde das niemals mitmachen, sie brauchte den Alltag in einer Kleinstadt wie Nidderau, die in unmittelbarer Nähe zu einer Großstadt lag.
Norderney war zwar auch lebhaft, solange die Touristen da waren, aber man war am Ende doch abgeschnitten von der Außenwelt. Bis zur Mole brauchte man mit der Fähre mindestens 45 Minuten. Davon abgesehen war es eben schwierig, einen Arbeitsplatz zu finden.
Laut Ingrid war aber das Hauptproblem die erfolgreiche Suche nach bezahlbarem Wohnraum, da sei es sogar

noch im Frankfurter Westend einfacher.
Sie selbst habe schon oft darüber nachgedacht, auf die Insel zu ziehen, habe es aber wegen ihren Häusern nie in die Tat umgesetzt.
Florian dachte jetzt an das so weit entfernte Nidderau. Aufgrund der räumlichen Distanz stellte er nun für sich fest, dass Nidderau zwar nicht sein Traumort war, aber dass man dort ziemlich gut leben konnte.
Wie auf Norderney gab es dort auch noch eine gewisse heile Welt.
Je länger er nun darüber nachdachte, desto besser konnte er auch die Position seiner Frau verstehen. Das bewies ihm im Moment auch, wie eindimensional er zuletzt gedacht hatte.
Mit Nidderau hatten sie im Endeffekt doch eine fast perfekte Wahl getroffen. Er beobachtete nun ein junges Paar, das mit Taschenlampen unterwegs war und so weit wie möglich ans Wasser herantrat.

Vermutlich würden sie noch eine heiße Nacht miteinander verbringen.
Kurz wieder der Gedanke an Ann und sofort breitete sich wieder die alte Fassungslosigkeit aus.
Deswegen zwang er sich, wieder an etwas anderes zu denken. Im Grunde genommen war die Arbeitssituation doch mit Abstand das wichtigste Thema. Hier lief seit Jahren alles komplett in die falsche Richtung. Wenn er etwas ändern konnte, dann durfte er sich in seinem Alter nicht mehr viel Zeit lassen, schon bald würde er für einen neuen Arbeitgeber definitiv zu alt sein. Er sah die Lichter der Taschenlampen aus größerer Entfernung und konnte sich nur noch über sich selbst wundern.
Wie zum Teufel war es nur möglich, dass er gleich zwei

Jobs machte, die so ganz und gar nicht zu ihm passten? Was war noch möglich? Hielt das Leben noch eine Chance für ihn bereit? Gab es noch einen Ausweg aus dieser festgefahren Situation, die so deprimierend perspektivlos war? Oder hatte er sich tatsächlich alles selbst verbaut?

Tag 6, Freitag, 8. Dezember 2017
ANNA, GOLDSTEIN

Anna wachte mal wieder mitten in der Nacht auf, diesmal war sie schweißgebadet.
Nachdem sie sich aufgerichtet und die Nachttischlampe angeschaltet hatte, griff sie nach ihrem Traumbuch, um den letzten Traum zu notieren.
Wie sie es bereits vermutet hatte, war er eine abgedrehte Mischung aus fantastischen Szenen gewesen, in denen aber wiederum vorübergehend realistische Bilder und Handlungen eingeflochten gewesen waren.
Wenn sie jetzt nicht gleich alles aufschrieb, woran sie sich noch erinnern konnte, würde es zu spät sein, um wichtige Erkenntnisse aus diesem Traum ziehen zu können.
Nun beschrieb sie also Floi, wie er plötzlich mit gewaltigen weißen Flügeln in ihrem Zimmer gestanden war. Neben ihm war eine hässliche Kreatur mit gelb leuchtenden Augen und schwarzen Stummelflügeln gestanden und hatte gerade ihre langen Krallen in ihre Richtung ausgestreckt.
Mit extrem tiefer Stimme hatte sie geschrien, dass sie für die Hölle vorgesehen sei und nun ein entsprechendes Zeichen verpasst bekomme. Anna hielt kurz inne mit dem

Schreiben, um noch mal so scharf wie möglich nachzudenken.

Die Erinnerung an solch einen richtungsweisenden Traum verblasste erfahrungsgemäß schon nach wenigen Minuten und manchmal sogar schon nach ein paar Sekunden. Die Kreatur war gerade auf sie zugekommen, als Floi sie von hinten gepackt hatte und mit irgendeiner Waffe auf sie eingestochen hatte.

Im nächsten Augenblick hatte sich das Ding in Luft aufgelöst. Danach war sie noch kurz mit Floi in ihrem Zimmer gewesen, bevor er das Fenster geöffnet und sie auf den Rücken genommen hatte. Sie waren miteinander in die Dunkelheit hinausgeflogen.

Dabei hatte sie noch gehört, wie er zu ihr gesagt hatte, er würde sie jetzt gleich nach Norderney bringen, weil er dort mit ihr zusammen leben wolle. Sie erinnerte sich noch an seine schwingenden Flügel, dann brach die Erinnerung ab. Anna schrieb so schnell wie nur möglich, um kein Detail auszulassen.

Danach klappte sie zufrieden das Buch zu, stellte sich kurz unter die Dusche, bezog das Bett neu und schlief noch mal ein, bis der Wecker um 6:38 Uhr piepste.

Das Aufstehen fiel ihr trotz des knappen Schlafes überraschend leicht. Sie hatte gleich ein Lächeln auf dem Gesicht, während sie sich im Bad wusch und anschließend schminkte. Mit einem Mal wusste sie, was weiterhin zu tun war.

Beim Kaffeetrinken war sie so gut gelaunt wie schon lange nicht mehr, weil ihr jetzt klar war, dass es am Ende ein Happy End für sie geben würde.

Der Traum war der Beweis dafür. Auf ihre Traumwelt konnte sie sich verlassen. Sie würde ihm im Laufe des

Abends die letzten Clips schicken und bereits am nächsten Tag zu ihm nach Norderney reisen.
Gleich morgens wollte sie beim Personalmanager Urlaub eintragen lassen. Während ihre Überlegungen nun immer konkreter wurden, machte sie sich auf den Weg zum Hotel.
Wie immer war der Bus schon morgens überfüllt mit Schülern, die ordentlich Krach machten. Doch mit *Lithium* von *Evanescence* in Endlosschleife störte sie das alles nicht wirklich..

FLORIAN, NORDERNEY

Ingrid saß bereits im Frühstücksaal, der wie alles andere auch in diesem Hotel sehr liebevoll und kostspielig gestaltet war.
Florian ging an ein paar Leuten vorbei, die ihm bereits beim Abendessen begegnet waren. Ingrid winkte ihm schon von weitem zu, sie trug eine zitronengelbe Bluse, mit der sie unter den anderen Gästen aus der Masse herausstach.
In den bislang knapp fünf Jahren hätte er sie noch nie schlecht oder auch nur unpassend gekleidet gesehen. Viel mehr war sie zu jeder Tages- und Nachtzeit perfekt angezogen und geschminkt.
Bei Tatjana hatte er zuletzt gewisse Nachlässigkeiten festgestellt. Seit etwa einem Jahr schminkte sie sich kaum noch. Die Gründe dafür waren ihm nicht bekannt. Jedenfalls hatte er schon immer ein Fable für extravagant geschminkte Frauen.
"Guten Morgen, Florian, haben Sie gut geschlafen? Ir-

gendwie sehen Sie ein wenig müde aus, wenn ich das so sagen darf."
Mehr als fünf Stunden hatte er auf keinen Fall geschlafen, eher weniger. Er wollte aber den fehlenden Schlaf im SPA-Bereich nachholen, am besten gleich nach dem Frühstück.
"Guten Morgen, ja, bin zu spät ins Bett. Ich war einfach nicht müde, das lag wahrscheinlich am Vollmond und der ganzen Aufregung."
"Mir ist es auch so ähnlich gegangen. Vielleicht habe ich am Ende drei Stunden geschlafen. Mir ging es wieder schlecht und ich hatte panische Angst. Bis drei Uhr nachts habe ich mir mal wieder meine Fotos angeschaut. Aber egal, lieber Florian. Neuer Tag, neues Glück. Heute Abend ist ja das Orgelkonzert. Bitte nicht vergessen, falls Sie Wellness machen wollen.
Um 19 Uhr geht es los. Wir sollten dann schon möglichst eine halbe Stunde früher dort sein."
Florian nickte, obwohl er sich noch gar nicht sicher darüber war, ob er sich zu dieser Zeit überhaupt noch auf der Urlaubsinsel befinden würde.
Vielleicht saß er dann schon längst in seinem 1302er, um mit Höchstgeschwindigkeit Richtung Frankfurt zu brettern, mit oder ohne Ingrid.
"Lassen Sie uns doch ans Buffet gehen, hier gibt es ein sensationelles Frühstück. Das Problem ist nur, dass ich morgens immer keinen richtigen Appetit habe, wenn ich am Abend zuvor reichlich gespeist habe. Aber egal, hier darf man einfach nicht verzichten, das wäre nun wirklich eine unverzeihliche Sünde."
Florian entschied sich in erster Linie für ein süßes Frühstück, während Ingrid eine herzhafte Variante wählte. Als sie wieder gemeinsam am Tisch saßen und frühstückten,

beschrieb sie noch mal die Probleme der letzten Nacht in ausführlicher Form. Dabei schweifte er gedanklich mit der Zeit ab.
Was sprach eigentlich dagegen, sie jetzt gleich auf die fehlgeleitete Mail anzusprechen?
Wieso war er überhaupt auf die Idee gekommen, sie direkt an der roten Düne davon abbringen zu wollen? Weil es tief in seinem Innern ein Hang zur Dramatik gab? Konnte er sie tatsächlich vor Ort besser von ihrem grausigen Plan abhalten? Dann würde sie sehen, dass er wegen ihr sogar die ganze verdammte Nacht Wache halten würde. Irgendwie hatte er selbst keine Ahnung, was ihn tatsächlich antrieb.
Sie hob gerade ihre Kaffeetasse an, um einen Schluck davon zu nehmen, als er sich innerlich bereit machte, das entscheidende Thema anzusprechen.
Sollte er dabei gleich auf den Punkt kommen oder erst mal vorsichtig ein paar erste Andeutungen machen? Ihre Hand zitterte so stark, dass sie Mühe hatte, einen Schluck zu trinken.
"Auch das wird immer schlimmer. Das hat auch mit den Nerven zu tun, da stimmt so vieles nicht mehr. Diese Krankheit ist wirklich unbeschreiblich, man kann sie nicht begreifen und schon gar nicht in Worte fassen. Damit ist es kein Spaß, alt zu werden, glauben Sie mir das?"
Florian nickte und wollte gerade mit der Sprache herausrücken, als sie sich überraschend verabschiedete.
"Seien Sie mir bitte nicht böse, aber mir geht es gerade nicht gut. Ich melde mich wieder bei Ihnen."
Sie erhob sich ächzend und verließ dann mit ihrer typischen leicht erhabenen Art den Saal. Als er sich noch eine Tasse Kaffee einschenkte und sein Dinkelmüsli verspeiste, startete er sein Smartphone.

Wann würde der nächste Film von Anna eintreffen? Inzwischen war er extrem ungeduldig geworden, das verwunderte ihn selbst.
Wieder und wieder hatte er sich in der Nacht die Szene angeschaut, als sie sich den BH ausgezogen hatte. Am liebsten hätte er auch jetzt wieder diesen Film gestartet, aber die Bedienung kam zu oft an seinen Tisch, um etwas abzuräumen oder zu hinterfragen.

Gerade dieser Gedanke hatte auch etwas Verblüffendes, weil sie ja doch eher der ernsthafte Typ Frau war. Jedenfalls war aus seiner Sicht die Ernsthaftigkeit in ihr tolles Gesicht gemeißelt. Sie konnte lachen und strahlen wie sie wollte, diesen ernsten Zug verlor sie für den aufmerksamen Betrachter trotzdem keine Sekunde lang.
Tatjanas Gesicht hatte dagegen weitaus mehr positive Züge.
Aber warum konnte er sich ihr Gesicht nicht bildhaft vor Augen führen? Warum spürte er keine Zärtlichkeit mehr für sie?
Wenn sie ihm fehlte, dann hatte das immer nur mit sexuellen Wünschen zu tun. Wenn er jemand vermisste, dann war es Annina.
Florian beobachtete noch ein paar Hotelgäste. Wenn er als nächstes seine Koffer packte, sich anschließend wegen einer vorgetäuschten Krankheit von Ingrid verabschiedete und dann auf den Weg nach Frankfurt machte, würde er bald genauso reich sein.

Mit dieser Überlegung verließ auch er den Speisesaal. Als er schließlich wieder auf seinem Zimmer war, suchte er die Nachricht mit dem Foto der kranken Annina.

Tatjana hatte sogar eine falsche offizielle Nachricht beigefügt, die er Ingrid als zusätzlichen Beweis zeigen sollte. Er blickte in den Spiegel und probte einen passenden Text. Dabei musste er immer wieder kurz unterbrechen, weil er sich versprochen hatte.
"Frau Leitner, es gibt ein Problem. Annina hat über 40 Grad Fieber. Meine Frau will, dass ich sofort nach Hause komme. Wir müssen beide für sie da sein. Ich muss also abreisen. Sie verstehen das bestimmt. Das tut mir wirklich leid, aber ich kann ja..."
Florian langte nach dem Zahnputzbecher und schleuderte ihn mit Wucht gegen eine Wand.

INGRID, NORDERNEY

Ingrid Leitner fühlte sich inzwischen wieder besser. Der im Speisesaal plötzlich aufgetretene Schwindel hatte sie auf dem falschen Fuß erwischt. Vielleicht hatte sie zuletzt auch zu wenig getrunken.
Daher trank sie jetzt ein Glas Wasser und überlegte, ob sie eine Runde ans Meer gehen sollte. Bis zum Konzert blieben noch zwei Stunden.
Danach wollte sie Florian die Geschichte ihres Mannes erzählen.
Bislang wusste er nur, dass er kurz nach der Geburt von Katrin verstorben war. Darüber hinaus wusste er auch, wie sehr sie ihn damals geliebt hatte.
Mit seinem Sprung vom Balkon des Hotels Heraklion war nicht nur das Leben ihres Mannes zu Ende gegangen, sondern auch in gewisser Weise ihr eigenes. Seitdem waren zwar viele Jahre vorübergegangen, trotzdem

schien diese Zeit immer noch ganz nah zu sein.
Wie viele Nächte hatte sie schon von seinem Sprung aus dem achten Stock dieses entsetzlichen Hotels auf Kreta geträumt? Immer wieder und wieder hatte sie den Hotelchef bildhaft vor Augen, wie er sie auf die Leiche ihres Mannes angesprochen hatte.
Man hatte ihn mit gänzlich zertrümmertem Kopf auf der Terrasse gefunden, wo sie zuvor immer gefrühstückt hatten. Sie sah jeden Tag dieses Bild von ihm, wie er dort auf dem Steinboden lag, grob bedeckt von einer blauen Decke. Die Arme und Beine unnatürlich verdreht und Drumherum eine erschreckend große Blutlache.

Dieses Bild hatte sie seither nicht mehr aus dem Kopf bekommen, es verfolgte sie. Insbesondere in der Nacht drang es immer wieder aus ihrem Unterbewusstsein in ihre Träume, um sie schließlich aus dem Schlaf zu reißen. Wie oft war sie deswegen schon schweißgebadet aufgeschreckt? Sie hatte einfach genug davon, hielt das alles nicht mehr lange aus.
Damals hatte sie tief und fest geschlafen, als es passiert war. Am nächsten Morgen hatte der Hotelchef gegen ihre Türe gehämmert, um ihr zu verkünden, dass irgendwann in der letzten Nacht die Welt untergegangen sei.

Ja, das ist tatsächlich mein Mann, hörte sie sich nun wieder zu diesem Mann sagen, dessen Augen voller Mitgefühl waren, als ihr Smartphone piepste.

"Hallo Katrin."
"Mama, bitte entschuldige. Ich will dir nur sagen, dass du es nicht tun darfst. Ich…, ich bin gerade in Norddeich. Aber die Fähre fährt nicht, weil die See zu stürmisch ist.

Bitte Mama..."
"Du musst jetzt nicht gleich weinen, Katrin. Noch ist nichts passiert."
"Doch schon, ich hab Uwe verlassen. Dieses verdammte Schwein. Sorry, Mama, aber..."
"Mein Gott, Katrin, was ist denn passiert? Oder nein, bitte jetzt nicht am Telefon. Komm, beruhige dich erst mal. Du kommst einfach morgen mit der Fähre. Es gibt es eine positive Wettervorhersage. Mach dich jetzt nicht verrückt, es wird schon alles wieder gut."
"Aber Mama, ich habe deine Mail gelesen. Sie ist niemals bei Lieselotte angekommen. Verstehst du jetzt?"
"Darüber reden wir ebenfalls besser morgen. Komm, beruhige dich wieder. Mach dir jetzt keine Sorgen mehr. Nimm morgen gleich die erste Fähre. Ich warte auf dich in der Milchbar."

Ingrid legte auf und wunderte sich über Katrin, die sie seit ihrer Kindheit noch nie so aufgelöst erlebt hatte. Mit einem einzigen Anruf ändert sich plötzlich so vieles, dachte sie und blickte hinaus auf das stürmische Meer. Was ist wohl vorgefallen? Bislang hat sie diesen komischen Typen ja immer nur verherrlicht und nun verflucht sie ihn plötzlich.
Das riecht verdächtig nach Untreue.
Aber viel wichtiger ist ja, dass sie auf die Mail reagiert hat und nun Angst um mich hat. Das Leben mischt die Karten immer wieder aufs Neue, daher wird es auch nie langweilig. Uwe hin oder her, ich hab mich sowieso auf Katrin verlassen.
Ingrid fühlte Wärme in ihren Körper hineinströmen. Dieser Anruf war nicht nur bedeutsam sondern viel mehr eine Änderung des Lebensweges. Dort, wo nur noch

Schatten und Dunkelheit dominiert hatten, war nun plötzlich Licht und Wärme. So sehr sie sich jetzt über die jüngsten Entwicklungen freute, so sehr machte sie sich doch auch gleich wieder Sorgen. Katrin stand eindeutig unter Schock.
Den Lover hat sie zwar los, andererseits ist sie damit auch alleine. Ein neuer Freund ist ja erst mal nicht in Sicht. Ich befürchte sogar, dass sie es nicht mehr rechtzeitig schafft, dachte Ingrid Leitner, als sie die Zimmerbar öffnete und den obligatorischen Pikkolo herausnahm. Das Thema Kind könnte sich jetzt endgültig erledigt haben. Aber das wird noch lange dauern, bis sie das auch so sehen kann. Für sie ist jetzt erst mal nur Weltuntergangsstimmung.

Ingrid überlegte kurz, ob sie Katrin zurückrufen sollte, verwarf diese Idee jedoch gleich wieder. Ein wenig Zurückhaltung war nun die beste Lösung. Trotz allem musste sie jetzt ständig darüber nachdenken, wie groß die Chance auf ein gesundes Kind war. Katrin war bald an der biologischen Grenze angelangt, hatte offensichtlich zu viel Zeit vergeudet. Die Zeit kannte aber keine Gnade, sie ließ sich nicht gerne verschwenden. Wenn man glaubte, alle Zeit der Welt zu haben, kam meistens am Ende eine ziemlich gesalzene Rechnung. Die Zeit und sowieso das Leben an sich forderten Ehrfurcht, weil eben nichts auf dieser Welt selbstverständlich war.
Sie trank nun direkt aus der kleinen Flasche, ohne sich wieder zu verschlucken, wie es ihr in letzter Zeit so oft passiert war. Leider war Katrin kein Männertyp, sie war viel mehr ein Mauerblümchen, daran war großartig nichts zu ändern.
Weder konnte sie mit einem hübschen Gesicht punkten

noch mit einer guten Figur.

Seit sie auf diesem komischen Low-Carb-Trip ist, sind die Aussichten umso schlechter geworden. Welcher normale Mann steht schon auf dürre Frauen so ganz ohne Kurven? Sie ist einfach viel zu dünn. Man muss sich ernsthaft Sorgen um ihre Zukunft machen. Florian wäre ja der perfekte Mann für sie, dachte Ingrid, während sie den letzten Schluck aus der Flasche genoss. Doch er ist ja bereits in festen Händen.

Aber wäre er das nicht, würde er sich mit Sicherheit nicht für sie interessieren.

Sie haben sich ja auch bislang kaum etwas zu sagen gehabt, wenn sie sich mal begegnet sind. Ein solcher Mann wie er ist unerreichbar, man darf sich diesbezüglich keine falschen Hoffnungen machen.

Florian ist ein Frauentyp. Seine Frau sieht zwar nicht atemberaubend gut aus, aber trotzdem ist sie deutlich attraktiver als Katrin. Keine Chance. Nicht mehr weiter darüber nachdenken, das ist einfach nur sinnlos.

Ingrid fühlte sich etwas beschwipst. Inzwischen vertrug sie nicht mal mehr ein kleines Fläschchen Sekt, das musste ihr doch ernsthaft zu denken geben.

Sie schaute auf die Uhr und schrieb anschließend Mails an Katrin und Florian.

FLORIAN, NORDERNEY

Florian hatte seine beste Garderobe ausgewählt, als ihm noch eine Stunde Zeit blieb, bis er Ingrid abholen würde. Im Rhythmus von fünf Minuten schaute er auf die Uhr. Einerseits war er voller Vorfreude auf das Orgelkonzert in der evangelischen Kirche, andererseits machte er sich Sorgen um seine Familie.
Tatjana hatte inzwischen ein Foto von den gepackten Koffern geschickt, ohne auch nur ein Wort hinzuzufügen. Bislang hatte er ihr noch nicht geantwortet, er fühlte sich überfordert. Inzwischen blieb ihm nicht mehr viel Zeit, um eine Entscheidung zu treffen. Tatjana hatte offensichtlich ihren Kurs geändert und sich für einen Weg mit oder ohne ihn entschieden. Während er sich darüber den Kopf zerbrach, rief ihn Annina an.
"Wann kommst du denn endlich? Mama ist ziemlich sauer. Sie hat unsere Sachen gepackt. Was bedeutet das? Warum kommst du denn nicht nach Hause?"
"Hallo meine Süße. Ich hab einfach noch etwas Wichtiges zu tun. Deswegen kann ich heute noch nicht nach Hause kommen."
"Und morgen? Kommst du dann nach Hause?"
"Am Sonntag, Annina. Die Zeit vergeht schnell, glaub mir. Vertraue mir, ich lasse dich nie im Stich."
"Gib mir mal das Telefon, Annina. Floi, ich bin´s. Bist du immer noch auf der Insel?"
"Hi Tati, ja, ich konnte noch nicht ..."
"Du hättest mich nicht mal angerufen, oder? Schämst du dich eigentlich überhaupt nicht? Vor allem wegen Annina?"
"Glaub mir, ich denke oft an euch. Und ich bin total traurig, aber ..."
"Du kommst also nicht?"

„Noch nicht, Tati. Noch nicht. Aber es dauert ja nicht mehr lange."

Sollte er ihr bei dieser Gelegenheit nicht endlich mal die Meinung sagen? Ständig diese Drohungen und Erpressungsversuche.
"Du willst sie also tatsächlich aufhalten? Ich fasse es nicht. Dir ist doch nicht mehr zu helfen. Du zerstörst gerade alles. Weißt du das überhaupt? Was hast du dir eigentlich beim Anblick der gepackten Koffer gedacht? Du denkst wohl, dass ich nur so tue als ob, oder? Nein, sag jetzt nichts! Du kommst sowieso nicht auf den Punkt. Ich leg jetzt auf und morgen sind Annina und ich bei Joelle. Dann werden wir ja mal sehen."

Florian wollte gerade seinen ganzen Frust loswerden, als seine Frau aufgelegt hatte. Sollte er gleich zurückrufen, um die Dinge klarzustellen?
Warum konnte ihm niemand sagen, was er am besten zu tun hatte?
Andererseits hatte er ja auch bislang nicht alle Möglichkeiten ausgeschöpft. Warum fragte er nicht einfach Ingrid, was er nun in Sachen Anna tun sollte? Sie hatte sicher den passenden Rat auf Lager. Wenn er Ingrid nicht um ihren Rat bat, war er genau genommen auf sich alleine gestellt. Vielleicht war er schon längst verloren, nur hatte er diesen Gedanken bislang immer in bester Manier verdrängt.
Florian warf nun einen Blick auf seine Badetasche, die inzwischen wieder komplett in Ordnung gebracht worden war.
Warum hatte er wieder nicht das SPA in Anspruch genommen? Warum machte er sich selbst das Leben so

schwer? Weshalb war aus ihm nur ein Versager geworden? Im nächsten Moment dachte er wieder an Ann, die für ihn inzwischen wie ein leuchtender Stern war. Hatte sie ihm nicht schon längst ein neues Video geschickt? Wieso hatte er noch nicht nach neuen Nachrichten Ausschau gehalten?
Einerseits spürte er eine glühende Vorfreude, wenn er an ihren Strip dachte, andererseits wuchs parallel dazu auch immer mehr die Sorge in ihm. Hatte er überhaupt noch eine gewisse Kontrolle über die Situation? Mit großer Wahrscheinlichkeit war er nur noch ein Spielball irgendeines Schicksals, das er, wenn er sich anstrengte, höchstens erahnen konnte.

Mit dem Smartphone in der Hand ließ er sich rücklings aufs Bett fallen. Fast schien es ihm jetzt, als landete er mit dem Kopf in Zeitlupe auf dem kuscheligen Kopfkissen.
Schon im nächsten Moment tippte er mit seinem linken Zeigefinger auf die Whatsapp und stieß auf drei neue Nachrichten. Wie er es vorausgehen hatte, waren sie allesamt von Anna, die er sich jetzt zu sich wünschte. Doch leider lagen viel zu viele Kilometer und Probleme zwischen ihnen. Tatjana würde total ausflippen, wenn sie ihn jetzt sehen könnte. Sie würde Schluss machen.

Mit allen möglichen rechnete sie vermutlich, aber sicher nicht mit einer Affäre. Anna war so weit von ihm entfernt und dennoch stand sie ihm so erstaunlich nahe, weswegen er für sich selbst keine vernünftige Erklärung finden konnte. In Wirklichkeit befand er sich nicht nur auf dieser Urlaubsinsel, sondern in einer ganz anderen Dimension. Lichtjahre entfernt von Tatjanas Welt, die ihm von Tag zu

Tag fremder wurde. Sie saß also auf gepackten Koffern und hatte kein Verständnis mehr für seine eigene Situation. Florian schaute sich die erste Nachricht von Anna an.

WhatsApp-Nachricht von Anna Maroldt. An Florian Herfurth, 18:04 Uhr

„Hatte Frühdienst. War viel los. Bist du gerade im Hotelzimmer? Welche Zimmernummer? Sag mal, wie viele Videos hab ich dir eigentlich schon geschickt? Weißt Du es? Ja, genau! Bisher 6. Jetzt kommt gleich Nummer 7. Willst Du mit mir abheben? Tausend zärtliche Küsse von Ann."

Er rieb sich die Stirn, bevor er das nächste Video startete. Nachdem er schließlich auf Play gedrückt hatte, hielt er kurz die Luft an.
Schon im nächsten Moment tanzte dieses bezaubernde Wesen nur für ihn allein. Sie hatte nur noch ihre Hosen und Socken an. Eine halbe Ewigkeit schien verstrichen zu sein, bis sie endlich damit anfing, den Reißverschluss nach unten zu ziehen. Florian schaute zwischenzeitlich mal auf die Uhr, weil er nicht zu spät zum Konzert kommen wollte.
Ingrid würde ihm das niemals verzeihen. Nachdem Anna endlich den Reißverschluss nach unten gezogen hatte, ging das Video auch schon zu Ende.
Warum hörte sie jetzt nicht einfach mit diesem Wahnsinn auf?
Inzwischen hatte er ja schon viel zu viel von ihr gesehen, um einen Rückzieher machen zu können.

Nur noch zwei Minuten, dann würde er vernünftig werden und ihr die Wahrheit sagen. Bislang hatte sie ja nicht mal den blassesten Schimmer davon, in welcher komplizierten Situation er tatsächlich steckte. Warum hatte er nicht gleich seine Familie erwähnt? Eigentlich war es doch nicht zu verantworten, dass er ihr unnötige Hoffnungen machte.

Genau betrachtet war er nur ein Scheißtyp, der in jeder Situation nur an sich selbst dachte. Er war nur ein Zerstörer von Traumwelten. Schon damals hatte er alles falsch gemacht, als er sich zu ihr ins Auto gesetzt und ihr seine Hilfe angeboten hatte. Jeder normale Typ wäre einfach weitergegangen.

Sein Leben war eine Ansammlung von Fehlern, die andere Menschen unnötig verletzen.

Zwar wollte er das Richtige tun, aber in Wirklichkeit war er ein rücksichtsloses Monster, das keine Gefühle kannte.

Dieser Gedanke trieb ihn fast zum Wahnsinn, er musste Luft schnappen gehen. Florian schaltete sein Smartphone aus, ohne Anna ein passendes Feedback geschickt zu haben. Als er sich für das Orgelkonzert startklar machte, verfluchte er sich selbst.

Dieses Konzert war vermutlich nicht nur ein x-beliebiges, es war viel mehr von größter Bedeutung. Ingrid würde mit vermutlich ein paar letzte Stoßgebete Richtung Himmel schicken, weil sie ja ihrem Leben in dieser oder spätestens in der nächsten Nacht ein Ende setzen wollte. Er blieb auf der Insel, um sie davon abzuhalten, das schwor er sich in jenem Moment, als er die Zimmertüre hinter sich zuzog.

INGRID, NORDERNEY

Die evangelische Kirche war bereits aus der Entfernung zu sehen, sie befand sich mitten im Herzen der Insel.
Ingrid freute sich, weil nicht nur ein großartiges Konzert bevorstand, sondern weil sie auch in bester Begleitung war. Florian sah einfach prächtig aus, sie war extrem stolz auf ihn.
Wie immer ging er mit schlaksigen Schritten neben ihr und sagte nur das Nötigste. Er war nun mal ein Minimalist, der es aber faustdick hinter den Ohren hatte. Gleich im Anschluss an das Konzert wollte sie ihm die ganze Wahrheit über Hans-Jürgen berichten.

Es war an der Zeit für Offenheit. Gleichzeitig hoffte sie auch auf seine Aufrichtigkeit, denn irgendetwas schien nicht in Ordnung zu sein. Andererseits trug er ja ständig dieses Wissen in sich, dass sie sich bald von dieser Welt verabschiedete, um ihm ihre Häuser zu vererben.

Bislang machte er noch einen halbwegs gefassten Eindruck auf sie, aber in seinem Innern wütete es mit Sicherheit.
Seine komische Frau war ja alles andere als ein Unschuldslamm, sie setzte ihn ziemlich übel zu. Von dieser Tatjana hielt sie überhaupt nichts. Wie war er nur an sie geraten? Während er ein besonderer Mensch ist, ist sie eine ganz gewöhnliche und einfältige Person geblieben, die ihn nicht verdient, dachte sie.
Warum gewöhnt man sich immer so schnell an das Falsche? Warum vergeben die wertvollsten Menschen immer wieder ihre Herzen an Idioten?
Warum hat Katrin sich diesem Dreckskerl ausgeliefert? Er ist doch von Anfang an einfach zu durchschauen gewe-

sen, dachte Ingrid, als sie die letzten Meter neben Florian ging.

Die Menschen, ganz gleich mit welchem Bildungsgrad, lassen sich immer wieder blenden und täuschen. Sie glauben, das Leben zu verstehen, aber in Wirklichkeit verstehen sie nichts. Vom klaren Verstand sind die Meisten ja Lichtjahre entfernt. Ich gehöre vermutlich auch dazu. Aber zumindest habe ich das ja schon mal verstanden.

"Schauen Sie, Florian, es war gut und richtig, etwas früher gekommen zu sein. Diese Konzerte sind immer stark frequentiert. Sie werden es nicht mehr vergessen, das kann ich schon jetzt versprechen."

Sobald die Sonaten von Bach erklangen, wollte sie nach langer Zeit wieder mal beten.

Dabei hoffte sie auf ein Zeichen, wann genau der richtige Zeitpunkt für ihren Abschied kommen würde. Jedenfalls noch nicht während dieses Aufenthaltes, das stand schon mal fest.

Aber dieser Gedanke an den Abschied verblasste bereits im nächsten Moment.

Diese Reise war in gewisser Weise eine Einleitung für den spektakulären Hauptteil, der in absehbarer Zeit folgen würde.

KATRIN, NORDDEICH

Obwohl Katrin Pech mit der Fähre gehabt hatte, lief es mit der Hotelsuche umso besser.
Gleich in unmittelbarer Nähe zur Fähre gab es ein luxuriöses Hotel mit Pool und SPA. Entspannung war nach diesem ganzen Stress genau das richtige Mittel für sie, um wieder in die richtige Balance kommen zu können.
Katrin Leitner betrat nun ihr Hotelzimmer mit Meerblick, für das sie knapp 300 € mit Frühstück bezahlen musste. Das war zwar nicht gerade ein Schnäppchen, aber es gab nun mal keine passende Alternative.
Wenn sie sich schon so schrecklich fühlte, musste wenigstens ihr Umfeld schön sein. Während sie ihr Gepäck verstaute, dachte sie an das letzte Gespräch mit ihrer Mutter, die zum Glück am nächsten Tag auf sie wartete.

Was steckte nur hinter ihrem Verhalten? Musste sie noch immer mit dem Schlimmsten rechnen? Eine solche Katastrophe konnte und wollte sie jetzt nicht mehr ertragen, denn ihre Nerven lagen blank. Sie schaute hinaus aufs Meer und dachte im nächsten Moment wieder an Uwe, den sie ab sofort nur noch als ihren Ex bezeichnen würde.
Vor allem würde sie ihn bei jeder sich bietenden Gelegenheit als ihren größten Fehler werten.
Sie wählte sich ins WLAN des Hotels ein und recherchierte selbst die Wettervorhersage für den nächsten Tag.
Ihre Mutter hatte Recht gehabt, es war sogar Sonne vorhergesagt.
Um 8:15 Uhr würde sie mit der Fähre hinüber auf die Insel fahren, die sie noch gut aus ihrer Kindheit in Erinnerung hatte. Sie erinnerte sich noch an unzählige Wasserstraßen, die sie am Strand gegraben hatte und an extrem

starken Wind, der sie oftmals fast umgeblasen hatte. Wenn sie ganz normal gehen wollte, hielt sie der Wind auf der Stelle fest. Sie steckte dann immer beide Arme aus und lehnte sich nach vorne, ohne umzufallen, das war immer ein schönes Gefühl.

Inzwischen war sie weit entfernt von solch einem Gefühl, es ging ihr beschissen.
Das alles nur wegen diesem Mistkerl, der sie auf so hinterhältige Weise verraten und im Stich gelassen hatte. Seit sie ihn verlassen hatte, hatte er ihr zehn Nachrichten geschickt. Er bedauere diesen großen Fehler, dafür entschuldige er sich. Und er schwöre ihr, er werde niemals mehr so einen Mist bauen.
Er habe viel nachgedacht und bereue jetzt alles und verstehe sie, trotzdem solle sie wieder zurückkommen, er wolle für immer mit ihr zusammen bleiben und gemeinsam alt werden und Kinder haben. Jeder mache doch mal einen großen Fehler im Leben.

Sie hatte genug von all diesen sich immer wiederholenden Aussagen und schrieb ihm ein letztes Mal, er solle sich endlich und endgültig zum Teufel scheren. Beim Abschicken dieser Nachricht hatte sie ein gutes Gefühl, weil sie die richtige Entscheidung getroffen hatte.
Aus der Entfernung heraus konnte sie das nun eindeutig erkennen. Nachdem sie gesehen hatte, dass er die Nachricht gelesen hatte, löschte sie ihn aus ihren Kontakten. Als nächstes zog sie sich ihren Badeanzug an, um eine Runde schwimmen zu gehen. Auf dem Weg dorthin kam ihr plötzlich die Idee, Michi Kreuzer eine Nachricht zu schicken.
Er war ein besonders netter Kollege, der es schon lange

auf sie abgesehen hatte. Aber sie hatte sich immer an seinem Übergewicht gestört, eigentlich war das keine gute Idee gewesen. Michi war ja wirklich der netteste Typ weit und breit und sie hatte ihn bisher immer abblitzen lassen, wenn er mal wieder einen Versuch gestartet hatte, sie anzubaggern. Gleich nach dem Schwimmen würde sie ihm eine WhatsApp schreiben und ihn fragen, ob er in den nächsten Tagen mit ihr essen gehen wolle.

Am wichtigsten war jetzt aber mit großem Abstand zu allen anderen Themen, ihre Mutter von ihrem Vorhaben abzubringen, dafür wollte sie alles geben, was in ihrer Macht stand.
Es reichte doch schon aus, ein Elternteil auf diese Weise verloren zu haben, diese Tatsache hatte sie ja immer noch nicht verarbeitet. Katrin tauchte nun eine ganze Bahn und kam dabei auf die Idee, dass ihre Mutter vermutlich deswegen dieses verdammte MS bekommen hatte, weil sie immerzu trauerte. Sie selbst hatte doch alles immer nur verharmlost und ihre Krankheit sogar verniedlicht.
Aber es war eine schlimme Sache und war ihre Mutter jetzt in einer Krise.
Wenn man vom einzigen Kind keine ausreichende Anteilnahme bekam, musste einen das doch umso mehr herunterziehen.
Sie tauchte auf und schnappte nach Luft und fühlte sich dabei endlich wieder lebendig. Nach nur zwei Tagen hatte sie eine negative Bilanz von acht verschwendeten Jahren mit Uwe gezogen.
Schon im nächsten Moment ärgerte sie sich über diese Überlegung.
Warum dachte sie an eine Bilanz, wenn sie ihr eigenes

Leben reflektierte? Das war doch ganz die Denkweise von Uwe, der das ganze Leben als ein Projekt betrachtete, das am Ende mit einer Bilanz abgeschlossen werden musste.
Für ihn war sie immer nur ein Teil einer Statistik gewesen, nur hatte sie diese Erkenntnis von Anfang an perfekt verdrängt und sich eine verlogene heile Welt konstruiert.
"Ich wünsche dir alles Schlechte dieser Welt, du verdammter Dreckskerl!"
Sie hatte einen Hotelgast nicht wahrgenommen, der gerade am Beckenrand neben ihr mit den Füßen paddelte und sie verdutzt anschaute.
"Sorry, ich meine nicht Sie. Ich habe nur laut gedacht, entschuldigen Sie."
Der etwa gleichaltriger und verdammt gut aussehende Typ lächelte sie nun schelmisch an, bevor er wieder seine Bahnen fortsetzte.

FLORIAN, NORDERNEY

Nach dem Orgelkonzert blieb er noch eine Weile mit Ingrid vor der Kirche stehen, obwohl das Wetter ungemütlich war.
Florian hatte in der Kirche gebetet, es möge am Ende doch noch alles gut ausgehen, obwohl es momentan keineswegs danach aussah. Wenn er sich nicht getäuscht hatte, hatte auch Ingrid ein paar Gebete Richtung Himmel abgeschickt.
Wahrscheinlich war sie inzwischen mit den Gedanken nur noch mit ihrem letzten Vorhaben beschäftigt.
Noch immer konnte er es einfach nicht fassen, wie es überhaupt so weit hatte kommen können. Zwar verlief ihre Krankheit in letzter Zeit deutlich schlechter, aber ihr Leben war doch trotzdem schön und abwechslungsreich. Meistens machte sie ja auch einen positiven Eindruck auf ihn und lachte am Tag häufiger als Tatjana. Vielleicht war dieser Eindruck aber auch falsch und in Wirklichkeit herrschte tief in ihrem Innern nur noch Dunkelheit.

Jetzt strahlte sie ihn auch wieder an, obwohl sie doch eigentlich ganz ernst sein müsste, weil ihre Zeit ablief.
"Ich bin noch immer ganz ergriffen, Florian. Geht es Ihnen auch so? Glauben Sie eigentlich an Gott?"
Bei dieser Frage erwischte sie eine so starke Windböe, dass Ingrid ins Straucheln geriet und er sie gerade noch auffangen konnte.
"Du meine Güte! Danke, Florian, Sie sind ein wahrer Retter."
Einen Moment lang sah er etwas in ihren Augen aufblitzen, das er aber nicht deuten konnte.
"Das Wetter passt ja perfekt zu der Dramatik des Konzertes. Ja, ich glaube schon. Aber ich bete wohl zu selten

und gehe ehrlich gesagt nur noch ganz ganz selten in die Kirche. Liebe aber Kirchen, das ist sicher ein Widerspruch, ich weiß."
"Das geht doch vielen Leuten so. Ich zähle auch dazu, deswegen nutzte ich ja auch immer gerne solche Gelegenheiten."
"Wenn ich nicht glauben würde, ich weiß nicht, dann wäre einfach alles sinnlos und auch aussichtslos."
"Das haben Sie jetzt sehr schön gesagt, Florian. Kommen Sie, lassen Sie uns noch eine Runde am Strand spazieren gehen.
Das Wetter ist zwar nicht einladend, aber auch das gefällt mir."

In diesem Moment hatte er kurz das Gefühl, sie wollte ihn an die Hand nehmen wie einen Sohn. Jedenfalls hätte er es zugelassen.
In wenigen Stunden würde er sich alleine auf den Weg zu dieser roten Düne machen und auf sie warten. Er durfte nur nicht einschlafen, obwohl er müde war.
Gegen ein Uhr in der Nacht würde er das Hotel verlassen und dann so schnell wie nur möglich die Strecke bis zum Zielort hinter sich bringen.
Damit wollte er die Müdigkeit aus seinem Körper vertreiben. Während er in gemäßigtem Tempo neben ihr trottete, übernahmen ihn verschiedene Erinnerungen, die mit ihr zu tun hatten.
"Wer hier auf Norderney ist und nicht an Gott glauben kann, dem ist meiner Ansicht nach nicht mehr zu helfen. Schauen Sie nur, wie wundervoll diese Landschaft ist, so etwas kann niemals zufällig entstehen. Dahinter kann nur ein ganz großer Masterplan stehen. Mit unseren begrenzten geistigen Möglichkeiten können wir ihn aber

nur ansatzweise verstehen."
Im Laufe dieses Tages hatte er gleich zwei vernünftige Pläne verworfen. Irgendetwas hatte ihn von der Umsetzung abgehalten, wahrscheinlich konnte es nur eine göttliche Kraft gewesen sein.

Was würde passieren, wenn er am Mittag tatsächlich abgereist wäre? Ingrids Tod hätte er sich jedenfalls sein ganzes Leben lang nicht mehr verzeihen können. Allein diesen für ihn wichtigen Punkt seiner Frau näher zu bringen, war irgendwie ein aussichtsloses Unterfangen. Andererseits musste er sich ja auch fragen, ob er wirklich genügend Anstrengungen unternommen hatte. Vielleicht hatte er es sich ja so leicht wie möglich gemacht, um seine Rolle selbstverliebt weiterspielen zu können.
Bei dem Gedanken an die enttäuschte Annina fühlte er sich schlecht, er hätte jetzt sogar weinen können. Es fehlte nur noch ein Funke, um seine Seele explodieren zu lassen.
Annina verstand jetzt sicher die Welt nicht mehr. Warum kam er nicht nach Hause, weswegen die Mama die Koffer packte? Warum erklärte ihr niemand, was zurzeit falsch zu laufen schien? Tatjana war mit einem Mal resolut, das war eine neue Seite an ihr.
Wie ernst meinte sie es wirklich? Würde sie tatsächlich mit Annina bei ihrer besten Freundin einziehen? Aber auch das würde noch lange nicht das Aus bedeuten.

"Geht es Ihnen nicht gut, Florian?" Belastet Sie etwas? Es hat mit der Arbeit zu tun, nicht? Wissen Sie, ich wollte Ihnen schon längst mal etwas sagen."

Sie legte eine kleine Sprechpause ein, um möglichst viel

Spannung aufzubauen, das war sowieso eine Spezialität von ihr.
"Wissen Sie, mein Hans-Jürgen hat sich damals im Urlaub vom Balkon in die Tiefe gestürzt. Er muss sofort tot gewesen sein. Ich habe das bislang noch nicht erzählt, aber jetzt scheint mir der richtige Moment gekommen zu sein. Er hat das getan, obwohl ich die große Liebe seines Lebens gewesen bin."
"Das tut mir wahnsinnig leid. Ich weiß jetzt gar nicht …"
"Dazu können Sie auch schlecht etwas sagen. Ich erwarte keine passenden Worte, weil es sie nicht gibt. Hans-Jürgen hat keinen Ausweg mehr gesehen. Er hat damals geglaubt, für alle Zeiten bankrott zu sein. Hätte er mir rechtzeitig seine beruflichen Probleme mitgeteilt, dann wäre alles anders gekommen. Ich will nicht auf die Details eingehen, das würde nichts bringen.
Mir geht es jetzt vor allem um Ihre Zukunft. Wenn ich mich nicht täusche, leiden Sie doch unter ihrer derzeitigen beruflichen Situation, nicht?"

Florian nickte und überlegte, was sie mit dieser Frage bezweckte.
„Die Geschichte meines Mannes hat gleich zwei Aspekte, die auch Sie betreffen. Er hat damals einfach nicht mehr an sich geglaubt und zu früh aufgegeben. Ja, viel zu früh. Und Sie hätten damals nicht gleich aufgeben sollen, als es mit Ihrem Grafik-Atelier nicht gut genug gelaufen ist. Manchmal muss man erst durch einen dunklen Tunnel gehen, bis man endlich ins Licht kommt. Jedenfalls habe ich dann das Projekt von Hans-Jürgen ziemlich erfolgreich fortgeführt. Habe es immer nur für ihn getan, einfach aus Liebe zu ihm."
Sie waren zwischenzeitlich stehengeblieben, weil Ingrid

Leitner zu sehr außer Atem war. Sie blickten gemeinsam auf das stürmische Meer und beobachteten Möwen, die mit großem Geschick gegen den Wind anflogen. Allmählich war ihm klar, worauf sie hinauswollte.

Vielleicht war es tatsächlich noch nicht zu spät für einen weiteren Versuch über eine Selbständigkeit.
Warum hatte er damals nicht noch mal diverse Fehler überdacht, so wie es ihm auch Tatjana geraten hatte? Aber nein, er gab sich später lieber mit einigermaßen passablen Jobs zufrieden und scherte sich nicht länger um seine Träume.
Seitdem funktionierte er wie eine Marionette, Tag für Tag. Genau genommen war er schon seit Jahren nur noch ein Spielball von Leuten, die mit ihm gutes Geld verdienten. T.K. war dafür ja der beste Beweis, doch er war in der Branche keine Ausnahme. Fast alle angestellten Grafikdesigner waren unglücklich. Sie mussten immer härter arbeiten und ständig noch mehr dazulernen, ohne ausreichend Geld zu verdienen. Überall die gleiche Leier von schwierigen Auftragslagen und harten Konkurrenten.

"Versuchen Sie es doch einfach nochmals. Machen Sie das, was damals weniger gut gelaufen ist, einfach komplett anderes.
Schreiben Sie ihre Ideen auf und Sie werden sehen, dass Sie das schaffen können. Glauben Sie an sich, Florian. Ich glaube ganz fest an Sie. Und trauen Sie sich mehr zu. Sie verkaufen sich deutlich unter Wert, wenn ich das so deutlich sagen darf."
Ingrid hatte Recht, daher nickte er zustimmend. Im Moment fehlten ihm noch die passenden Worte, was sie zu ahnen schien, denn sie sprach einfach weiter, während

sie sich wieder auf den Weg machten. Eine Zeit lang fehlte ihm etwas die Orientierung, bis er erkannte, dass sie auf dem Weg zur roten Düne waren. Diese Feststellung beschleunigte seinen Puls.

"Es ist nie zu spät für einen Neuanfang. Glauben Sie mir, das habe ich nun wirklich in meinen Leben gelernt. Erarbeiten Sie sich einen neuen Businessplan und am besten auch ein neues Logo. Fangen Sie noch mal von vorne an. Ich habe ein gutes Gefühl und auch ein gewisses Gespür für Erfolgsgeschichten."

Eine Zeit lang gingen sie nur schweigend nebeneinander, auch das fühlte sich für ihn gut an. Als sie angekommen waren, zeigte sich, wie groß die Anstrengung für Ingrid gewesen war. Aber sie schaffte diese Strecke, dieser Gedanke erschreckte ihn jetzt.
"Oh, ich bin ja etwas außer Atem. Früher sind wir übrigens jeden Tag diese Strecke gelaufen und zwar ziemlich zügig, wenn ich das so sagen darf. Wir waren jeden Abend hier, bei Wind und Wetter. Immer mit Wein und Leckereien. Das war die beste Zeit meines Lebens. Schauen Sie, hier ..."
Sie zeigte auf eine Stelle, hinter der sich eine schöne Düne befand.
"Hier habe ich die schönsten Liebesmomente meines ganzen Lebens erlebt. Davon werde ich keine einzige Minute jemals vergessen."
Sie leuchtete mit einer Taschenlampe auf die besagte Stelle, wo sie sich anschließend hinsetzten. Das war vermutlich auch die Stelle, an der sie die Tabletten schlucken wollte.
"Liebe geht über alles, mein lieber Florian. Entscheiden

Sie sich immer für die wahre Liebe und nicht für die Vernunft. Ich weiß, ich stresse Sie gerade mit all meiner Offenheit. Aber ich finde, dass es heute Zeit dafür ist. Wir kennen uns schon so lange und Sie sind mir sehr ans Herz gewachsen. Deswegen möchte ich, dass Sie ein glückliches Leben führen."
"Das habe ich vor, Frau Leitner."
"Ach, sagen Sie sich nicht mehr Frau Leitner zu mir. Ich bin die Ingrid. Und ich habe dich gerne."
Florian musste lächeln, als sie ihm jetzt ganz klassisch die Hand anbot. Ingrid war so ziemlich die großartigste Person, die er bislang in seinem Leben kennengelernt hatte. Thema Liebe? Er liebte, das hatte sie richtig erkannt. Aber liebte er auch seine Frau? Hatte er sie eigentlich jemals geliebt? Während Ingrid aufs Meer hinausblickte, dachte Florian weiterhin über das Thema nach und kam zu keinem Ergebnis.

CHATS

WhatsApp-Nachricht von Anna Maroldt. An Florian Herfurth, 20:02 Uhr

"Hatte letzte Nacht einen wunderschönen Traum. Du bist bei mir gewesen und hast mich vor einer großen Gefahr gerettet. Ann."

WhatsApp-Nachricht von Tatjana Herfurth. An Joelle Boiniere, 20:02 Uhr

"Er kommt nicht. Daher kommen wir morgen wie besprochen. Wenn er von der Insel zurück ist, sind wir jedenfalls weg. Dann wird ihm hoffentlich ein Licht aufgehen. Du hast Recht. Man muss einfach ab einem gewissen Zeitpunkt hart in der Sache sein. LG, Tati."

WhatsApp-Nachricht von Anna Maroldt. An Florian Herfurth, 20:06 Uhr

"Schaue mir gerade eine Serie an. Lucifer. Aber ich komme nicht mit in der Handlung. Denke immer nur an Dich! So geht es ja eigentlich nur verliebten Teenies. Genauso fühle ich mich jetzt. Aufgewühlt. Ann in Love."

WhatsApp-Nachricht von Anna Maroldt. An Chiara Santoro, 20:07 Uhr

"Heute schicke ich ihm die restlichen Clips. Wie wird er wohl auf den letzten Film reagieren? Ist ja schon auch heftig, oder? Was machst Du?"

WhatsApp-Nachricht von Chiara Santoro. An Anna Maroldt, 20:08 Uhr

"Er wird nur noch an Dich denken, das ist doch vollkommen klar. Spätestens damit ist er hoffnungslos verloren. Und Du hast ihn an der kurzen Leine. Ich wünsche es Dir so sehr, Ann. Glaub mir, es wird ein gutes Ende nehmen. Und Dein Traum spricht ja auch eine klare Sprache. Fühle mich einsam. Alleinsein ist nichts für mich. Es muss nun endlich mal der Richtige kommen. Kann ich noch zu dir kommen? Bin so schrecklich einsam."

WhatsApp-Nachricht von Anna Maroldt. An Florian Herfurth, 20:10 Uhr

"Schicke Dir die letzten Filme. Also, dann geht es jetzt weiter. Melde Dich. Habe heute noch nichts von Dir gehört. Tausend Küsse, Ann."

WhatsApp-Nachricht von Anna Maroldt. An Chiara Santoro, 20:11 Uhr

"Gute Idee! Bin da. Warte auf dich."

WhatsApp-Nachricht von Katrin Leitner. An Michael Wollner, 20:11 Uhr

"Hallo Michi, was machst Du gerade? Irgendwelche Klassenarbeiten korrigieren? Arbeite nicht immer so viel. Weißt Du was? ..."

WhatsApp-Nachricht von Joelle Boiniere. An Tatjana Her-

furth, 20:14 Uhr

"Richtig so! Ich freue mich schon auf euch. Oben ist alles soweit vorbereitet. Ich habe ja Platz ohne Ende seit Markus weg ist. Zum Glück ist er weg. Ich vermisse ihn keine Minute. Du wirst sehen, du wirst Floi auch nicht vermissen. Er ist leider nur ein Egoist. Das ist so was von schade. Also, wir sehen uns dann."

WhatsApp-Nachricht von Katrin Leitner. An Michael Wollner, 20:15 Uhr

"... ich würde gerne mal mit Dir essen gehen. Was denkst Du? Hast Du Lust?"

WhatsApp-Nachricht von Anna Maroldt. An Florian Herfurth, 20:15 Uhr

"Wie gefällt Dir übrigens das Lied in diesem Clip? Es heißt Love hurts von Rea Garvey. Ich liebe es. Wollte es für den Schluss aufheben. Für den Höhepunkt. Aber nun ist es zu spät. Hoffe trotzdem, dass auch Du es liebst. Ich höre es gerade in Endlosschleife. Und dabei denke ich nur ..."

WhatsApp-Nachricht von Katrin Leitner. An Michael Wollner, 20:21 Uhr

"Will aber nicht aufdringlich sein, Michi. Jedenfalls würde ich mich sehr freuen. LG, Deine Kollegin, Katrin"

WhatsApp-Nachricht von Uwe Krömer. An Katrin Leitner, 20:21 Uhr

"Katrin, warum antwortest du mir nicht mehr? Ja, verdammt, ich habe den größten Fehler meines Lebens gemacht, das sehe ich ein. Warum gibst Du mir keine zweite Chance? Ich würde sie dir geben. Ohne dich geht nichts mehr voran. Wir wollten doch Kinder. Ich hätte es nicht tun dürfen. Ich weiß, ich weiß. Ich weiß! Verzeihe mir bitte. LG, Uwe."

WhatsApp-Nachricht von Anna Maroldt. An Florian Herfurth, 20:30 Uhr

"Und hier kommt schon der Nächste. Dann nur noch 2! Ann."
WhatsApp-Nachricht von Tatjana Herfurth. An Florian Herfurth, 20:30 Uhr

"ZERBRICH dir nicht immer so den Kopf! Gehe ins Bett. Schlafe. Und denke an nichts. Lass die Alte einfach machen."

WhatsApp-Nachricht von Michael Wollner. An Katrin Leitner, 20:30 Uhr

"Hallo Katrin, das ist jetzt aber mal eine Überraschung. Toll! Damit hab ich nun wirklich nicht gerechnet. Klar, ich bin dabei! Sag mir wann und wo ..."

WhatsApp-Nachricht von Tatjana Herfurth. An Florian Herfurth, 20:39 Uhr

"Sorry, ich wollte nicht "Alte" schreiben, das ist mir nur rausgerutscht. Sei nicht gleich beleidigt. Ich glaube an Dich! Um wie viel Uhr will sie es denn machen?"

WhatsApp-Nachricht von Florian Herfurth. An Anna Maroldt, 20:58 Uhr

"Mann, wie lange brauchst Du nur, um diesen Reißverschluss nach unten zu ziehen? OK, ich schau mir gleich den nächsten Film an. Den Song finde ich absolut super. Ist auch mein Lieblingslied. Wahnsinn, oder? Würde Dir jetzt am liebsten einiges erzählen. Aber Du willst es ja noch nicht wissen, wenn ich Dich richtig verstanden hab. Ist aber auch vollkommen okay. Komme übrigens gerade vom Strand. Wahnsinns Wind."

WhatsApp-Nachricht von Anna Maroldt. An Chiara Santoro, 20:58 Uhr

"Morgen fahre ich zu ihm. Davon weiß er aber nichts. Ich hab die billigste Pension gebucht. Hab zum Glück frei bekommen. Um 5 fahre ich spätestens los. Hoffentlich macht der Audi keine Zicken. Hatte vielleicht doch mal zur Inspektion gehen sollen. Aber egal, es wird schon alles klappen. Und dann besuche ich ihn. Klopfe bei ihm im Hotel an. Er öffnet die Tür und ihm fallen die Augen raus. Ich sag nichts. Küsse ihn sofort. Halte Dich weiterhin auf dem Laufenden. LG, Ann."

WhatsApp-Nachricht von Anna Maroldt. An Florian Herfurth, 21:11 Uhr

"Bleibst Du heute länger wach? Habe mir gedacht, dass ich Dir den letzten Clip kurz vor Mitternacht schicke. Hoffe, dass Du mir dann noch antwortest. Ann."
WhatsApp-Nachricht von Florian Herfurth. An Tatjana

Herfurth, 21:12 Uhr

"Ich kann das nicht, Tati. Es tut mir so leid, dass Du mich nicht verstehen kannst. Ich denke nicht an die Häuser. Will nur helfen. Dort, wo meine Hilfe gebraucht wird. Deswegen will ich aber Dich und Annina nicht verlieren. Ingrid ist mir nicht wichtiger. Absolut nicht. Darum geht es auch gar nicht. Nur unsere Familie zählt. Aber es gibt eben auch gewisse Pflichten im Leben. Verstehst Du? Ziehe nicht aus. Das ist doch sinnlos. Um zwei Uhr nachts..."

WhatsApp-Nachricht von Florian Herfurth. An Anna Maroldt, 21:26 Uhr

„Bin heute ziemlich lange wach. Mitternacht ist vollkommen OK. Einerseits freue ich mich auf die letzten Videos. Andererseits werde ich auch traurig sein, wenn es vorbei ist."

WhatsApp-Nachricht von Anna Maroldt. An Florian Herfurth, 21:27 Uhr

"Aber mit uns ist es noch nicht vorbei. Ann."

FLORIAN, NORDERNEY

Florian legte sein Smartphone beiseite und schaute gespannt auf die Uhr.
Obwohl er müde war, durfte er unter keinen Umständen einschlafen. Daher stand er jetzt wieder vor dem Panoramafenster, um nach draußen zu blicken und nachzudenken.

Die Welt spielte verrückt. Oder war nur er der Verrückte, der sein Umfeld ins Chaos stürzte? Tausend Fragen, auf die er keine Antworten mehr fand. Wie sollte er sich nur die ganze Zeit wachhalten? Das funktionierte eigentlich nur mit Annas Filmen, von denen er nicht genug kriegen konnte.
"Ingrid, ich kann das einfach nicht zulassen. Gib mir bitte die Tabletten und dann kehren wir gemeinsam zurück ins Hotel, ja? Du musst zur Vernunft kommen."
Oder sollte er doch etwas ganz anderes zu ihr sagen, wenn sie sich wieder bei der roten Düne begegneten?
Im nächsten Moment schaute er sich einen neuen Clip an. Anna zog nun endlich ihre Hose aus. Aber das machte sie natürlich wie in Zeitlupe, obwohl das aktuelle Lied Tempo hatte. Aber gerade dieser Kontrast der Langsamkeit ihrer Bewegungen zur schnellen Musik beeindruckte ihn.
Er drücke kurz auf Pause. Das schlechte Gewissen hatte ihn im Würgegriff. Während Tati und Annina womöglich ihre letzte Nacht im Nidderauer Weg verbrachten, ergötzte er sich hier an fragwürdigen Videos. Sie würde ihn in eine Abhängigkeit versetzten, aus der er keinen Ausweg mehr finden würde. Ihre Absichten waren eindeutig, sie wollte ihn erobern und nahm Opfer in Kauf.
Egal, er drücke wieder auf *Play*.

Im nächsten Moment glaubte er durchzudrehen, als sie ihre Hose gerade so weit nach unten gezogen hatte, dass sie über die Pobacken hinausgingen.

Dann zog sie die Hose wieder nach oben, drehte sich anschließend mehrmals um die eigene Achse, um sich gleich darauf wieder theatralisch auf den Boden fallen zu lassen. Aber sie erhob sich gleich wieder und schaute ihm tief in die Augen. Erneut zog sie die Hose in die vorige Position hinab und drehte sich mehrmals um die eigene Achse.

 Florian drückte nochmals auf Pause und fragte sich, was er jetzt nur tun sollte. Die Sache endgültig abbrechen? Aber dafür war es doch schon viel zu spät.

Gleich am Anfang hätte er für klare Verhältnisse sorgen müssen. Aber er hatte wieder mal versagt. All sein Tun bestand nur noch aus Versagen. Beruflich versagt und jetzt auch noch privat. Komplett versagt. Das war immerhin auch eine Leistung. Okay, er ließ den Film weiterlaufen, es brachte ja alles nichts. Widerstand war zwecklos.

TATJANA, NIDDERAU

Tatjana war froh, dass Annina endlich eingeschlafen war. Annina hatte den ganzen Abend nur noch geweint, während sie selbst die ganzen Koffer und Taschen gepackt hatte. Inzwischen saß sie im Wohnzimmer und hatte wieder den Messenger aktiviert.
Aber im Leseclub gab es eher wenig Betrieb und sie selbst konnte auch keinen vernünftigen Beitrag leisten. Ihr Kopf schmerzte inzwischen so stark, dass sie auf jeden Fall noch vor dem Schlafengehen eine Schmerztablette schlucken würde, obwohl sie Tabletten hasste.
Aber die Schmerzen im hinteren Kopfbereich waren unangenehm stechend. So schlecht hatte sie sich schon lange nicht mehr gefühlt. Sobald sie nur an dieses phänomenale Erbe dachte, welches Floi gerade vernichtete, wurde ihr vor Ärger schlecht.
Sie hatte den ganzen Tag kaum etwas essen können, dafür aber zu viel Alkohol getrunken, weswegen sie sich schon langsam vor Annina schämte.
Als sie gerade wieder einen Blick auf ihr Tablet warf, kam in diesem Moment ein neuer Beitrag zum aktuellen Buch herein, den sie vielleicht doch noch kommentierte. Der Autor hatte selbst einen Kommentar geschrieben. Prompt las sie die Zeilen und nickte dabei zustimmend. Ja, man durfte sich selbst nie aus den Augen verlieren, auch wenn man in einer Krisensituation steckte, seine Worte hätte sie bedingungslos unterschreiben können. Wer aus der Gruppe würde nun zuerst antworten? Eigentlich wollte sie es sein, aber ihr fiel leider nichts Gescheites ein.
So sehr sie auch ihren Kopf anstrengte, es kamen keine Ideen. Vielmehr trat jetzt wieder ein kaltes Stechen irgendwo im Hinterkopf auf. Sie hielt sich mit beiden Hän-

den den Kopf und verfluchte dabei ihren Mann, der sich so weit von ihr entfernt hatte. Wie dumm musste man sein, um solch einen Glücksfall auszuschlagen? Mit seinen ganzen dämlichen Prinzipien sollte er sich doch am besten auf den Mond schießen.

Während das Stechen auch im Stirnbereich einsetzte, hätte sie vor Schmerz schreien können. Als es wieder halbwegs ging, las sie sich weitere Kommentare durch, die nun doch völlig überraschend eingetroffen waren. Andererseits war es eben besonders interessant, wenn der Autor des aktuell besprochenen Buches Comments schrieb, das motivierte dann ganz schnell wieder die träge Masse.
Nun schaltete sich auch Joelle ein, die aber irgendwie zu dick auftrug mit ihrem Lob für Karsten Krantz und seinem Bestseller.
Als sie gerade noch etwas schreiben wollte, hörte sie wieder Annina in ihrem Zimmer weinen, worauf sie aufstand, um nach ihr zu schauen. Annina schluchzte, ihr Gesicht war feucht von all den Tränen. Tatjana beruhige ihre Tochter wieder, indem sie ihr gut zuredete und ihre Hand so lange auf die Stirn legte, bis sie wieder eingeschlafen war.
Beim Aufstehen explodierte etwas in ihrem Kopf, aber sie biss die Zähne zusammen und gab keinen Laut von sich.
Langsam war es auch für sie an der Zeit, ins Bett zu gehen, der nächste Tag würde anstrengend werden. Sie ging ins Bad und suchte Schmerztabletten, fand sie aber nicht, weswegen sie derbe Flüche von sich gab.
Obwohl es fast schon zu spät war, hoffte sie immer noch auf das Erbe. Sie putzte sich die Zähne und fragte sich, ob sie auch dann noch weiter arbeiten gehen würde, wenn

sie die Stelle als Büchereileiterin bekommen würde.
Sie schaute auf die Uhr.
Noch war es nicht zu spät für ein Happy End. Sollte sie ihm noch eine WhatsApp schreiben oder besser anrufen? Sie überlegte, während sie ihr Gesicht mit einer Nachtcreme eincremte, bis sie sich für den Anruf entschied.

FLORIAN, NORDERNEY

Ziemlich aufgewühlt startete Florian das abschließende Video. Obwohl in der kommenden Nacht eine der größten Aufgaben seines bisherigen Lebens vor ihm lag, war er mit den Gedanken fast ausschließlich bei Anna, was ihm nun selbst abartig und daneben vorkam.
Eine Zeit lang hatte er noch geglaubt, immer noch die nötige Distanz zu ihren Filmen wahren zu können, aber mit dieser Annahme hatte er sich getäuscht. Auch das hätte er von Anfang an wissen können.
Ann gab sich ihm auf ganz spezielle Weise hin und er unternahm nichts dagegen. Das waren die Fakten.
Ann hatte die Spielregeln aufgestellt, die er alle bedingungslos einhielt. Kein Widerstand.

Nur kurz die Luft anhalten, bevor sie wieder einen Schritt weiterging. Dabei war er ihr treuer Wegbegleiter, der ihr bis zum Abgrund folgte, ohne den Kopf einzuschalten.
Zum Schluss würde sie den entscheidenden Sprung wagen und er würde hinterherspringen.
Seine Hand zitterte, als er genau zwei Minuten vor Mitternacht den letzten Film startete. Gleich am Anfang schaute sie ihn wieder mit dieser Ernsthaftigkeit an, die

sein Blut zum Kochen brachte. Diese Szene war zwar nur kurz, aber für ihn, der gerade auf dem Bett lag, schien sie eine halbe Ewigkeit zu dauern. Wehrlos verfolgte er als nächstes, wie sie auf eines seiner früheren Lieblingslieder nur noch im lilafarbenen Höschen tanzte.

Als sie eindeutige Anzeichen machte, auch noch das letzte Kleidungsstück abzulegen, erinnerte er sich wieder, wie sie damals weinend vor dem Steuer ihres Audis saß. Diesen Anblick, als sie ihm zum ersten Mal in die Augen geblickt hatte, würde er nie mehr vergessen können.

Jetzt beobachtete er sie, wie sie fast schon zu lange an ihrem Höschen herumspielte. Allmählich verlor er die Geduld. Wenn er ihr damals nicht die 500 Euro überwiesen hätte, wäre sie wohl nie auf diese Idee gekommen, sich bei ihm zu revanchieren. Wäre er nur umsichtiger und vorsichtiger gewesen, würde er jetzt nicht an seinem Leben zweifeln und weiterhin zu Tatjana stehen. Doch seine Frau war nun Galaxien von ihm entfernt. Ann war seine neue Welt.

Als es endlich soweit war und sie sich ganz auszog, war sein Mund ausgetrocknet und alles in seinem Körper pulsierte.

Florian schaute sich mehrmals dieses Video an und vergaß dabei die Zeit. Wie konnte das alles nur möglich sein?

Was er zuletzt sah, machte ihn so verrückt, dass er die Zeit vollkommen vergaß. Immer wieder startete er von neuem den Videoclip. konnte nicht genug kriegen, Ann hatte ihn süchtig gemacht. Was sollte er nun tun? Irgendwann kam Florian wieder zur Besinnung und schaute auf die Uhr.

Mit Entsetzen stellte er fest, dass es bereits 1:45 Uhr war und ihm nur noch fünfzehn Minuten blieben, um Ingrid von ihrem Plan abzuhalten. Panisch zog er er sich die winterfesten Schuhe an und seine wärmste Jacke, um sich auf den Weg zu machen.

Tag 7, Samstag, 9. Dezember 2017
ANNA, GOLDSTEIN

Anna hatte ihren Koffer gepackt, der deutlich schwerer geworden war als ursprünglich angenommen.
Warum nahm sie für diese kurze Zeitspanne auch so viel Schnickschnack mit?
Gleich nach dem Abschicken des letzten Films hatte sie eigentlich schlafen wollen, um am nächsten Morgen gut aus dem Bett zu kommen. Aber sie fand irgendwie nicht zur Ruhe. Nun war es also so weit, Floi hatte den ganzen Strip gesehen. Die Einleitung war somit abgeschlossen und nun folgte der Hauptteil auf Norderney. Bevor sie ihn besuchte, wollte sie sich noch zwei Hotels anschauen, die momentan Hotelfachfrauen suchten, um sich einen unverbindlichen Eindruck zu verschaffen.
Wie ihr Leben in nächster Zeit weitergehen würde, konnte sich nicht mehr abschätzen. Es würde sich vieles verändern, das schien schon mal festzustehen. Sie wollte nur noch weg aus diesem Bunker, in dem sie schon viel zu lange wohnte. Aber nein, sie hauste dort nur noch. Diesem grauen Goldstein musste sie den Rücken kehren. Als letztes galt es nur noch, den Job im *Intercontinental* zu kündigen, dann standen alle Türen offen für einen Neuanfang. Floi würde vermutlich nicht an ihrer Seite stehen, obwohl er sie begehrte und vielleicht sogar liebte. Trotzdem gab es noch immer Hoffnung, darauf baute

sie. Am nächsten Tag würde sie alles versuchen, um ihn für sich zu gewinnen. Schon jetzt war sie extrem gespannt auf seinen Blick, wenn sie plötzlich vor ihm stand. Diese Vorstellung ließ sie jetzt nicht mehr los, sie konnte nicht mehr abschalten.

FLORIAN, NORDERNEY

Florian machte sich nun mit zügigem Tempo auf den Weg zur roten Düne. Er rannte, bis er kaum noch atmen konnte und die Muskeln brannten, aber er blendete diesen Schmerz aus.
Zu dieser nächtlichen Zeit war außer ihm niemand unterwegs.
Das Meer hatte sich wieder beruhigt und der Wind nahm kontinuierlich an Stärke ab.
Je länger er nun unterwegs war, desto mehr verflog die dumpfe Müdigkeit, die ihm im Hotel noch zu schaffen gemacht hatte.
Die schnelle Bewegung fühlte sich gut an und ungefähr nach der Hälfte der Wegstrecke war er wieder guter Dinge. Er nahm sich vor, die Nebentätigkeit in Getränkemarkt schnellstmöglich zu beenden und den Job bei *Kulls&Kells* wollte er noch so lange laufen lassen, bis er seinen Businessplan für das neue Label fertig haben würde. Er würde sich nochmal mit Grafikdesign selbständig machen. Dabei würde er von zu Hause arbeiten, während Tati ihren Teilzeitjob in der Bücherei flexibler gestalten konnte. Er wollte sich dann vordergründig um den Haushalt und um die Erziehung von Annina kümmern.
Diese neue Idee würde sie überzeugen, daran zweifelte

er nicht. Zum Schluss wollte er Tatjana in den Arm nehmen, küssen und streicheln und ihr die heißesten Liebesschwüre ins Ohr hauchen.
Von Anna würde sie nie etwas erfahren, sie musste bis zum Ende sein Geheimnis bleiben. Florian beschleunigte jetzt noch mal das Tempo, bekam nur noch schlecht Luft, aber auch das war ihm egal. Nun galt es eben, auf die Zähne zu beißen und alles zu geben.
Fünf Minuten vor der Deadline kam er endlich am Ziel an. Von Ingrid gab es noch keine Spur. Die Zeitspanne, welche er schließlich noch auf sie warten musste, kam ihm seltsam lange vor.
Die Zeit schien sich endlos zu dehnen. Gefühlt hatte er noch nie so lange auf jemand gewartet.

INGRID, NORDERNEY

Auf der Strecke zum Nordstrand hatte sie sich ein paar Mal fragen müssen, ob sie auch wirklich den Weg ein weiteres Mal würde bewältigen können.
Aber Ingrid war weitergegangen, hatte auf die Zähne gebissen und sich immer dann mit positiven Gedanken abgelenkt, wenn ihre Beine wieder eingeknickt und plötzlich ohne Gefühl gewesen waren. Sie musste zum Ziel gelangen um herauszufinden zu können, ob Florian sie retten würde. Katrin wäre jedenfalls rechtzeitig gekommen, dieser Gedanke beflügelte sie nun, er strahlte so etwas wie Wärme in ihrem Innern aus.
Noch war dies zum Glück noch nicht ihr letzter Weg. Aber viel Zeit durfte sie sich auch nicht mehr geben, schließlich verschlimmerte sich die Krankheit inzwischen fast täglich.

Andererseits brauchte Katrin sie jetzt wie schon lange nicht mehr.

Was war vorgefallen? Dieser miese Typ hätte mir gleich am Anfang verdächtig sein müssen, als er sich mit seinen letzten Jobs gebrüstet hat, dachte Ingrid. Er hat sich als der große Optimierer und Sanierer hervorgehoben, sich einfach wahnsinnig wichtig gemacht. Diese Sorte Mensch kann ich nicht mehr länger ertragen.

in Wirklichkeit hat er dafür gesorgt, dass viele Leute ihre Arbeitsplätze verloren haben. Ab diesem Moment war er bei ihr unwiderruflich untendurch gewesen.

Katrin hatte sich damals nicht so viele Gedanken darüber gemacht. Vielleicht holte sie das inzwischen nach, weil sie die ganzen Jahre mit dem Krömer reflektierte. Das war in jedem Fall ein schmerzlicher Prozess, für den sie ihre Hilfe brauchte.

Ingrid konnte schon die geliebte rote Düne erkennen. Und sie war wieder ganz schön außer Puste. Als sie Florian von weitem bei ihrem früheren Liebesplatz stehen sah, wurde ihr ganz warm ums Herz.

Er hat es also nicht auf das Häusererbe abgesehen, dachte sie, als er ihr zuwinkte, dieses ganze unfassbare Erbe. Wie um alles in der Welt konnte ich mich damals nur auf Margaretes verrückte Idee einlassen? In Wahrheit war es für mich nur ein verrücktes Spiel gewesen und ich habe gedacht, dass es für sie auch eines ist.

Ingrid blieb nochmals kurz stehen, um neue Kräfte zu sammeln. Obwohl sie nicht weiter über den Selbstmord ihrer besten Freundin nachdenken wollte, machte sie doch damit weiter.

ielleicht hatte sie die wirklichen Umstände ja nur von Anfang an verdrängt, um keine Schuldgefühle zu haben. Sie hätte damals ebenwissen müssen, wie labil Margare-

te im Gegensatz zu ihr gewesen war.
Ingrid setzte ihren Weg fort und ermahnte sich erneut, endlich an etwas anderes zu denken. Wie würde Florian sie empfangen? Würde er ihr gleich Vorwürfe machen, weil sie ihn in diese Situation gebracht hatte? Oder würde er sie in die Arme nehmen, ohne ein Wort darüber zu verlieren? Hatte er tatsächlich angenommen, sie würde solch einen Plan in die Realität umsetzen?
Aber nein, Florian, dachte sie, ich bin im Gegensatz zu Margarete gar nicht in der Lage, mir selbst etwas anzutun. So viel müsstest du inzwischen über mich wissen. Andererseits habe ich mir ja zuletzt eingebildet, ich könnte es tatsächlich tun. Nur deswegen, weil es Hans-Jürgen und Margarete getan hatten.
Ich habe wirklich gemeint, die Dritte im Bunde sein zu müssen. Deswegen ist es nun wirklich nicht verwunderlich, dass Katrin und Florian mir das zutrauen. Zuletzt habe ich ja auch ein jämmerliches Bild abgegeben. Alles hat vor Selbstmitleid getrieft. Ich habe in letzter Zeit nicht nur mich selbst verrückt gemacht, sondern vor allem mein Umfeld. Am meisten aber Florian, der ja inzwischen schon ganz kirre sein muss.
Nun kam er direkt auf sie zu und nahm sie zu ihrer Überraschung gleich in den Arm.
"Ingrid, du darfst das einfach nicht machen. Ich bin hier, um dich zum Hotel zurückzubringen. Bitte keine Widerrede."

Er weinte jetzt, sie konnte seine Tränen spüren. Und Ingrid weinte auch. Sie musste erneut an Margarete denken, an ihr letztes Gespräch. Sie hatte ihre Freundin nicht nur nicht aufgehalten, sondern vielmehr darin bestärkt, den Schlussstrich zu ziehen.

Für Margarete war es von Anfang an kein Spiel von kranken, einsamen Witwen gewesen.
Ich hätte sie retten müssen, so wie mich jetzt Florian retten will, dachte sie, während sie jetzt noch mehr schluchzte als Florian, von dem sie solch einen Gefühlsausbruch nicht für möglich gehalten hatte. Nach einer gefühlten halben Ewigkeit entschloss sie sich, das Schweigen zu brechen.
„Schau nur, wie schön das Meer aussieht, Florian. Weißt du, mit Hans-Jürgen bin ich hier auch mal die ganze Nacht geblieben. Aber nicht im Winter, es war ein wunderschöner Sommer der schönste überhaupt. Wir haben oft aufs Meer hinausgeblickt und die tollsten Zukunftspläne geschmiedet. Ich habe damals gedacht, dass diese schöne Zeit mit ihm nie zu Ende gehen würde. Alles wirkte auf mich wie eine wundersame Unendlichkeit. Wir haben gemeinsam den Himmel berührt.
Aber dann kam von einem Moment auf den anderen der Bruch. Schon war er mit seinem Sprung vom Balkon aus meinem Leben verschwunden.
Ich sehe ihn trotzdem jeden Tag, wie er hier mit mir zusammen steht und liegt und wie er mich verliebt anschaut, mich streichelt und küsst. Ach, es ist alles schon so lange her und trotzdem auch so unfassbar nahe. Lass uns zum Hotel zurückkehren."
Zwar würde sie das nun mit letzter Kraft tun, aber das war es wert. Sie fühlte sich wieder erleichtert und fast beflügelt, als Florian sie über seine neuen Pläne informierte und sie an die Hand nahm wie ein Vater sein geliebtes Kind. In diesen Moment wurde ihr klar, dass Florian sie nicht nur mochte, sondern liebte wie eine Mutter.

CHATS

WhatsApp-Nachricht von Florian Herfurth. An Anna Maroldt, 3:17 Uhr

„Ann, ich habe es gesehen. Ganz ehrlich? Du bist der Oberhammer! Habe in meinem ganzen Leben noch nie eine andere Frau gesehen, die auch nur ansatzweise…, tja, mir fehlen gerade die Worte. Du bist toll! Nein, Du bist ein Traum! Nein, oh nein, oh nein. Du bist das Schönste auf der Welt. Eine Sünde. Eine Nacht mit Dir muss das Paradies sein. Aber: ich bin jetzt auch der traurigste Mensch der Welt. Du bist mein Traum. Doch ich darf diesen Traum nicht…"

WhatsApp-Nachricht von Florian Herfurth. An Anna Maroldt, 3:33 Uhr

"Habe Familie. Habe alles kaputtgemacht. Hätte gleich sagen müssen, wie es aussieht. Du musst mich vergessen. So schnell wie möglich! Bitte tue es!"

WhatsApp-Nachricht von Florian Herfurth. An Anna Maroldt, 3:44 Uhr

"Ann, werde Dich nie mehr vergessen!"

WhatsApp-Nachricht von Florian Herfurth. An Tatjana Herfurth, 3:48 Uhr

"Bitte verzeih mir. Ich war über Jahre hinweg viel zu rücksichtslos. Konnte hier gut nachdenken. Mir ist einiges klar geworden."
WhatsApp-Nachricht von Anna Maroldt. An Florian Her-

furth, 5:57 Uhr

"Verstehe es. Wusste es. Trotzdem war es schön, diesen Traum so lange geträumt haben zu dürfen. Tausend Küsse von Ann. Werde Dich nie mehr vergessen."

WhatsApp-Nachricht von Florian Herfurth. An Francesco Pinna, 10:00 Uhr

"Franco, wie geht es Dir? Schuftest Du wieder? Ich möchte, dass Du es als Erster erfährst. Ich komme nicht mehr. Alles hat sich verändert. Der Schluckbär ist für mich ab sofort Vergangenheit. Aber: wir bleiben in Kontakt. Viele Grüße, Floi."

WhatsApp-Nachricht von Florian Herfurth. An Thomas Kulls, 10:09 Uhr

"Hallo T.K., du musst künftig ohne mich planen. Für die offizielle Kündigung komme ich selbstverständlich noch kurz vorbei. Gruß, Florian"

FLORIAN, AUTOBAHN RICHTUNG NIDDERAU

Floi drückte das Gaspedal des alten BMWs bis zum Anschlag durch. Der Motor dröhnte zwar lautstark, aber die Musik von *Rea Garvey* übertönte ihn problemlos. Volle Lautstärke. Immer und immer wieder *Love hurts*.

Das Abenteuer Norderney war zu Ende gegangen und nun befand er sich auf dem Weg nach Frankfurt, um

rechtzeitig zu seiner Familie zurückzukehren.
Ohne Ingrid. Sie wollte die restliche Zeit noch mit Katrin auf der Insel verbringen.
Floi hatte erfahren, was sich mit ihrem Freund zugetragen hatte und seither empfand er auch Mitleid mit ihr. Er hatte Ingrid davon berichtet, dass seine Ehe zurzeit in einer Krise steckte. Daraufhin hatte sie ihm dieses unfassbare Geschenk mit auf den Weg gegeben.
Damit kannst Du deine Frau erst mal wieder beschwichtigen, hörte er sie in Gedanken sagen, als er die Landesgrenze nach Hessen überschritt. Die Ungeduld hatte ihn voll im Griff.

Ingrid hatte ihm das Haus in Nidderau geschenkt. In dieser großartigen Kleinstadt. Sie wollte die Schenkung offiziell mit ihrem Notar über die Bühne bringen, sobald sie wieder Zuhause in Schwanheim sei. Insbesondere dieses Haus Nummer 4 war so schön, dass er allein bei dem Gedanken daran hätte weinen können.
Die freie Wohnung hatte über 110 Quadratmeter und vier perfekt aufgeteilte Zimmer. Die anderen Wohnungen würden weiterhin zu den aktuellen Konditionen vermietet bleiben.
Allein diese Mieteinnahmen waren ja schon wie ein Sechser im Lotto. Tati würde das hoffentlich genauso sehen. Es gab jede Menge Erklärungsbedarf. Er musste nur rechtzeitig zu Hause ankommen, um sie von ihrem Vorhaben abzubringen. Auf diese Idee hatte sie mit Sicherheit diese behämmerte Tussy Joelle gebracht.
Selbst brachte sie nichts zustande, aber anderen wollte sie ständig irgendwelche Ratschläge geben und das Leben erklären, so etwas war schlichtweg krank.
Sie hatte sich den bescheuertsten Typen aller Zeiten aus-

gesucht und spielte sich dennoch als Hobbypsychologin auf, die alles besser wusste. Er mochte sie nicht sonderlich, aber leider hatte sie einen großen Einfluss auf Tati. Im echten Leben kannte sie sich nur in diesem Leseclub aus, das war ihre ganze Welt. Sie setzte sich lieber mit irgendwelchen Leuten auseinander, die immer nur bestrebt waren, ihren eigenen Senf zu einem bestimmten Thema abzugeben, obwohl sich dafür niemand aufrichtig interessierte.

Wenn er es sich genau überlegte, verbrachte auch Tati die meiste Zeit mit ihrer Facebook-Gruppe. Zwar machte sie ihm schon jahrelang Vorwürfe, weil er sich zu wenig um die eigene Familie kümmerte. Andererseits saß sie immer nur vor ihrem Tablet, wenn er etwas mit ihr unternehmen wollte.
Auch dann, wenn er kochte, die Wohnung aufräumte oder bügelte, blieb sie stets mit großer Beharrlichkeit vor ihrem blöden Teil sitzen, um Kommentare zu schreiben. Annina landete die meiste Zeit vor dem Fernseher oder spielte Nintendo, wenn er von der Arbeit nach Hause kam.
Floi war mit einem Mal wieder wütend auf seine Frau, obwohl er das eigentlich gar nicht wollte. Die Euphorie war schon wieder verflogen. Er machte eine Fahrpause auf einem kleinen Rastplatz in der Nähe von Friedberg, wo außer ihm niemand zu sehen war. Anschließend stieg er aus, ließ die Fahrertür geöffnet und die Musik auf voller Lautstärke weiterlaufen.
Er ging ein Stück und dachte dabei wieder an Ann, die er viel zu spät vor vollendete Tatsachen gestellt hatte. Was hatte er nur getan?

Er hätte doch von Anfang an wissen müssen, dass er mit dem Feuer spielte. Während sein Bauchgefühl ausschließlich für sie sprach, kam der Verstand immerzu mit dem Thema Verantwortung. In seinem Alter musste er doch längst darüber Bescheid wissen, dass jede Verliebtheit ab einem bestimmten Zeitpunkt in Normalität überging. Jeder noch so heftige sexuelle Kick wurde nach einer gewissen Anzahl von Wiederholungen gewöhnlich oder sogar im schlechtesten Fall langweilig.

Nun ging er wieder im gleichen Tempo wie auf Norderney, als er auf dem Weg zur roten Düne voller Anspannung gewesen war. Wegen seines Autos, in dem auch der Schlüssel steckte, machte er sich keine Sorgen. Er ging geradeaus, um Bewegung zu haben, um dadurch seinen Kopf zu beruhigen. In seinem Innern lag vieles noch immer im Nebel, das passte perfekt zu den aktuellen Wetterverhältnissen, denn die Landschaft sah trostlos aus. Mit einem Mal quälte ihn eine Sehnsucht nach Norderney. Schon jetzt vermisste er die Insel, auf der er vielleicht die verrückteste und intensivste Zeit seines Lebens erlebt hatte.
Drei Frauen hatten ihn gehörig auf Trab gehalten. Oder hatte er immer nur alles selbst für sich zu verantworten gehabt?
Je weiter er sich von Norderney entfernt hatte, desto klarer war ihm geworden, dass die Insel für ihn deutlich mehr war als nur ein schöner Urlaubsort. Für ihn war sie ein Sehnsuchtsort, wo die Welt noch in Ordnung war, was Tati mit Sicherheit niemals würde verstehen können. Sie war viel zu weit von ihm entfernt, konnte sich nicht in ihn hineinversetzen, war immer nur auf sich selbst bezogen, wenn er es sich genau überlegte.

Sie hatte zum Beispiel nur den Drang, in die größte Hitze zu reisen. In Wirklichkeit hatte sie nur die einfachsten Ansprüche, wollte immer nur Sonne tanken, faul herumliegen und shoppen gehen. Floi schaute sich um und entschied sich, wieder den Rückweg zum Parkplatz anzutreten, er verlor sonst noch die Orientierung vor lauter Gedanken.

Dabei wollte er gar nicht wirklich über diese Themen nachdenken. Aber eine Gegenwehr schien aussichtslos zu sein, er fühlte sich wie ein kleiner Junge, der gerade bestrebt war, sich selbst und sogar die ganze Welt zu verstehen.

Warum hatte sie ihm keinen Tipp gegeben, so wie sie es in Sachen Arbeit gemacht hatte? Aber stimmte das so wirklich?

Ingrid war eine komplizierte Person, die mit einer einzigen Geste mehr ausdrücken konnte als viele Leute mit tausend Worten. Hatte er immer genau darauf geachtet? Hatte sie ihn nicht voller Mitgefühl betrachtet, als er ihr von seinem Plan berichtet hatte, Tati rechtzeitig aufhalten zu wollen? Hatte sie ihn nicht mit eindeutigen Blicken aufzuhalten versucht? Auf der Suche nach entsprechenden Zeichen erinnerte er sich daran, wie Ingrid die Geschichte ihres Mannes erzählt hatte.

Am Ende geht es nur um echte Liebe, mein lieber Florian. Liebe muss die Entscheidungsgrundlage sein, hörte er sie jetzt wieder sagen, als er sich wieder ans Steuer setzte. Floi legte den ersten Gang ein und fuhr mit quietschenden Reifen los, bis er noch vor dem Ende der Raststätte eine Vollbremsung einlegte und das Auto quer auf der Straße stehenließ.

ANNA, AUTOBAHN RICHTUNG NORDDEICH

Anna stand vor dem Badezimmerspiegel und betrachtete sich so lange, bis sie ihn Tränen ausbrach.
Der kurze Traum war ausgeträumt, es war aus und vorbei. Noch heute, an diesem verdammten Tag, würde sie ihr Traumbuch in Stücke reißen und in den Müll befördern.
Nie mehr würde sie etwas auf irgendeinen Traum geben. Traumdeutung war nichts anderes als Selbstbetrug.
Sie konnte ihren eigenen Anblick nicht mehr länger ertragen. Warum hatte sie sich zuletzt doch noch so große Hoffnungen gemacht, obwohl ihr doch von Anfang an klar gewesen war, wie aussichtslos diese Liebschaft war?
Jetzt hatte sie nur noch ihre Tränen und die Unterstützung von Chiara, die sie im Laufe des Tages noch von der schlechten Nachricht unterrichten wollte. Tränen und Kummer, nur daraus bestand ihre Seele.

Das Ende war schneller und überraschender gekommen, als sie es sich in ihren negativsten Vorstellungen ausgemalt hatte. Wie sollte sie allein diesen Tag überstehen? Ganz zu schweigen von der langen Nacht, vor der sie jetzt schon Angst hatte, obwohl sie noch weit entfernt war. Von einem Moment auf den anderen war Ernüchterung eingetreten.
Es gab keine Vorfreude mehr auf seine nächste Nachricht, kein Hoffen und Bangen. Alles war entschieden, die Andere hatte gewonnen und sie selbst hatte natürlich auf ganzer Linie verloren, ganz wie sie es hätte voraussehen müssen. Sie würde nie mehr etwas von Floi hören, er würde sich für sie wie in Luft auflösen. Oder sollte sie noch einen weiteren Versuch unternehmen?
Warum musste sie jetzt schon aufgeben? Vielleicht hatte

er nur einen schlechten Tag gehabt und schon am nächsten Tag sah die Welt wieder besser aus.

Anna wollte gerade damit anfangen, ihren Koffer wieder auszupacken, als sie sich doch für die Abreise entschied. Sie musste sich zumindest die beiden Hotels anschauen und die berufliche Veränderung ernsthaft in Erwägung ziehen. In Goldstein, wo man das Leben kaum noch ertragen konnte, war für sie die Welt untergegangen, hier konnte sie nicht mehr länger bleiben. Sie schnappte sich den Koffer, zog die Türe hinter sich zu und stieg in ihr Auto, um sich auf den Weg nach Norderney zu machen. Dafür hatte sie ja auch ihr letztes Geld ausgegeben, sie durfte nicht aufgeben.

Anna startete den Motor und das Navigationssystem und fuhr los. Zum Glück war die Autobahn nicht wirklich stark befahren, sie kam von Anfang an gut voran und lenkte sich mit Musik ab. Hörte immer wieder *Love hurts* von Rea Garvey. Dieses Lied würde sie stets an Floi erinnern. Sie wollte sogar, dass es später mal auf ihrer Beerdigung gespielt werden würde.

Sobald sie auf der Insel sein würde, würde er zumindest in ihrer Nähe sein. Vielleicht würde sie ihn aus der Distanz beobachten.

Will ihn ja einfach nur sehen, dachte sie, sonst muss ja gar nichts großartig passieren.

FLORIAN, AUTOBAHNRASTSTÄTTE

Eigentlich war es eine tolle Situation, wenn er es sich genau überlegte.
Der BMW stand quer auf der Straße und er saß dabei wie ein Beklopfter daneben und rang mit sich, was er nun tun sollte.
Diese Szene war filmreif, aber es war natürlich weit und breit keine Kamera und erst recht kein Filmteam in Sicht.
Er war alleine und er fühlte sich auch ganz genau so, nämlich von Gott und der Welt verlassen. In einem Moment sagte er sich, er müsse unbedingt die Fahrt fortsetzen, um rechtzeitig bei seiner Familie anzukommen.

Schon im nächsten Moment ging ihm wieder die mögliche Rückreise nach Norderney durch den Kopf.
Dort konnte er einfach noch ein paar Tage Kraft tanken und sich endlich mal richtig entspannen. Warum zum Teufel ließ er sich von Tati so sehr unter Druck setzen? Das war doch nichts anderes als eine billige Erpressung.

Spielte sie vielleicht auch mal mit dem Gedanken, selbst einen Fehler gemacht zu haben, oder hielt sie ihre Vorgehensweise immer für richtig? So sehr die Zweifel an ihm nagten und ihn allmählich zermürbten, so sehr schien sie sich im Recht zu wähnen.
Wenn nur Joelle nicht ständig ihren Senf zu allem abgeben würde, was sein Familienleben betraf.
Sie war nicht nur naiv, sondern auch noch dumm und arrogant. Aber nein, es brachte ihn keinen Millimeter weiter, über Tatis beste Freundin und ihren lästigen Einfluss nachzudenken.
Viel mehr brauchte er hier und jetzt noch mal eine klare Ansage, die er natürlich nur von Ingrid bekommen konn-

te, deswegen rief er sie an. Erstens musste er wirklich sicher sein, dass sie nicht doch noch auf dumme Gedanken kam und zweitens war es höchste Zeit, ihr von Ann zu berichten.

Aber das war eine lange Geschichte. Wo sollte er mit dem Erzählen anfangen und wo aufhören? Mit dieser Überlegung wählte er ihre Nummer.

"Leitner."

"Hallo Ingrid, ich wollte mich noch mal von unterwegs melden. Ist bei euch alles in Ordnung?"

"Florian, schön, dass du dich meldest. Hast schon Heimweh nach Norderney, nicht?"

"Sehr sogar. Ich überlege, ob ich wieder umkehren soll, kann mich aber nicht entscheiden, deswegen rufe ich an. Würdest du an meiner Stelle ..."

"Ach, Florian, ich habe mir das schon gedacht. Gerade sitze ich übrigens mit Katrin in der Giftbude. Es gibt die besten Spaghetti Aglio Olio, die man sich vorstellen kann. Der Ausblick aufs Meer ist wunderschön. Du verpasst wirklich was. Meistens ist es ja so, dass das Wetter besonders schön wird, wenn man gerade abgereist ist. Es ist zwar eiskalt, aber die Sonne scheint. Aber das willst du wahrscheinlich gar nicht so genau wissen. Florian, deine Frau scheint dir gewaltig einzuheizen, das war zuletzt mein Eindruck. Sie schiebt dir ständig den schwarzen Peter zu. So sehe ich das zumindest. Oder liege ich damit falsch?"

"Wahrscheinlich nicht, Ingrid. Wenn ich nur wüsste, ob sie es wirklich ernst meint. Ich kann die Lage nicht richtig einschätzen, will aber auf keinen Fall Annina verlieren. Aber es gibt auch noch eine andere ..."

"Eine andere Frau, nicht wahr? Pssts, sag besser nichts dazu. Ich weiß längst davon. Du fragst dich jetzt, ob es

wahre Liebe ist oder nur eine kurze Verliebtheit, das ist schon klar. Oder vielleicht geht es auch in erster Linie um erotische Themen. Ist alles gar kein Problem und ganz normal. Was soll ich jetzt machen, willst du mich jetzt fragen, stimmt's?"
"Genau."
"Florian, wir haben schon viele schöne und intensive Gespräche geführt. Eines ist mir dabei immer deutlich geworden. Ja, du liebst Annina, obwohl du nicht ihr leiblicher Vater bist. Deswegen musst du nur in ihrem Sinne entscheiden. Die Familie muss an erster Stelle stehen. Alles andere verblasst mit der Zeit. Also, setze deinen Weg fort und sei rechtzeitig Zuhause. Diesen Ratschlag möchte ich dir geben. Auch wenn die andere Frau dir den Kopf verdreht hat. Glaubst du im Ernst, ich hätte das die letzten Tage nicht bemerkt?"
"Danke, Ingrid, ich melde mich wieder. Habt noch eine schöne Zeit. Viele Grüße auch an Katrin."

Floi stieg in seinen BMW ein und hämmerte wild gegen das Lenkrad, währenddessen wieder mal Rea Garvey aus den Lautsprechern dröhnte.

Endlich Klarheit. Tatjana war zuletzt nur so schwierig und sperrig geworden aufgrund seiner fatalen Verhaltensweise. Während er in den Innenspiegel blickte, sah er sich bereits Zuhause im Flur stehen, von Annina umarmt und geküsst. Tati stand daneben und stellte den gepackten Koffer erleichtert ab, lächelte ihn an und wartete auf einen leidenschaftlichen Kuss.
Als nächstes nahm er sie in den Arm und flüsterte ihr ins Ohr, dass sie nun ein Haus besitzen würden, das überhaupt zu den schönsten von ganz Nidderau zählte. Nun

schloss er die Augen und spürte ihre Zunge, die wie in alten Zeiten ganz vorsichtig in seinen Mund eindrang. Die Liebe war zurück.
Die Eiszeit war vorüber. Fünf harte Jahre waren überstanden und das Durchhalten hatte sich bezahlt gemacht. Floi schloss die Augen und konzertierte sich ganz auf die Musik, die perfekt zu seiner aktuellen Situation passte.
Die meisten Männer hätten sich solch eine Gelegenheit mit Anna nicht durch die Lappen gehen lassen, kam ihm als nächstes in den Sinn.
Sein Kopf war leider noch immer eine komplett konfuse Maschine. Als er gerade darüber nachdachte, fuhr er vor Schreck zusammen, weil jemand hinter ihm energisch die Hupe betätigte. Nach einer kurzen Schrecksekunde besann er sich und fuhr weiter Richtung Autobahn. Nun durfte er einfach keine Zeit mehr verschwenden, es ging schließlich um seine Familie.
Anna musste er irgendwie aus seinem Kopf verdrängen oder eventuell auch aus seinem Herzen oder aus seiner Seele. Wann würde sie sich wieder bei ihm melden? Sollte er ihr dann überhaupt noch antworten?
Dieser Gedanke bedrückte ihn auf einmal mit einer Heftigkeit, die ihn selbst überraschte.
ANNA, FÄHRE NACH NORDERNEY

Anna bekam gerade noch rechtzeitig die Fähre, sonst hätte sie über eine Stunde auf die nächste warten müssen.
Sie verstaute ihren Koffer und suchte sich einen möglichst guten Platz.
Um sie herum war trotz der kalten Jahreszeit viel Betrieb, die Insel schien also sehr stark frequentiert zu sein. Dort künftig zu arbeiten, würde vermutlich Sinn machen.

Sie setzte sich, kramte eine Zeitschrift aus ihrer Handtasche und bekam langsam Hunger. Zum Glück hatte sie sich ein paar leckere Sandwiches mit Käse, Salami und knackigem Salat gemacht, die sie während der Autofahrt noch nicht angerührt hatte. Während sie aß, beschlich sie ein seltsames Gefühl. Irgendetwas war hier im Gange, das sagte ihr das Bauchgefühl.
Mit einem Mal überkam sie eine dumpfe Müdigkeit, das lag vermutlich an der Fahrt mit leichtem Wellengang. Sie wollte nur kurz die Augen schließen, aber dann nickte sie doch zu dieser Zeit ganz unerwartet ein, was ihr schon ewig nicht mehr passiert war.

Im nächsten Moment glaubte sie ihren Augen nicht zu trauen. Floi stand neben ihr und grinste sie breit an, so dass sie fast in Ohnmacht fiel. Wie war es möglich, dass er sie nun ganz ohne Worte in den Arm nahm und einfach nur streichelte und küsste? Dann schaute er sie plötzlich mit rot glühenden Augen an, bevor er sie zum ersten Mal mit Zunge küsste. Dieser Kuss fühlte sich so an wie ein allererster, der einem die Beine unter den Füßen wegzog. Sein Mund war nichts anderes als das großartigste Paradies, in das sie nach all den ganzen Jahren endlich Einlass bekommen hatte. Niemand auf dieser Welt würde sie noch jemals aus diesem Paradies vertreiben können, sie war endlich richtig aufgehoben.

Im nächsten Augenblick leuchteten seine Augen gelb und sein Gesicht war auf einmal mit hässlichen Narben durchzogen, aus denen zum Teil noch Blut tropfte, als er mit ungewohnt unangenehm tiefer Stimme zu ihr sprach. Aber sie verstand nichts von all dem, was nun aus ihm heraussprudelte. Sein Blick wurde immer stechender, je mehr er sagte. Obwohl sie ihn beschwichtigen wollte, wurde er sogar noch wütender und der Blick in seine Augen löste heftige Schmerzen aus. Als es für sie gerade so aussah, als würde er sie niederschlagen, zog er sich plötzlich aus. Was sollte sie nur tun? Weggehen? Sich völlig willenlos hingeben? Am besten so schnell wie möglich wegrennen. Sie drehte sich um und rannte los, aber er folgte ihr und kam immer näher, während er schreckliche Töne von sich gab. Wohin sollte sie nur flüchten? Er würde sie überall auf dieser Fähre finden und stellen. Sie rannte so schnell sie konnte weg und wunderte sich noch einen Augenblick lang, als sie über ein graues Geländer stieg, um sich schließlich nach kurzem Innehalten ins stürmische Meer zu stürzen.

Beim Fallen wachte Anna Maroldt wieder auf und bemerkte, dass sie von einem älteren Mann beobachtet wurde. Ihr Puls schien noch immer zu rasen, sie musste sich jetzt erst mal wieder beruhigen.
Prompt suchte sie sich einen anderen Platz, um ungestört zu sein. Gaffer nervten sie nun mal tierisch. Mit der Zeit hatte sie sich zwar schon daran gewöhnt, dass viele Typen auf ihren Hintern starrten, aber an manchen Tagen empfand sie das auch als Stress. An diesem Tag wollte sie von niemandem beobachtet werden, sie wollte am liebsten unsichtbar sein.

INGRID, NORDERNEY

Ingrid freute sich über Katrins derzeitigen SPA-Aufenthalt. Danach, insbesondere nach der ayurvedi-

schen Ganzkörpermassage, würde es ihr schon deutlich besser gehen.
Diese Massage wirkte sich nicht nur auf ihren Körper positiv aus sondern auch auf den Geist und ihre Seele. Das alles war bei ihr ziemlich angeschlagen und es war offensichtlich Zeit für eine Reparatur.
So sehr sie sich jetzt auch betrogen fühlte, so vielversprechend sah doch diese neue Geschichte mit dem Kollegen auf der Schule aus.
In der Milchbar hatten sie so gut wie noch nie zuvor miteinander unterhalten und sich dabei gegenseitig die Herzen ausgeschüttet.

Wir müssen so vieles nachholen, dachte Ingrid, während sie aufs Meer hinausblickte.
Es ist an der Zeit, die ganzen Hindernisse aus dem Weg zu räumen.
Zeit, Krömer zu vergessen und zwar so schnell wie möglich. Die Uhr tickt, sie muss sich bei diesem Michi ranhalten, darf keine Zeit mehr verschwenden. Jedenfalls braucht sie jetzt ihre Mutter wie selten zuvor.
"Hans-Jürgen, hast du von oben einen Blick auf uns geworfen? Siehst du, ich habe wieder eine Tochter. Und es ist ein echter Neuanfang. Ich bin guter Dinge. Aber das heißt auch, dass ich noch nicht zu dir kommen kann. Du musst dich also noch eine Weile gedulden."
Ingrid küsste das Foto ihres Mannes, welches sie gerade in der Hand hielt.
In diesem Augenblick überkam sie eine neue Idee. Sie wollte noch mal ein neues Haus kaufen und zwar hier auf Norderney, in dem sie dann auch vorwiegend wohnen wollte.
Warum nicht das Leben dort ausklingen lassen, wo man

sich besonders wohl fühlte? Außerdem hätte sie damit noch mal eine große Lebensaufgabe, die sie zwar eine gewisse Kraft kosten, aber dafür auch mit neuer Lebensenergie versorgen würde.
Sie hing wieder am Leben wie in alten Zeiten, darauf musste sie jetzt unbedingt einen Pikkolo trinken.

Auf die neuen Zeiten, die von einem Tag auf den anderen wieder unter guten Vorzeichen standen. Zähne zeigen, sich nicht einfach dieser blöden Krankheit kampflos ergeben.
Zuletzt hatte sie nur noch die Schultern hängenlassen. In der letzten Nacht hatte sie sich selbst das Leben gerettet. Ingrid stellte eine CD von Bach an, die sie meistens auf Reisen mitnahm.
Vielleicht drehte sie im Moment die Cello Suites etwas zu laut auf, aber manchmal war es eben an der Zeit, sich auch mal etwas zu trauen und Grenzen zu überschreiten. Sie trank direkt aus der Flasche und fühlte sich so jung wie lange nicht mehr. Nachdem sie bereits die zweite Flasche getrunken hatte, dachte sie wieder über Florian nach und fragte sich, ob sie ihm die richtigen Ratschläge gegeben hatte.
Was seine Arbeitssituation betrifft, ist es bestimmt so, dachte sie. Er muss endlich raus aus dieser Tretmühle. Raus aus diesem fürchterlichen System, an das er sich gewöhnt hat wie Millionen andere, die sich tagtäglich durch diese Arbeitswelt kämpfen und dabei immer mehr abstumpfen. Die Leute bemerken es ab einem bestimmten Zeitpunkt nicht mehr und verlieren sich immer mehr aus den Augen. Sie verkümmern und verraten ihre ursprünglichen Ideale. Das geht schleichend über die Jahre hinweg, bis man sich selbst nicht mehr kennt.

Die aktuelle Arbeitswelt ist ein Monster, das ein Meister der Täuschung ist. Nach einer gewissen Zeit zeigt es seine scharfen Zähne, die alles zermalmen, was ihnen in die Quere kommt und dann, wenn man das erkannt hat, ist es auch schon zu spät.
Er kann noch ausbrechen und sein eigenes Ding machen, das wird klappen. Aber die andere Sache ist komplizierter. Bei dieser Tatjana hatte ich ja schon immer eher ein eher schlechtes Gefühl, das passt trotz Annina nicht wirklich gut. Da muss endlich mal eine Entscheidung fallen.

Ingrid stellte die Musik aus und schaute nach, wohin sie ihr Smartphone abgelegt hatte. Wahre Liebe verblasste nicht, auch wenn es sich um eine ziemlich junge handelte, sie überstand in Wirklichkeit alles andere im Leben. Sie wählte Florians Nummer.
"Florian hier, hallo Ingrid."
"Florian, ich habe gerade Bach gehört und ja, dabei hab ich noch mal nachgedacht. Mir ist so einiges durch den Kopf gegangen, was deine Situation betrifft."
"Wieso, was meinst du genau?"
"Bist du schon zuhause?"
"Bin in Nidderau, stehe vor deinem Haus. Schaue es mir einfach nur an, weil..."
"Es ist dein Haus, Florian. Gewöhne dich daran. Haus Nummer vier gehört dir, daran wird sich nichts mehr ändern. Wir unterhalten uns in Kürze nochmals und klären die ganzen Details. Es gibt noch einiges zu regeln, aber das schaffen wir problemlos. Ich rufe an, weil ich noch mal nachfragen wollte, wie es dir gerade so geht. Und weil ich dich fragen will, ob du deine Frau wirklich liebst? Diese Frage spukt mir zurzeit dauernd durch den Kopf. Liebst du sie also noch? Entschuldige meine etwas auf-

dringliche Art, aber es muss einfach sein."
"Bin mir nicht mehr sicher. Eher nicht."
"Denkst du ständig an die Andere?"
„Schon."
„Wie heißt sie noch mal?"
„Ann, also Anna Maroldt."
„Schön! Dich macht die Sehnsucht und Lust allmählich verrückt? Ja? Weißt du nicht mehr, wo dir der Kopf steht, obwohl du Anna gar nicht richtig kennengelernt hast?"
"Ja, schon. Genau, ich kenne sie ja eigentlich kaum. Trotzdem, ich hab mich wohl Hals über Kopf in sie verliebt. Ist sicher schwer nachzuvollziehen, ist mir schon klar."
"Oh, eine verzwickte Situation. Ich beneide dich nicht darum. Ich möchte dir aber raten, ganz nach dem Bauchgefühl zu entscheiden. Jedenfalls ist das Hotelzimmer noch immer für dich frei. Verstehst du? Ich meine es wirklich ernst."

Sie legte auf, fühlte sich gut dabei und war auf sich selbst so stolz wie schon lange nicht mehr. Je länger sie über Florian und seine Frau nachdachte, desto mehr verdichtete sich für sie die Überzeugung, dass sie die Falsche für ihn war. Sie war eine Person, die man ansah und kurz darauf schon wieder vergessen hatte. Aber Florian musste selbst auf die richtige Lösung kommen, sie hatte ihm ausreichend Hinweise gegeben.

CHATS

WhatsApp-Nachricht von Anna Maroldt. An Chiara Santoro, 13:06 Uhr

"Bin gleich auf Norderney. Er hat ausgepackt. Familie und so. Wie vermutet. Gebe noch nicht auf. Wenn wir uns dort begegnen..., vielleicht gibt es dann doch noch eine Chance. Und bei dir? Ann."

WhatsApp-Nachricht von Tatjana Herfurth. An Joelle Boiniere, 13:08 Uhr

"Ich komme nicht, Joelle. Kann das irgendwie nicht machen. Aber als Druckmittel war das schon OK. Denke, dass er in KÜRZE auftauchen wird. Dann wird alles wieder GUT."

WhatsApp-Nachricht von Florian Herfurth. An Anna Maroldt, 13:10 Uhr

"Ann, denkst Du noch an mich? Denke dauernd an dich. Wollte mich eigentlich gar nicht mehr melden. Kann es aber nicht. Wo bist du gerade?"

WhatsApp-Nachricht von Chiara Santoro. An Anna Maroldt, 13:15 Uhr

"Oh, Mann!!!!"

WhatsApp-Nachricht von Anna Maroldt. An Chiara Santoro, 13:18 Uhr

"Ich weiß nicht mehr, was ich denken soll. Bin überfordert. Vielleicht hilft mir das Meer für mehr Durchblick."

WhatsApp-Nachricht von Anna Maroldt. An Florian Herfurth, 13:20 Uhr

Floi, endlich! Du hast mir soooo gefehlt! Bin gerade auf den Weg zu dir. Kurz vor Norderney. Kann den Hafen schon sehen. Gleich legen wir an. Können wir uns sehen?"

WhatsApp-Nachricht von Florian Herfurth. An Anna Maroldt, 13:22 Uhr

"Was? Das ist jetzt nicht dein Ernst, oder?"

WhatsApp-Nachricht von Anna Maroldt. An Florian Herfurth, 13:23 Uhr

"Doch. Wollte Dich eigentlich ganz überraschend in deinem Hotel besuchen. Einfach so vor der Tür stehen. Dich dann umarmen. Aber jetzt ist es anders. Die Fähre legt gleich an. Muss dich unbedingt sehen. Tausend Küsse, deine Ann."

WhatsApp-Nachricht von Joelle Boiniere. An Tatjana Herfurth, 13:23 Uhr

"Hi Tati, lass uns telefonieren. Kann dich verstehen. Man ist ja immer irgendwie hin- und hergerissen. Ist normal. Melde dich. LG, Jo."

WhatsApp-Nachricht von Florian Herfurth. An Anna Ma-

roldt, 13:23 Uhr
"Geht nicht. Bin gerade in Nidderau. Aber ich komme noch heute zurück. Gehe noch kurz tanken. Dann fahr ich los Richtung Norderney. Einmal hin und zurück. Es wird also etwas später. Ich erzähle dir dann die Gründe. Ist etwas kompliziert."

WhatsApp-Nachricht von Tatjana Herfurth. An Joelle Boiniere, 13:28 Uhr

"Habe mir echt den Kopf zerbrochen. Wenn er am Sonntag zurückkommt, wird er Augen machen. Dann sind wir da und alles ist wieder gut. Das Problem mit dem Erbe werden wir schon lösen. Es gibt also vieles zu klären."

WhatsApp-Nachricht von Anna Maroldt. An Florian Herfurth, 13:30 Uhr

"Warum auch immer Du gerade unterwegs bist, Hauptsache ist doch, dass wir uns heute noch sehen. Jetzt legt die Fähre gerade an. Schaue mich dann mal ein wenig um. Hab einen Bärenhunger. Es gibt bestimmt lecker Fisch. Fahr vorsichtig! Tausend Küsse, Ann."

WhatsApp-Nachricht von Anna Maroldt. An Florian Herfurth, 14:25 Uhr

"Bin am Strand. Wind ist ganz schön heftig. Aber das fühlt sich auch toll an. Es kommt mir vor, als wären es Minusgrade. Aber wir haben wohl 5 Grad plus. Es ist so schön hier, wie ich es mir vorgestellt habe. Wenn ich jetzt nicht wissen würde, dass Du auf dem Weg bist. Dann

würde ich vielleicht alles ganz anders wahrnehmen. Vielleicht sogar als bedrohlich. Küsse, Ann"
WhatsApp-Nachricht von Anna Maroldt. An Florian Herfurth, 15:12 Uhr

"Floi, die letzte Fähre fährt heute um 20:10. Ich warte auf Dich am Hafen. Love, Ann.

TATJANA, NIDDERAU

Tatjana setzte sich in die Badewanne und genoss die Wärme, den Duft nach Lavendel und die Ruhe, als ihr Smartphone die Melodie für einen unbekannten Anrufer abspielte. Einen Moment lang wollte sie nicht abnehmen, aber dann trieb sie doch die Neugier.

"Herfurth."
"Hallo, spreche ich mit Tatjana Herfurth?"
"Am Apparat."
"Stadtverwaltung Nidderau, Clara Spiegler. Hallo Frau Herfurth."
"Ah, hallo..."
"Es geht um Ihre Bewerbung für die Leitung der Stadtbibliothek. Danke, dass Sie sich nochmal gemeldet haben. Wir waren zuletzt personell ein wenig unterbesetzt. Haben Sie noch immer Interesse an der Stelle?"
"Ja, absolut. Ich wünsche mir momentan nichts mehr."
"Dann darf ich Ihnen sagen, dass wir uns für Sie entschieden haben. Kommen Sie doch am besten die nächsten Tage einfach mal bei uns vorbei. Sie kennen ja unser Rathaus. Bitte ins Büro 118. Außen steht auch mein Na-

me Spiegler. Was denken Sie?"
"Mir fehlen jetzt gerade die Worte, Frau Spiegler. Ich freue mich aber wahnsinnig. Ich komme morgen früh vorbei, wenn das bei ihnen passt."
"Am besten gleich um neun Uhr. Geht das?"
"Aber sicher. Dann bis morgen."

Tatjana legte auf und sprang jubelnd durch die ganze Wohnung. Nachdem sie sich wieder etwas beruhigt hatte, schrieb sie Florian, dass nun alles gut werde, sie habe ihre Traumstelle bekommen. Als Familie konnten sie ab sofort neue Wege einschlagen. Darüber wolle sie unbedingt mit ihm reden.
Sie wollte ihn gleich anrufen, sobald er ihre Nachricht gelesen hatte.
Nun war es Zeit für Entspannung und Familienfrieden. Vielleicht hatte sie in letzter Zeit tatsächlich zu viel Druck auf ihren Mann ausgeübt und damit ihre Ehe in ernsthafte Gefahr gebracht.
Doch jetzt, mit dieser unfassbaren Zusage, fühlte sie sich supergenial, total unbeschwert und frei. Mit Begeisterung schaute sie sich nochmals die Internetseite ihres künftigen Arbeitsplatzes an und überlegte, was sie zur Feier des Tages noch unternehmen konnte. Annina war noch im Hort und ihr blieb noch etwa eine Stunde bis zum Abholen.
Am liebsten hätte sie jetzt ihren kleinen Reisekoffer gepackt, um ihren Mann auf Norderney zu besuchen. Sie schloss die Augen und stellte sich vor, wie sie ihm in die Arme fiel und er sie minutenlang nur festhielt und streichelte. Die Wärme seines Körpers drang in sie hinein und trotz der eiskalten Temperaturen schwitzte sie nun und riss sich die Kleider vom Leib.

Im nächsten Moment schaute sie wieder nach, ob er ihre letzte Nachricht endlich gelesen hatte, aber sie fand noch keine blauen Bestätigungshäkchen. Also am besten dann doch gleich anrufen. Im Grunde genommen hatte sie inzwischen irgendwie die Nase voll von diesen ganzen Nachrichten. Dafür gab es ein zu großes Risiko für Missverständnisse.
Sie wählte seine Nummer und hielt vor lauter Anspannung eine Weile die Luft an. Erst dann, wenn sie seine sanfte Stimme hörte, würde sie wieder atmen. Von ihr aus durfte er sogar die Alte von ihrem Plan abhalten. Das Erbe lief ihnen ja nicht davon.

FLORIAN, NORDDEICH

Wer zur Hölle fuhr schon an einem Tag von Norderney nach Nidderau und wieder zurück?
Floi war inzwischen an der Mole angekommen und wartete auf die nächste Fähre nach Norderney.
Um die Wartezeit zu überbrücken, setzte er sich noch in eine Bar und las Nachrichten von Anna. Er bestellte sich ein Bier und Norderneyer Würste, um sich kurz darauf die letzten drei Videos anzuschauen. In nur anderthalb Stunden würde er an Land gehen und Ann wiedersehen.

Das zweite Treffen würde natürlich komplett anders verlaufen als das erste. Floi trank fast die Hälfte der Flasche auf einen Zug aus und schloss abschließend die Augen, um sich Anna besser bildhaft vorstellen zu können.
Aus weiter Entfernung sah er sie, wie sie ihm hektisch zuwinkte. Schon im nächsten Moment rannte er in ihre

offene Arme. Dann fühlte er auch schon ihre Hände, wie sie über sein Haar strichen und seinen Nacken streichelten. Daraufhin gab er ihr den ersten Kuss.

Als er schließlich ihre Zunge an seinen Lippen spürte, berührte er zum ersten Mal mit seinen Händen ihren Körper, der sich sensationell anfühlte.

Dann nahm er sie an der Hand und führte sie schweigend zum Hotel. Im Zimmer angekommen, zog er sie sofort aus.

"Hallo, Sie wollten doch bezahlen."

Floi öffnete die Augen und erblickte die gut aussehende Bedienung, die ihn noch immer strafend musterte. Als er ziemlich umständlich nach Kleingeld suchte, weil er passend bezahlen wollte, zitterte seine Hand.

Er spürte die enorme Anspannung und Aufregung, alles in seinem Körper bebte und pulsierte. Mit den Gedanken war er nur noch bei Ann, die womöglich gerade auch an ihn dachte, so dass er nicht mehr richtig abzählen konnte und gleich fünf Euro Trinkgeld gab. Die Bedienung lächelte ihn an, ohne mit den Augen zu lächeln und ging zurück Richtung Bar.

Floi schaute mehrmals nervös auf seine Uhr und auf sein Smartphone, das gleich vier neue Nachrichten und drei Anrufe von seiner Frau anzeigte. Er fühlte sich wie mit 40 Grad Fieber. Plötzlich fiel ihm jeder einzelne Schritt schwer und er musste sich zusammennehmen, um nicht den Halt zu verlieren.

WhatsApp-Nachricht von Tatjana Herfurth. An Florian Herfurth, 15:48 Uhr

"Floi, es gibt eine sensationelle Nachricht. Ich kann es noch immer kaum glauben. Ein Traum ist heute wahrge-

worden. Habe den Job in Nidderau bekommen. Werde die NEUE Leiterin der supertollen Stadtbibliothek!!!!!"

WhatsApp-Nachricht von Tatjana Herfurth. An Florian Herfurth, 15:57 Uhr

"Freust du dich auch? Damit ändert sich vieles. Oder ALLES. Vollzeit. Das sind 2.350 € NETTO! Ich bin wie befreit. Und es tut mir leid ..."

WhatsApp-Nachricht von Tatjana Herfurth. An Florian Herfurth, 16:07 Uhr

"...dass ich dich so unter Druck gesetzt habe. Stand irgendwie neben mir. Glaub mir, mein Schatz. Hab es nicht so gemeint. Verstehst du? In letzter Zeit war alles einfach ZUVIEL für mich. Hab es irgendwann nicht mehr gepackt. Tut mir leid. Komm zurück. Du fehlst uns SEHR."

WhatsApp-Nachricht von Tatjana Herfurth. An Florian Herfurth, 16:26 Uhr

"Habe versucht, dich anzurufen. Aber du gehst nicht ran. Warum auch immer. Vielleicht willst du jetzt nicht mehr mit mir sprechen. Vielleicht hast du dich schon weit von mir entfernt. Vielleicht haben wir uns in letzter Zeit viel zu sehr voneinander entfernt. Vielleicht haben wir das unterschätzt. Vielleicht haben wir beide irgendwann gedacht, es ist normal. Haben uns abgefunden. Dass es immer schlechter zwischen uns läuft. Aber wir haben Annina.
Sonst wäre es vielleicht schon aus gewesen. Aber glaub

mir. Ich könnte niemals mit Annina wegziehen. Zu wem auch immer. Habe nur mit dem Gedanken gespielt. Mit vielen anderen auch. Annina würde das auch gar nicht verkraften.
Denn sie liebt dich. Obwohl du zuletzt so wenig Zeit für sie hättest. Und ich liebe dich auch. Bist du bereit für einen Neuanfang, Schatz? Deine Tati"

Floi steckte sein Smartphone wieder in die Hosentasche und beobachtete eine Weile jene Touristen, die auch auf die letzte Fähre warteten.
Was sollte er tun? Irgendwie war die ganze Wut verblasst. Tatjanas Nachrichten hatten ihn jedenfalls beeindruckt.

"Die Frisia IV legt in Kürze ab. Das ist für heute die letzte Fähre. Bitte steigen sie ein."
Floi schlug die Augen auf und griff erneut nach seinem Smartphone.
Nun musste so oder so eine schnelle Entscheidung her, es ging um Alles. Wenn er auf die Fähre ging, gab es kein Zurück mehr. Annas Reizen würde er jedenfalls nicht widerstehen können, das stand völlig außer Frage.
Sie würde nur ein paar Minuten benötigen, um ihn willenlos zu machen. Bis vor kurzem hatte er ja noch geglaubt, einfach mal ganz unverbindlich die ganze Sache mit ihr angehen zu können. Aber es würde dann keinen Ausweg mehr aus der verzwickten Situation geben. Das war ein krasser Irrtum gewesen. Ann war wie eine Waffe, die man niemals unter Kontrolle kriegen konnte. Eine einzige Nacht mit ihr im Hotel würde seine Familie zerschlagen. Leider war er absolut nicht der Typ für eine heimliche Liebschaft oder für einen One-Night-Stand.

Tati würde alles nach kürzester Zeit erfahren und anschließend ihre Konsequenzen daraus ziehen.
Für Annina würde eine Welt zugrunde gehen, erst hatte sich ihr Vater aus dem Staub gemacht und dann auch noch der geliebte Stiefvater.
Nein, er würde gleich die Notbremse ziehen und seiner Frau schreiben, dass er bereits am nächsten Tag zuhause sein und sich auf ein Wiedersehen freuen würde. Danach würde er auch noch Ann schreiben, er habe es sich dann doch in letzter Sekunde anders überlegt, könne nicht über seinen Schatten springen, die Verantwortung für Tati und Annina sei einfach zu groß. So funktionierte nun mal das Leben.

Als ihn ein Tourist aus Versehen anrempelte, schloss er einen Moment die Augen, um sich noch mal in sich zu kehren. Sobald er einen Fuß auf die Fähre setzte, ging sein Leben in eine neue Richtung. Nur noch zwei Schritte, dachte er, dann gibt es kein Zurück mehr. Noch ein weiterer harmloser Rempler. Die Touristen waren in Eile und dachten vermutlich nur noch an ihre Unterkünfte, die sie in knapp einer Stunde beziehen würden.

Floi gab sich den entscheidenden Ruck und betrat die Friesia, welche kurz darauf mit einem satten Hupen ablegte.
Sein ganzer Körper schien zu zittern, als er sein Gepäck im überladenen Gepäckbereich verstaute.